U0090991

古典文學研究輯刊

二三編

曾永義主編

第9冊

粉戲

李德生著

國家圖書館出版品預行編目資料

粉戲／李德生 著 -- 初版 -- 新北市：花木蘭文化事業有限公司，2021〔民 110〕
目 2+236 面；19×26 公分
（古典文學研究輯刊 二三編；第 9 冊）
ISBN 978-986-518-348-6（精裝）
1. 中國戲劇 2. 戲劇評論
820.8 110000426

古典文學研究輯刊
二三編 第九冊 ISBN：978-986-518-348-6

粉戲

作　者	李德生
主　編	曾永義
總編輯	杜潔祥
副總編輯	楊嘉樂
編　輯	許郁翎、張雅淋　美術編輯　陳逸婷
出　版	花木蘭文化事業有限公司
發行人	高小娟
聯絡地址	235 新北市中和區中安街七二號十三樓 電話：02-2923-1455／傳真：02-2923-1452
網　址	http://www.huamulan.tw 信箱 service@huamulans.com
印　刷	普羅文化出版廣告事業
初　版	2021 年 3 月
全書字數	140029 字
定　價	二三編 31 冊（精裝）台幣 82,000 元

粉戲

李德生 著

作者簡介

李德生，原籍北京，旅居加拿大，係加拿大文化更新研究中心研究員，致力於東方民俗文化和中國戲劇之研究。有如下著作在國內外出版發行：

《煙畫三百六十行》（臺灣漢聲出版公司出版 2001 年）；

《煙畫的研究》［日］川床邦夫譯（日本經濟研究所出版 2005 年）；

《老北京的三百六十行》（中國山西古籍出版社出版 2006 年）；

《富連成——中國戲劇的搖籃》（中國山西古籍出版社出版 2009 年）；

《禁戲》（中國百花文藝出版社出版 2008 年）

《清宮戲畫》（中國百花文藝出版社出版 2010 年）

《昔日摩登》（中國江西教育出版社出版 2009 年）；

《一樹梨花春帶雨一說不盡的旗裝戲》（中國人民日報出版社出版 2015 年）

《清代禁戲圖存》（中國社科出版社出版 2020 年）；

Email：mr.desheng.li@gmail.com

提　要

自清以降，歷屆政府禁演的戲劇劇目中，凡涉及男女私情的故事，多冠以「淫戲」之名。它是以封建倫理道德的標準的「非禮勿視、非禮勿聽」給予界定的。但在民間流傳的劇目中，所謂的「淫戲」，又佔據著不可忽視的重要組成。辛亥革命之後，民智蘇醒、社會開放，民間戲劇的演出得以寬鬆。戲劇評論界遂將「淫」字變為一個較為中性的「粉」字。變「淫戲」為「粉戲」，一方面承認男女私情戲的存在，一方面努力擺脫封建道德觀對這類戲劇的禁止和打壓。子曰：「食色性也」，男女無情，何以為戲？所謂的「粉戲」劇目一直貫穿於戲劇長河的始終。筆者特意將一些著名的、或是被一直污名的「粉戲」梳理出來，編成此書，是想為戲劇史研究者提供一些可用的資料，意恐日久湮沒於溝渠。

目次

代前言：粉戲考

粉　兒

本書重點研究的題目是「粉戲」，所以，筆者就先從「粉」字說起。

清代著名文字考據家朱駿聲在《通訓定聲》（清道光二十八年刻本）一書中說：「粉」字，「米末謂之粉，從米從分」，是個「會意」字。《辭海》對「粉」字的解釋也是「米末也，即用以稱。」

古代人把顆粒狀的米粉碎以後，使之成為細末兒狀的米粉，用它來製作各種各樣的食品。此外，它還有一種用途，即女人可以用它當化妝品，用這種粉末兒搽臉、搽頸、抹額、抹胸，使膚色變得白皙可愛。《說文解字》還有一解稱：「粉，敷面者也。」文後還特別注明：古代婦女「敷面亦用米粉。」後來，由此意推而衍之，派生出「粉飾」、「粉墨」、「粉黛」等一系列內容豐富的辭彙來。這些辭彙的詞意主要用於「塗飾」和「打扮」，由此而帶有「戲」的味道了。

「粉飾」，即是裝飾。語出《史記．滑稽列傳》。為使河伯迎娶新婦，「其粉飾之如嫁女床席，令女居其上，浮之於河中。」由此，凡謂不求實際，徒飾外表的方式，都稱為「粉飾」，「粉飾太平」便是常用之詞。

「粉黛」一詞，是指兩種婦女用的化裝品。粉，是用之敷面，以助其白；黛，是一種青墨色的石頭，用其畫眉，以助其黑。語出《淮南子》一書，曰「粉白黛黑」。

「粉墨」，則是修飾的意思，語出《顏氏家訓》謂：「凡親屬名稱，皆需粉墨，不可濫也」。後來，人們則把「粉墨」與戲劇聯繫到一起，或曰「粉墨登場」，或曰「粉墨春秋」。

由此「脂粉」、「粉黛」、「粉墨」、「粉飾」等詞，均與「戲」產生了密切的關係。演員為了使臺上的「戲」與現實生活產生「間離」效果，便要在臺上「裝生」、「裝旦」；在化妝上要濃施「粉墨」；把臺上的故事從現實生活中「演義」出來，就要進行必要的「粉飾」。如果臺下人稱「越女天下白」，臺上的「裝旦」，就更加「濃施粉墨」，以突出「白」的俏麗。如果臺下人說「包公鐵面」，清正廉潔；一到臺上便百倍誇張，必塗以「黝黑墨面」，額頭還要畫上一輪彎月，以示與眾不同。「粉墨」二字也就此成了我國戲劇的代名詞。

此外，「粉」，還是一種顏色的稱謂。它近乎於紅色和白色之間，淺一些的稱為「粉白」；深一些的，稱為「粉紫」；不淺不深的「淺紅」、「淡紅」，人們則俗稱為「粉」色。

在色彩心理學方面，「粉色」有著特殊的意義。心理學家說：「粉紅以其明亮，溫馨，情切，充滿青春的感覺，深受設計師們的青睞，從技術方面被稱之為『青春』色。喜愛粉色的人是浪漫的，富於想像和追求自由的。他們善於享受生活，追逐愛情，充滿希望，但有時也有點固執，有一顆永不老的童心。」

其實，現代科學證明：「粉，並不是一種顏色。它是紅色與紫色的綜合。在色譜系中，紅色與紫色位於彩虹的兩端。如果不彎曲彩虹的色彩，使紅色與紫色得以混合，大自然中是不可能有粉色的。」科學家解釋說：「如果兩眼所見的一個物體是粉色，其實不是光的粉紅波長。粉色是一種反射而不是傳導的色彩，肉眼看到粉色，是因為大腦解釋自物體反射而回的光線所致。」

正因如此，「粉色」具有心理詮釋的特徵，人們往往將「粉」色與「輕挑」、「嫵媚」、「色情」、「性挑逗」、「性意識」等內容聯繫到一起。在一定場合中，「粉」色就轉化成一種帶有性傾向的「色迷迷」的貶義詞。老北京人還給這個「粉」字加上了「兒」化音，稱之為「粉兒」，似乎這樣念起來就更加有滋有味兒。

粉　戲

將「粉」字最早冠於人的稱謂上的時候，貌似讚美，而內含已多少帶有譏諷、嘲弄的味道了。如三國人何晏，因為生得體貌白淨、「面如傅粉」，時人稱之為「粉郎」。又因為他娶了魏國的公主，賜爵封侯，於是人們便稱駙馬為「粉侯」了（見《續資治通鑒》）。到了宋代，「粉侯」二字竟然上了官書。《宋史刑法志》稱「粉侯」的父親為「粉父」，兄弟則通稱「粉崑」等等。到了元明兩朝，將「粉」字用在女人身上，就完全變成貶意了。在關漢卿和蘭陵笑笑生所寫的、反映市俗生活的故事中，鴇母、妓女、歌伎、舞伎、家養的女伶、勾欄中的女優，以及市井下層，名關聲色的「壞女人」，都統統稱為「粉頭」了。

這個「粉」字一旦和戲劇聯繫到一起，就出現了「粉戲」的稱謂。也就等於給這齣戲貼上了一種「色迷迷」的標簽，使之成為一齣必有男女「調情」的「淫蕩」的「色情戲」。站在道學的立場上來看，這種「色情戲」一定有悖「綱常倫理」，「傷風敗俗」、「亂人心性」，一定違背孔老夫子提出的「非禮勿聽」、「非禮勿視」的道德標準。因此，在封建統治階級的管制之內，這種「粉戲」是不准平民百姓們看，孟優俳伶更不能演的。為了衛護道德法紀，嚴格禁演「誨淫誨盜」之類的戲，並將「粉戲」趕下舞臺，是歷朝歷代政府都要貫徹施行的例律。

其實，自戲劇生成以來就有「粉戲」登場，只是稱謂不同。在清代以前，稱之為「淫戲」。「淫」者，其詞意為無度、放縱、迷惑、男女之貪欲也。上古膜拜性圖騰，稱「萬美淫為首」。自從周公制禮、孔子興儒之後，「淫」字才徹底成了貶義詞，「萬惡淫為首」，「淫」字成了封建社會十惡不赦的罪魁禍首。

所謂「淫戲」，可以說自詩歌、舞蹈、戲劇誕生之日起，就必不可免地出現了。以至孔老夫子的「關關睢鳩，在河之洲；窈窕淑女，君子好求」，也逃不過「戴著有色眼鏡」的觀察者們的物議。更何況涉及男女情愛的戲文，和那些將「花前月下」、「男女密誓」、「閨房之樂、床笫之私，搬演於大庭廣眾之中」的戲曲哪！歷代官書都將這類涉戲曲列為「淫詞豔曲」、「淫哇之聲」，並且予以「嚴行查禁，以端習尚」，「違者與聽者悉坐罪」的懲處。

自從民國以後，「粉戲」之稱才逐漸地叫了起來。將「淫戲」改稱為「粉戲」，褒貶的程度好似有些降低等級，大概也是國體改變、時代進步的一種寬鬆。細考，「粉戲」一詞最早見於晚清上海老《申報》副刊的劇評之中。謂：「《大清律》稱，男子對於婦女手足勾引，曰調戲。不止手足勾引，已成事實，則曰姦淫。今舞臺演戲，止於手足勾引，曰玩笑戲。合抱撫肩下場，暗示雲雨者，雖不設大帳子，袒裼裸裎，謂之淫戲。梆子班避淫字，而美其名曰粉戲」。又如，老舍在《四世同堂》裏說：「最使他們失敗的是點少了『粉戲』。日本上司希望看淫蕩的東西，而他們沒能照樣的供給。」這裡將「色情戲」稱為「粉戲」的提法，在三十年代就相當普遍了。

老北京的戲迷們還給這個「粉」字加上了「兒」化音，稱之為「粉兒戲」，似乎這樣念起來就更繪聲繪色。時人對當時名伶的評價中，田桂鳳、老水仙花、荀慧生、筱翠花、毛世來、李金順、老白玉霜等，都是擅演「粉兒戲」的大角。劇評家景孤血先生率先發明了「血粉戲」一詞，也是在上世紀三、四十年代見著報端以後，而廣泛地流傳起來的（見丁秉燧《菊壇舊聞錄》）。

到了上個世紀四十年代末，「粉戲」又與「黃、賭、毒」聯繫到一起了，而且「粉戲」一詞開始淡化，由「黃色戲劇」一詞取而代之。「黃色」也是心理學基本色相之一，專指淫穢、下流，以及涉及官能刺激方面的劇情和表演。解放以後，「黃色戲劇」和「低級下流的黃色表演」等辭彙，已正式出現在中華人民共和國文化部、中共中央宣傳部的「紅頭文件」和諸大報紙的批判文章之中。而「粉戲」二字，在人們的口語當中依然廣泛流行。直到文化大革命爆起之際，人們在寫大字報和進行大批判時，還時有所用。

「粉戲」的淵源

從一些史料中看，儘管正式的戲劇在我國出現得很晚，但「淫穢」的歌舞表演則出現得很早。相傳殷紂王驕奢淫逸，在宮廷內設酒池肉林，且讓宮女們脫光了衣服「赤裸嬉戲」，紂王居中觀之，以為是一種娛樂。

其後，南漢後主劉鋹寵「媚豬」，宮內演出「大體雙」；元順帝性淫，排演「天魔舞」，這都是封建帝王的「穢史」，雖不能冠為「粉戲」之源，但自從唐傳奇、明雜劇一出現，專一描繪男女情愛的故事戲也自應運而生，且成為戲劇重要的組成部分。

細檢宋代《雜劇》存目，金、元《諸宮調》、《元曲》162 種、明《六十種曲》和《盛明雜劇》60 種，其中描繪市井風情、飲食男女生活內容的戲已佔據相當大的比例。《西廂記》中的鶯鶯、紅娘、張君瑞；《百花亭》的王煥；《東牆記》中的董秀英；《牆頭馬上》的裴少俊，《留鞋記》的王月英……，一個個多情男女早已紛紛登場。道學家莫不拍案批評：「淫戲自此始也。」

大清皇帝入主中原之後，江山坐穩，歌舞升平。乾隆四十五年，百戲晉京，迎來了戲劇繁榮的春天。不僅傳統的崑、弋戲碼紛紛登場，更多的充滿生活氣息的民間戲碼也紛至踏來，給莊嚴肅穆的京師增添了百般熱鬧。其中，還來了一位秦腔「男旦」魏長生，他當眾誇下海口：「使我入班，兩月而不諸君增價者，甘受罰無悔。」他加入雙慶部之後，「既而以《滾樓》一劇名動京城，觀者日至千餘，六大班頓為之減色，幾無人過問，或至散去。」（見清安樂山樵撰《燕蘭小譜》）。

在這種情況下，「六大班伶人紛紛仿傚魏長生，改唱的秦腔，出現京腔秦腔同臺演出的局面（見《揚州畫舫錄》）。為了擴大秦腔的影響，魏長生收陳銀官為徒，親自為他傳授技藝，師徒同演於雙慶部，「徵歌舞者無不以雙慶部為第一也」（見清安樂山樵撰《燕蘭小譜》）。一時間，魏長生「名動京師」（見清昭槤《嘯亭雜錄》），成為京師戲曲界領軍人物。

魏長生在戲劇舞臺上最突出的創舉，一是改變了旦角的化裝，「踩蹺」和「梳水頭」是魏長生的一大創造，使旦角的舞臺形象更加嬌美媚人。《燕蘭小譜》云：「京旦之裝小腳者，昔時不過數人，舉止每多瑟縮。自魏三擅名之後，無不以小腳登場，足挑目動，在在關情。」在化妝方面，過去旦角「包頭」都是「戴網子」；而從魏長生演戲以來，將戴網子改成「梳水頭」，扮出戲來，「與婦人無異」。因而蕊珠舊史在《夢華瑣簿》中說：「聞老輩言，歌郎梳水頭、踹高蹺二事，皆魏三作俑，前此無之。故一登場，觀者歎為得未之有，傾倒一時。」

此外，他還帶來了一大批「香豔」的戲碼，如《滾樓》、《茶坊比武》（即《鐵弓緣》），《烤火下山》、《背娃入府》（即《溫涼盞》）等等。在他的指導下，他的弟子們還搬演了《葡萄架》、《雙麒麟》、《大鬧銷金帳》等戲。在表演上更加潑辣放肆、煙視媚行。甚至在臺上「裎體」出場，赤條條地投懷送抱。他的弟子更是大膽，演出《狐狸偷情》一戲時，「場上預設紗幕，至其中以錦衾覆半體，假出玉筍，雙峰矗然特立。而臺下『好』聲，接連不迭。」

鐵橋山人在乾隆五十九年（1794）出版的《消寒新詠》一書中寫道：「余乍見京腔演戲，生旦諢謔，摟抱親嘴，以博時好。更可恨者，每以小丑配小旦，混鬧一場，」招至臺下一片哄笑和「唾罵」。

「粉戲」的表現形式

舞臺上「粉戲」的表現形式很多，與時風和批評者的界定關係很大，因此判斷標準也不盡相同，大致分為如下幾點。

首先是戲的內容，例如清代的《葡萄架》一劇，原本取材於明蘭陵笑笑生所著《金瓶梅詞話》第二十七回《李瓶兒私語翡翠軒，潘金蓮醉鬧葡萄架》。開卷詞已頗為點題：「錦帳鴛鴦，繡衾鸞鳳。一種風流千種態：看香肌雙瑩，玉簫暗品，鸚舌偷嘗。屏掩猶斜香冷，回嬌眼，盼檀郎。」道出全劇主要描寫的就是西門慶、潘金蓮和丫環春梅三人之間穢褻不堪的性事。又如舊本《呂洞賓三戲白牡丹》，則是以道家「採陰補陽」的理論，演釋男女「性命雙修」的故事。就這類內容的劇本而言，稱之為「粉戲」應該是準確無誤的。

另一種是「意淫」的判斷，戲曲內容有男女私約、纏綿幽媾的情節，而舞臺上並無淫穢的表演，只是表現在隱晦的唱詞和虛擬的動作上，譬如《西廂記》的《幽會》、《牡丹亭》的《驚夢》，表現男女性事皆做幕後處理，給觀眾以想像空間。但道學家依舊稱之為「意淫」，這也是封建衛道士們給「粉戲」枉下斷語的一種依據。

還有許多戲，諸如描寫「少女思春」、「寡婦再醮」、「尼姑下山」、「和尚外遇」之類的故事，如《小妹子》、《送枕頭》、《送銀燈》、《辛安驛》、《雙下山》、《馬寡婦開店》等，自然首當其衝，遭到「粉戲」大棒的鞭笞，一直背著「粉戲」的罪名。

還有一些戲，出自民間底層的說唱娛樂，語言委瑣，唱詞粗俗，中間少不得有勾肩搭背、賣弄色相，男女調笑，插科打諢，渾說性事的表演噱頭，如《來唱》、《賣青炭》、《打花鼓》、《蕩湖船》、《巧姻緣》、《張生跳粉牆》、《劉二姐逛廟》、《大寡婦哭墳》、《王二姐摔鏡架》等，內容粗俗放蕩，謂之「粉戲」，則毫不過分。迄今流行於東北一帶的「粗口」二人轉，依然保留著諸多的歷史遺痕。

更有一些戲，把妓院的「點妓女」、「打茶圍」，暗門子的「依門賣笑」、「輕薄攬客」等，直接搬上了舞臺，演出《思志誠》、《大嫖院》、《逛河沿》、《醜表功》、《陞官圖》等，表演污穢，粗俗不堪，目的完全在於勾引觀眾，賺取票房收入。

其中也有不少戲，內容原本並無色情之嫌，但演員在臺上故意賣弄，刻意誇張，葷素摻雜，格調下作，也把戲演成了「粉色」。例如神話武打戲《鋸大缸》，小爐匠一邊看缸，一邊調笑王大娘說：「吠，您怎麼有這麼長的一條縫兒呀？」文戲《遊龍戲鳳》，正德皇帝對著李鳳姐唱：「我給你插——、插——，插上一朵海棠花。」都是刻意影射性事、語帶雙關，而成了有名的「葷段子」。演者故意賣弄，聽者心領神會，掩口一笑，美之為「雅謔」。這類噱頭在舊日的戲劇中，可以說層出不窮，比比皆是。

還有一些「粉戲」在於演員的化妝扮相，例如，旦角身著肉色緊身衣，外披薄如蟬翼的素紗，在表現古代淑女的「曲線美」的時候，偶而一露春色。梅蘭芳在《天河配》和《太真外傳》的「沐浴」時，都曾最先採用這種化妝形式，只不過動作嫻靜，儀態高致，加之觀眾對梅博士的偏愛，並未招來過分的非議和嘲弄。而當「人高馬大的尚小雲，穿著緊貼身的粉紅色的內衣褲出場，做裸體沐浴狀，觀眾便樂得拍手大笑。」連在座的、見多識廣的梁實秋先生也大跌眼鏡，驚呼：「完了！完了！」（見梁實秋《雅舍雜文‧聽戲》）

其實，這種香豔的扮相在京劇裏是承傳有序的。從乾隆時代的魏長生到同光時代的梅巧玲、時小福，而下李寶琴等人，都以擅演《盤絲洞》中的「蜘蛛精」聞名於世。梅巧玲以肌膚白皙、體態豐腴為最，還贏得了一個「白胖兒」的綽號。這種以「裎」體為號召，自然也是「粉戲」的一大特徵。到了民國時期，荀慧生在舞臺上的表演，之所以得了個「浪」的「一字評語」（王瑤卿語），老白玉霜被員警武裝押送，驅逐出京，都與他（她）們在臺上的裸露化妝、賣弄色相，有著直接的關係。

還有些伶人為了塑造戲曲中淫女蕩婦的舞臺形象，不僅在煙視媚行方面苦動心機，而且還別出心裁地發明了，「狐媚眼」、「乜斜眼」、「癡醉眼」、「滯眼」、「呆眼」、「飛眼」、「轉珠眼」等「媚眼神功」；在做派上發明了含胸、腆肚、扭腰、擺胯，打榧子、叨瓜子、抖擻肩膀，走「浪步」、「横步」、「蹀躞步」、「足尖步」、「魂子步」、揉肩、捶腿、打盹、「耍腿子」、「搖帳子」、「飛眼弔膀」等一系列絕活，用在「粉戲」中更增「無限春色」。「花旦魁元」田桂風、筱翠花、毛世來、陳永玲等人獨擅其長，他們飾演的田氏、棠姜、鄒氏、楊貴妃、閻婆惜、潘金蓮、潘巧雲、皮匠妻、趙玉兒、十二紅等諸般角色，實非一個「浪」字了得。

「粉戲」的成因

孔子曰：「食、色性也」，人的色慾要求與飲食之需，是人類之本能不可或缺的需要。吃飯、喝水為了機體的生存；男女的情慾、交媾，則是種族和生命的延續。馬克思也說：「男女之間的關係是人與人之間最自然的關係」。戲劇不可避免地要把「食」、「色」攬入懷抱，把人的「情慾」、「色慾」寫入戲曲之中，以此豐富戲劇內容和色彩。「無情不成戲」，「無色不調味」是舊日編戲、演戲技巧中，亘古不移的金科玉律。

自宋代雜劇出現以來，角色方面就有了行當的分工，生、旦、淨、末、丑諸行當在演出實踐中逐漸成型。其中的「旦」行，是專門飾演戲中的女性角色。「旦」的稱謂本身就含有情色成分，更含有輕蔑的貶義。學者們考證，「旦」字起源於「狚」，是「狚」字的省文，出自《莊子・齊物論》：「猿猵狚以為雌」。文中所謂的「狚」，是一種古代傳說中的雌性猿猴，這種猴子十分淫蕩，慣於濫交，性慾無度。此外還有一說，稱「旦」是妓女的別稱。元人雜劇一向稱妓女為「猱兒」，「為揉妝旦」，指彼時飾演「旦」角的都是妓女。可見，「旦」為淫猿也好，「旦」為妓女也好，皆以色情為本工。也就是說，在舊日的戲劇中，凡旦角在舞臺上的表演，天經地義地都要帶有色情成分。演「淫戲」、「粉戲」自然也是旦角的本工。

歷代統治者、權貴富賈、文人墨客，一向以「聲、色、犬、馬」四件大事炫富傲物，標榜風流。其中，尤以「聲」、「色」二字放置首位，特別看重。「聲」者，音樂歌舞、作場謳歌；「色」者，美女妖姬、倡優孌童。封建貴族、士大夫蓄養歌兒舞女，排場作戲，宴飲助歡，自謂「紅袖清歌、醉笑人生」。唐白居易有「櫻桃樊素口、楊柳小蠻腰」，「菱角執笙簧，穀兒抹琵琶。穀綃信手舞，紫綃隨意歌」（見白居易詩）；宋有「韓持國喜聲樂，遇極暑則臥一榻，使婢執板緩歌不絕聲，展轉徐聽。」（見葉夢得《避暑錄話》）。詩人晏殊有詞云：「蕭娘勸我金卮，殷勤更唱新詞。暮去朝來即老，人生不飲何為？」更有奇趣的是大文豪宋祁「知成都，每宴罷，開寢門，垂簾燃二椽燭，媵婢夾侍，和墨伸紙，遠近皆知為尚書修《唐書》，望之如神仙焉」（見《東軒筆錄》）。修史寫書，還要美人簇擁唱曲。這種「高致儒雅」，彼時一直為人豔羨。時風如此，經久相傳，也使舊知識分子與伶人和戲劇結下不解之緣。直到清末民初，因為時代的變化，此風才逐漸衰歇。然「聽戲為賞『聲』，看戲可辨『色』」，「聲」「色」二字依然是戲劇審美的重要法則之一。

旦角重「色」，無可非議。迄今評價一位旦角演員的優劣，依然常用「色藝雙馨」這兩個標準。試想任何一位旦角扮出戲來，造型不美，相貌醜陋，觀眾將何以堪？能「以色娛人」，「以色取勝」，也是旦角從業的必備條件之一。加之，在封建時代的戲劇中，旦角一向由男人扮演。此風來源甚久，唐宋傳奇、元明野史均不乏這一方面的記述。清代，由於朝廷取締了營妓、娼僚，嚴禁官員、士大夫狎妓，使得男寵之風益炙。官員們把宴樂之歡，多傾注於妖冶風騷的孌童男寵身上，戲班裏俊美的「男旦」也就成了龍陽君們追逐不捨的獵物，這也是清季「男旦」盛行的一方面原因。乾隆年間出版的《日下看花記》、《燕蘭小譜》等書，對這方面的記述最多，書中不乏文人謳歌男旦之作：「鶯鶯嚦嚦燕喃喃，齲齒迎人媚態含。最是野花偏豔目，稱他窄袖與青衫。」或若「媚態綏綏別有姿，何郎朱粉總宜施。自來海上人爭逐，笑爾翻成一世雌。」把一個個「色迷迷」擅演情色「粉戲」的歌郎，精雕細鏤地描繪在讀者眼前。

男伶裝旦，為了使自己在舞臺上具有魅力，在化裝和形體動作上就更要下百倍的工夫。扮出戲來，要比女人還要女人，才能在臺上「吃得開」。相公堂子裏的歌郎，私寓中的男旦，為了成為令人羨慕的紅伶，不惜吃盡苦頭，也要徹底的改變自己的身體髮膚。《清稗類鈔》記述了堂子裏培養歌郎，為他們營造「肌膚之美」所採用的方法，既日日「以淡肉汁盥面，飲以蛋清湯，肴饌亦極醴粹，夜則敷藥遍體，唯留手足不塗，云泄火毒。三、四月後，婉孌如好女，回眸一顧，百媚橫生。」如此調理，使他們的聲音、語言、體態、行動更趨於女性，在臺上做起戲來，假鳳虛凰，千姿百態，便與女人難分軒輊了。

加之，彼時的歌郎是一種雙重職業，除了臺上「裝旦」演戲之外，還要在「月臺」「賣相」；在臺下還要「應局」「叫條子」；在寓中，還要接待豪客，「侑酒唱曲」「或薦枕席」，幹著相公、男妓的營生。此輩演起戲來，臺上臺下，陰陽顛倒、雌雄難分，寧不「粉」乎！

就社會環境而言，大凡國事安定，四海升平，民殷戶富，世風便趨於享樂淫奢，這也是「粉戲」滋生的腴土肥壤。正如《金瓶梅詞話》、木版全色春宮《風流絕暢圖》、《房中秘笈》等書刊畫冊風行於世的盛明時期，皇帝不上朝主政，終日在後宮「抽坎添離」、「採陰補陽」；臣下百官，莫不求仙問道、「燒丹煉汞」；及至市井腐儒莫不以奢談「牒兒法」、「房中術」為榮耀。那麼，民間的歌臺酒肆、廟會社火、粉墨作場者，淫詞濫調、俚曲胡腔，風行濫觴，當是可想而知的了。

清乾隆一朝，太平天子、十全老人，海宴河清，民殷國富，壽事大辦，與民同樂，便招來崑、徽、弋、亂，百戲晉京，各色劇碼，蜂踴而至，百珍俱陳，少不得俚俗摻雜，「花」「雅」並陳。魏長生和他的弟子們就把一番「粉戲」一股腦地帶進京來，清政府睜一眼閉一眼，不管什麼「鄙劣三俗」、七葷八素，只要不「反清復明」、不「誹謗朝廷」，任你光著屁股上臺，也一概不管。只是他們同行之間明爭暗鬥，相互傾壓，鬧得太不像話的時候，皇帝一紙詔書，才命令秦腔改行，責成步軍統領出示禁止，並將魏長生驅逐出境。但是，各色「粉戲」早已深入人心，禁已難絕了。

此外，「上有好者，下必興焉」，「粉戲」泛濫，實與統治者的愛好有關。常言說：「庸俗情趣，人人先天有之；高雅情操，則在於後天的培養。」至高無上的皇帝也與俗人一樣，有其物慾庸俗的一面。例如，咸豐皇帝愛看戲，更愛看「粉戲」。《清宮檔案》記載，他曾多次把《雙麒麟》、《打槓子》、《打花鼓》等民間「禁戲」調入宮內演出。特別有趣的一件事兒，他要聽描寫女子思春的「粉戲」《小妹子》。但是此劇早已失傳，更無人會演。咸豐並不甘心，幾經查問，得知三十年前被裁退的外學伶工順心會唱此戲，昇平署就趕緊將他召進宮來，向太監伶人邊得奎傳授此戲。《清宮檔案》載：「二月初四日，邊得奎學《小妹子》，至三月初十日，學得響排」，然後為咸豐一人表演。一次沒聽夠，又一連表演了好幾次。堂堂的皇帝尚且如此，民間又何能徹底「禁戲」呢？

「粉戲」濫觴還有一個原因，就是封建時代的茶樓戲館，只有男人聚集出入，是男人們消閒娛樂的天堂。彼時，婦女身處閨中，不能拋頭露面隨意外出。男人們的消閒之處，除了煙棚浴室，秦樓楚館，集市廟會，就是茶樓酒肆。聽書、看戲的地方，一向在茶樓戲館舉行。此間有優伶聲色、絲竹絃管，既可以觀花賞美、擊節度曲；又可以邀朋晤友、閒話啜茗。臺上的優伶演著歷代興亡、古今傳奇、瓜田李下、男歡女愛。寡婦思春，少女淫奔，僧尼苟且，妓女賣笑、才子跳牆、蕩婦迎奸，這些劇碼更能勾魂攝魄，弔起臺下鬚眉的胃口，以至「怪好」連天，如醉如癡。在這種氛圍下，臺上的歌郎男旦盡可「撒著歡的演來」。《戰宛城》的鄒氏，見犬交（後改為見老鼠發情）而春思萌動，以致與曹操苟合，大搖帳子；《打櫻桃》的春梅，見小姐私通，自己也禁不住地與書童勾肩搭背，親起嘴來；《西廂記》的小紅娘傳書遞簡，暗通款曲之後，隔窗窺春，拈吟酸曲；《蕩湖船》的船娘和著《十八摸》的節奏，腰肢盡舒、款擺豐臀。《馬思遠》中的趙玉兒，一旦騎上木驢，神色大變，痛苦之情加之顛掀的「蹦步」，可以使臺下所有的大老爺們都站起來，張口結舌、目瞪口呆！

在男人的世界裏，臺上臺下的男人可以合起夥來玩弄婦女、糟踐婦女。他們一起會審玉堂春的「花案」，一起「調查」潘巧雲與和尚「通姦苟且」的細末，一起審判姦夫淫婦，讓她們遭「惡報」，讓她們受「非刑」。原本「粉」的戲目自不必說，就是不「粉」的戲，在這種追逐「聲色」刺激，「老爺們尋歡找樂」的環境裏，也把它唱「粉」了！

政府對「粉戲」的查禁

清代刊行的《翼化堂條約》說：「梨園演劇。例所不禁。而淫戲害俗。則流毒實甚。特近世習俗移人。每逢觀劇。往往喜點風流淫戲。以相取樂。不知淫戲一演。戲臺下有數千百老少男女環睹群聽。其中之煽動迷惑者何可勝數。故欲為地方挽回惡俗者。宜以禁演淫戲為第一要務。」這種立論，不溫不火地代表了官方禁演「粉戲」的觀點和態度。

禁演「淫戲」「粉戲」以正風化，自宋以降，屢施不絕，似乎清季最為嚴厲。清代有關禁戲的諭旨、文告甚多，不僅皇帝親自過問，地方政府督察亦緊，乃至村鎮草臺之上，還要刻石立碑，禁演淫戲。一些地方誌書、報刊、甚至《點石齋畫報》上，都能查到地方禁演「粉戲」、查封戲院、捉拿戲子、遊街示眾的報導。「倘於怙惡不遵者，交該衙門查拿懲治，遞解回籍」（引自《欽定大清會典事例》）。政府多次強調「梨園孽海、名教應除，法司當禁」（見道光十二年告諭）。

地方士紳亦反覆提出：「淫盜諸戲。最繫地方風化。宜約集耆老團董立議永禁。一鄉則責成鄉董。一族則責成族長。均須於廟宇公處。或祠堂善堂。立議永禁。如某族人有點演淫戲者。祠中究責以不孝論，不改者立加斥逐」（見清余治編著《得一錄》），並且開具《永禁淫戲目單》將：

「晉陽宮　打花鼓　翠華宮　賣胭脂　打連廂　別妻　服藥
關王廟　葡萄架　翠屏山　困龍船　捉垃圾　思春　倭袍
蕩河船　賣甲魚　前後誘　拾玉鐲　打櫻桃　思凡　下山
打麵缸　鬧花燈　唱山歌　賣橄欖　賣青炭　借茶　三笑
賣草囤　紅樓夢　把斗關　財星照　端午門　遊殿　送柬
請宴　琴心　跳牆著棋　佳期　拷紅　長亭　齋飯　搬家
吃醋　挑簾裁衣　偷詩　三戲白牡丹　交賬　送禮　滾樓
月下琵琶　琴挑　追舟　私訂　定情　跌球　奇箭　送燈
嫖院　梳妝擲戟　修腳　捉姦　爬灰　搖會　戲鳳
墜鞭入院　亭會　秋江　弔孝　背娃　吞舟　醉妃　扶頭

種情受吐　勸嫖　達旦　上墳　賣餅　踏月　窺醉」

等數十齣戲，盡列其中，其中所謂「粉戲」多在一半以上。文後提出「右誨淫各種戲文，如敢點演，立將班頭送官究責、或罰扣戲錢三千文、以儆將來」。

清室遜位，民國初興，查禁「粉戲」仍未中止。「五四」運動時期，胡適、張厚載、錢玄同、劉半農等人大力宣導「戲劇改良」，禁演「粉戲」。陳獨秀撰文呼籲：「不可唱淫戲。像那《月華緣》、《蕩湖船》、《小上墳》、《雙搖會》、《海潮珠》、《打櫻桃》、《下情書》、《送銀燈》、《翠屏山》、《烏龍院》、《縫搭褲》、《廟會》、《拾玉鐲》、《珍珠衫》這等的戲，實在是傷風敗俗。」「這等戲是定要禁止的呀！」（見《陳獨秀文集．論戲曲》）

魯迅先生對傳統舊戲的批評更是徹底，梅蘭芳也是他多次針貶的目標。鄭振鐸還邀集了許多「朋黨」一起出版專號，直接提出「打倒男扮女裝的人妖」的口號（見 1929 年《文學週報》第一期《梅蘭芳專號》）。輿論所至，對「不演粉戲」，素享「高雅」的梅蘭芳遭受的抨擊尚且如此，逼得他在南京掛出了「這是最後一次」的告示來。此事，見翁思再主編的《京劇叢談百年錄》一書。其中有王平陵先生所寫的《國劇中的『男扮女』問題》一文述及此事。可見，真的「粉戲」，在當年更處於掃蕩之中。

國民政府一度成立了由民政部統轄、諸省市分立的「戲曲審查委員會」，分別制訂了禁戲政策和實施條例，對禁演「粉戲」也是雷厲風行。所以，三十年代的北京，才發生「禁演賽金花」、「勞教徐碧雲」，「驅逐白玉霜」等，一系列以正風化的事件。

中華人民共和國建國伊始，查禁壞戲，以開新風，中國人民解放軍北平軍事管制委員會一進城，文化接管委員會便於民國三十八年（1949）3 月 25 日，在報紙上頒布了《禁演五十五齣含有毒的舊劇》的公告。指出「屬於提倡淫亂思想的：《紅娘》、《大劈棺》（《蝴蝶夢》）、《海慧寺》（《馬思遠》）、《雙鈴記》、《雙釘記》、《也是齋》、《遺翠花》、《貴妃醉酒》、《殺子報》、《胭脂判》、《盤絲洞》、《雙搖會》、《關王廟及嫖院》（全部《玉堂春》前部）；以及一些極無聊或無固定劇本的：《紡棉花》、《戲迷小姐》、《拾黃金》、《十八扯》、《雙怕婆》、《瞎子逛燈》等，一概禁演。」（見中華民國三十八年三月二十五日《北平新民報》）

其後，在 1950 年至 1952 年之間，文化部又陸續公布的全國禁演劇目二十二齣，《殺子報》、《雙釘記》、《雙沙河》、《海慧寺》、《活捉三郎》、《大劈棺》、《因果美報》、《活捉王魁》、《全部小老媽》等戲均列其內。影響所及，凡與「粉戲」、「血粉戲」貼邊的戲，一概在劫難逃。在當時的政治高於一切的氛圍之下，藝人「覺悟空前提高」，大凡小生、小旦的「對兒戲」、「三小戲」、「才子佳人」戲、「傳情輸愛」戲，基本都退出了舞臺。以描摹女性煙視媚行稱著的「荀派」、「筱派」演員，已經到了無戲可演的地步。後來，經過「戲改」，個別「粉戲」劇碼進行重新刪改審定以後，略有恢復。待到文化大革命爆起之時，所有傳統舊戲，不管「粉」與「不粉」，皆如「污泥濁水」，被「革命群眾」掃入了「歷史的拉圾堆」，「再踏上一萬隻腳，使其永世不得翻身」了。

近代對「粉戲」的改造

建國之初，新政權十分注重上層建築的建設，對戲劇尤為重視，除了採取禁戲措施，淨化舞臺之外，由周恩來親自主抓，相繼成立了戲曲改進局、戲曲改進委員會和中國戲曲研究院。這三個機構的負責人分別是田漢、周揚和梅蘭芳。下設省、地、市級的對口單位，形成了一個龐大的行政組織機構，一起進行戲曲改革。那麼，戲曲改革到底改什麼、怎麼改呢？

1951 年 5 月 5 日，政務院發布了周恩來簽署的《五五指示》，提出：戲改的核心就是「改戲、改人和改制」。「改戲」，「要以對人民的有利或有害決定取捨。」政府把所有劇碼分為「有利」、「無害」、「有害」三大類別，其中「涉粉」、「較粉」、「極粉」的劇碼，大多列入「有害」的部分，予以摒棄。1953 年，中央文化部下發的《1953 年度上演劇碼的通知》中，只有 194 個劇碼能公開演出。梅蘭芳的《思凡》、《貴妃醉酒》、《遊園驚夢》尚且不能公演。「程派」戲也只有《文姬歸漢》、《朱痕記》、《竇娥冤》、《審頭刺湯》四齣戲准演。連新排的《英臺抗婚》和集「程派」藝術大成的《鎖麟囊》，因為涉及兒女柔情和因果報應，也不准上演。「筱派」、「荀派」和「尚派」的不少拿手戲，多因「涉粉」被掛了起來。據《中國戲曲現代戲史》記載，僅在 1956 年和 1957 年間，全國需整改的劇碼還有五萬多出，真是令人匪夷所思。

在戲曲改革過程中，梅蘭芳提出的「演員中心論」和田漢提出的「劇本中心論」，兩種理念曾有交鋒，並無結論。但是，名演員的核心地位早已淹沒在群眾的汪洋大海之中。身為中國戲曲研究院的副院長的程硯秋，實在忍不住了，在全國戲曲工作會議上，不顧梅蘭芳的勸阻，爭著發言，他說：「這個不讓演，那個不讓演，戲改局，戲改局，改來改去，差不多成了『戲宰局』啦！」話一出口，全場譁然。多虧周恩來打圓場，給予了保護，程硯秋才逃過了被批判的命運（事見程硯秋的《入黨自傳》）。

儘管如此，對於「粉戲」的改造來說，「戲改」工作雖有「極左」的一面，但也有成就的一面。一些無可挽救的「色情兇殺」戲，既「血粉戲」，如《馬思遠》、《也是齋》、《殺皮》、《殺子報》等徹底禁演，順應了時代要求，淨化了舞臺。而對那些主題尚好、實有瑕疵的情愛戲，通過重新修訂劇本，嚴謹地排練，去糟粕，取精華；去色情，取感情；使一些「粉戲」得以再生，變「粉豔」而成正劇。

戲劇家田漢先生對此做出了傑出的貢獻，他親自執筆重新編寫的《白蛇傳》、《西廂記》，皆是「化腐朽而變神奇」的傑作。梅蘭芳先生把「粉戲」《貴妃醉酒》、《遊園驚夢》，改造成京、崑藝術寶庫中的兩齣經典。荀慧生不甘落伍，收斂了臺上動作，改有「粉戲」之嫌的《鴻鸞禧》（即《豆汁計》）為全本《棒打薄情郎》，改《杜十娘》為《怒沉百寶箱》，對自己的拿手傑作《紅娘》，也大動斧鉞，字斟句酌地進行了修訂。尚小雲也一掃脂粉之氣，新排了農民義軍中的巾幗女將《洪宣嬌》、《秦良玉》。被冠以「專演粉戲」的趙燕俠，在被諸大報紙反覆批判的四、五年間，將有名的「粉戲」《西湖陰配》、《茶館比武》等，改編成盪氣迴腸的《紅梅閣》、《鐵弓緣》。新中國的戲曲舞臺一時間迎風揚帆，百舸爭流，出現了一片新的氣象。地方戲也不甘落後，奮起直追，很多「粉戲」也脫去豔妝，煥然一新。安娥改的越劇《情探》、吳祖光改的評劇《花為媒》，川劇的《秋江》，豫劇的《紅娘》、黃梅戲的《槐蔭記》等，都經過脫胎換骨的改造，成了戲劇瑰寶。這些功勞，大多應歸功於「戲改」工作。

但好景不長，文化大革命開始了，毛澤東重新發表了他在延安時期《寫給延安平劇院的信》，明確的指出：「歷史是人民創造的，但在舊戲舞臺上人民卻成了渣滓，由老爺太太少爺小姐們統治著舞臺，這種歷史的顛倒，現在由你們再顛倒過來，恢復了歷史的面目，從此舊劇開了新生面。」紅衛兵小將和億萬革命群眾奮起回應，高喊：「我們工農兵群眾和一切革命的文藝工作者，一定要高高地舉起毛澤東思想的革命的批判旗幟，把帝王將相、才子佳人、老爺太太、少爺小姐以及一切牛鬼蛇神，通通從舞臺上趕下來，一個不剩，半個不留！讓嶄新的社會主義新文化永放光彩，讓偉大的毛澤東思想紅

遍全中國，紅遍全世界。」（見 1966 年 1 月《人民日報》《喝令帝王將相才子佳人老爺太太少爺小姐通通滾開》）

這麼一來，別說已經改造好了的「粉戲」，就連所有「好的」傳統戲，也一概「喪身革命的汪洋大海」。十多年間，舞臺上只有八個「樣板戲」為八億人民服務。直到 1976 年，毛澤東突然改變了想法，決定恢復傳統戲，親自點了《梅龍鎮》、《紅娘》、《盜魂鈴》、《辛安驛》、《十八扯》、《二進宮》等二十幾齣老戲，由新聞電影製片廠拍成彩色電影，「內部放映」。這一突如其來的決定，竟把當時在任的文化部長于會泳嚇得魂出七竅（見《于會泳》一書）。當北京京劇院革命委員會領導向「尚在接受革命群眾批判」的趙燕俠宣布「解放」，並叫她馬上恢復排練拿手戲《辛安驛》的時候，趙燕俠大驚失色，說：「這不是一齣『粉戲』嗎？我可不敢演了。」經過組織多方開導，說是中辦的「密令」，確保沒有政治風險，趙燕俠才惴惴不安地接受了這個任務。不過演起來，可沒有昔日的風采了。

儘管當時這些拍好的影片沒有對外放映，但作為戲劇史研究者說來，此舉亦標誌著「十年動亂」之後，對傳統戲和「已經改造好了的『粉戲』」的首次解禁。

所謂「粉戲」，只是個概念性的名詞，由於時代氛圍不同，演員在臺上表演的「尺寸」不同，判斷者所把握的「尺度」又不同，所以，歷朝歷代被冠以「粉戲」（「淫戲」）的劇碼很多、很濫。不少劇碼在衛道士的眼中是淫穢「不堪入目」的；而在激進者的眼中，那只是「小菜一碟兒」，根本無需大驚小怪。若從今日「開放」的角度來看，昔日的「粉戲」簡直不足道哉！

但是，我們從戲劇史的研究角度說來，「粉戲」必竟是傳統戲劇中的一個組成部分。筆者撰寫此書的初衷，是將昔日被各屆政府列入正式「文告」而明令禁演的「粉戲」（「淫戲」）進行一次梳理。對其內容、形式、演員、軼事和幾經「禁」、「放」，或幾經「批」、「改」的命運，做了一些敘述和探討，以期使這些有爭議的戲，不為時光的流逝而被泯歿。

至於諸多帶有淫亂、色情、兇殺內容的「血粉戲」，如《殺子報》、《烏龍院》、《武松殺嫂》、《皮匠殺妻》、《馬思遠》等，並不包括在本書之內，筆者將在另一部《血粉戲》書中詳述。

李德生　寫於溫哥華寓中

二零二零年六月十日

亂　彈

《滾樓》

《滾樓》這齣戲出現得很早，估計在清代初年便有了這齣戲，而且一直頂著「粉戲」的罪名，屢遭禁演。但是，它在民間流傳得很廣。作家賈平凹說，迄今秦川的老百姓動不動就「吼」上兩句：「海水豈用升斗量，我比雪山高萬丈，太陽一照化長江」（見賈平凹《秦腔》）。這幾句唱詞便出在《滾樓》劇中。乾隆四十四年（1779），秦腔名伶魏長生將這齣戲帶入京師，一唱而紅。不僅紅，而且一鳴驚人，享譽京師。《滾樓》這齣劇在中國戲劇史上佔有十分重要的地位。

《滾樓》演的是怎麼一個故事哪？據戲劇史家周貽白先生考證，這齣戲的故事發生在春秋時代，是伍子胥系列故事中的一折。他在《中國戲曲發展史綱要》一書中寫道：

> 按《滾樓》劇衍春秋時伍員之子伍辛與黃賽花事，一名《藍家莊》。解放前川劇、贛劇尚傳其名目，北京大鼓書中亦有此段，但已無人演唱。

周貽白強調《滾樓》也是秦腔《藍家莊》中的一段，是「伍子胥復仇故事」的續編。演的是楚國大將伍員，因為父親伍奢諫勸楚平王不要父納子妻、倒行逆施，結果滿門被殺。伍員隻身逃出楚國，歷經了萬般艱辛來到吳國，幫助姬光請得義士專諸，用魚藏劍刺死王僚。姬光登基後，倚重伍員，借他重兵，攻楚復仇。中途遇一少年將軍率軍抵抗，被他戰敗。後來，才知此少年乃是伍家僅存的孤兒伍辛。接著，伍辛認親獻關，被伍員封為前鋒。在攻打楚國城池的時候，伍辛遇到一員武藝超群的女將軍，伍辛不敵，敗陣受傷，逃至藍家莊。藍家莊的小姐藍姑娘見伍辛少年英武，遂生愛慕之心。她將伍辛接入莊中，藏入繡樓，為他親自調藥治傷，還大膽地向他求歡示愛。終於贏得伍辛的愛心，二人結為百年之好。第二天，女將軍匆匆追至藍家莊。藍女與女將軍素有舊誼，便一邊藏匿伍辛，一邊殷情接待女將軍。而後心生一計，用酒將女將軍灌醉，扶入臥室。接著，她又將伍辛推入臥室，反鎖了樓門。伍辛見女將面容姣好，且有愛妻的縱容，色心頓起，趁女將軍昏醉不省，遂解衣寬帶，將處女開苞，取得女紅。待女將軍酒醒之後，發現自己已經失身，勃然大怒，拔劍欲殺伍辛。伍辛在繡樓中無處躲避，連跪帶滾地向她賠禮道歉，乞命乞性。女將軍餘怒不息，則翻滾追殺不捨。最終，見伍辛溫存知禮、楚楚可憐，也就力疲氣軟，半推半就地認可了這樁親事。《滾樓》一劇，演的就是這一段故事。

關於此劇的內容還有一個說法，據西府秦腔老藝人魏甲合回憶說，早年的本子演的是唐朝的故事。講唐德宗的時候，外域黑水國恃強凌弱，派兵侵犯邊境。德宗皇帝降旨，派大將羅洪義率兵聲討。結果寡不敵眾，全軍被困在琅岈山下。德宗聞報，又命大將王子英領兵前去救援。王子英率部征伐途中，遇到山寨女大王高金定的阻攔。高金定武藝高強，槍法出眾，二人交手不及數個回合，王子英便被高金定打得大敗。一路落荒而逃，逃到了山下的杜家寨中。寨主杜公道見王子英面如敷粉，相貌堂堂，甚是喜愛。遂接進寨中，將王子英藏在了自己女兒的繡樓裏面。欲在適當的時候親自說親，招為東床。

杜公道的女兒杜秀英，年芳二八，待字閨中。她與高金定是發髫之交、素有私誼。恰好此時，高金定追至寨前，杜公道也熱情地把她接入寨內，有意地安排在秀英的繡樓裏。並且，故意在樓板上鋪滿了豌豆。入夜，杜公道宴請寨內客人，把王子英、高金定聚在一起，灌得昏昏酒醉。王子英與高金定在上樓的時候，雙雙踩在豌豆上。站立不穩，時而滑倒、時而跌撲，二人在醉眼朦朧之中，一陣胡拉亂滾，彼此顧盼生情。王子英的英俊，使得女將軍墜落情網，身不由己地倒入子英的懷抱。於是，二人化干戈為玉帛，兩情歡好，在銷金帳中，顛鸞倒鳳，結成連理。次日，杜公道進樓致賀，順便說項，也把自己的女兒杜秀英嫁給了王子英。王子英喜得二美，並將杜、高兩處兵力，悉數收入軍中，夫妻合力，一舉解了琅岈之圍。隨後又一鼓作氣，剿滅黑水國，得勝還朝。這個口述的劇本在 1982 年，編入陝西省文化局纂輯的《陝西傳統劇碼彙編．秦腔》第三十三集。

而秦腔老藝人李德遠的口述本，與魏甲合的抄存本又有不同。稱《滾樓》女主人公不叫杜秀英而叫張金定，其父也不叫杜公道，而叫張殼浪。張金定生得漂亮，而且一身武藝，是驪山老母的得意弟子。她久聞天朝名將王子英英俊驍勇，貌似潘安，俊如呂布，便一心要與他結為夫妻，發誓非此人不嫁。而王子英則久慕張金定的師姐高金定美若天仙、文武雙全，也定要娶得此女，非此不婚。一日，王子英親到張家莊，託金定之父張殼浪向高金定提親。恰巧高金定來探訪師妹張金定。張殼浪遂將王、高二人一起讓進家中，用酒灌醉。並在樓板上撒滿豌豆，使得他們在樓上跌、撲、摟抱，覿面相交，最終，促成了他們的好事。張金定和高金定二人先後都嫁給了王子英。

由此看來，儘管人們對這齣戲的來龍去脈有著不同的說法，但這一折戲的主要情節是相同的，也是十分火炙熱鬧的。所以一經露演，便贏得了觀眾的歡迎。也就佔據了京師舞臺。《清代北京竹枝詞》中有淨香居士主人所作《竹枝詞》一首，讚揚這齣戲：

《滾樓》一齣最多情，《花鼓》、《連相》又《打更》。誰品燕蘭成小譜？恥居王後魏長生。

從劇情來看，《滾樓》是一齣小生、小旦、刀馬旦，唱、念、做、打、舞，十分吃重的做工戲，以名伶魏長生最擅此劇。他在《滾樓》中飾演女將軍，細緻入微地刻畫了她的複雜的情感變化而轟動京城。據乾隆五十五年（1789）刊行的《燕蘭小譜》記載：魏長生於乾隆四十四年（1779）入都，在雙慶部演出《滾樓》一劇。「一時歌樓觀者如堵，而六大班幾無人過問，或至散去」（見吳長元（署名安樂山樵）著《燕蘭小譜》）。清代貴為八大「鐵帽子王」之一的昭槤，在其所著《嘯亭雜錄》中也記有：「凡王公貴位，以至詞垣粉署，無不傾擲纏頭數千百。一時不得識魏三者，無以為人。」

魏長生生於乾隆五年（1744），字婉卿，四川金堂縣人。因排行第三，故人稱魏三。幼時家貧，13 歲來西安學戲，未幾成名，即挑班演戲。他於乾隆四十四年（1779）率班晉京。當時，京班雙慶部不為眾賞，聲名冷落，長生抓住這個機會，向部人保證：「使我入班，兩月而不為諸君增價者，甘受罰，無悔」。結果，他用《滾樓》一劇打泡，頓時名動京城。每次演出，竟有上千人前來觀看。反而使得京師只唱崑、弋京腔的大成、王府、餘慶、裕慶、萃慶、保和六大班社無法營業，部分班社還都倒臺散班了。彼時有不少伶人「跳槽」，改學秦腔。京都的達官顯貴、紈絝子弟、顧曲周郎，莫不以結識魏長生為榮耀。《燕蘭小譜》有文記載：

> 魏三，伶中子都也，昔在雙慶部，以《滾樓》一齣奔走豪兒，士大夫亦為心醉，其他雜劇子胄無非科諢誨淫之狀，使京腔舊本置之高閣，一時歌樓觀者如堵，而六大班幾無人過問，或至散去。白香山云：「三千寵愛在一身，六宮粉黛無顏色。」真可為長歎息者。

魏長生是一怪才，也是「花部」的代表人物。他的出現和他造成的轟動，對中國戲劇的改革和發展起到了巨大的推動作用。魏長生是個男旦，常演劇目有兩類。一類為花旦、彩旦、武旦戲，如《滾樓》的女將軍、《烤火》之尹碧蓮、《賣藝》之村婦、《賣胭脂》之王桂英，《富春樓》之陳三兩等。另一類為青衣戲，如《背娃進府》中的表大嫂。這些人物的身份不同、地位不同、有閨門弱女、有山野村婦、有巾幗女將，也有青樓娼婦，他能一一描摹，動情聲色、千人千面，文武不擋，非巨擘不能為也。他那高深的藝術造詣，使他的聲望如日中天。他的到來，以新的節奏、新的音韻，一改舊日傳統京腔的沉悶、單調，使得京腔改弦易轍、競相效尤，成為「一時習尚然」。（見《揚州畫舫錄》卷五）

此外，他在戲劇化妝方面有著獨到地創造。首先他在旦角的頭部化裝方面，率先使用了「貼片子」，同時改「包頭」為「梳水頭」。用頭髮製成的光片，蘸刨花水梳平，大片貼於兩鬢，小彎貼於前額。這樣，可以有效地調整旦角人物的臉部造型，或長或短，或胖或瘦。使臺上的人物更加俊俏。清刊本《夢華瑣簿》載：「俗呼旦腳曰包頭，蓋昔年俱戴網子，故曰包頭，今則俱梳水頭，與婦人無異」。這種方法為後來的京劇和各地方劇種所接受，並且一直沿用至今。

其次，他還發展了旦角的「踩蹻」。清代婦女（滿族除外）從小就「裹小腳」，以腳小為美。而且，裹得越小越好。「三寸金蓮」還要再緊上三分。在戲劇演出中，男旦把兩隻木製的小腳綁在足下（謂之「踩蹻」、「裝小腳」）走上舞臺。這種方法雖然早已有之，但魏長生發展了蹻工的表演技巧，改「硬蹻」為「軟蹻」，演出武戲時，也能踩蹻開打，這在當時都是件了不起的發明。《燕蘭小譜》卷五稱：

> 友人云京旦之裝小腳者，昔時不過數齣，舉止每多瑟縮。自魏三擅名之後，無不以小腳，足挑目動、在在關情，且聞其媚人之狀，若晉侯之夢與楚子搏焉」。但是，一些守舊的人對他的創新不以為然，嘲笑他是「野狐教主專演粉戲」。

魏長生所演的劇碼，大多是少女懷春、投懷送抱；倩女多情，春心難控之類，專一描寫女性性心理的戲。這些戲被稱為「粉戲」不足為怪。時人有詩讚道：

> 鶯鶯嚦嚦燕喃喃，齲齒迎人媚態含。
> 最是野花偏豔目，稱他窄袖與青衫。

（見吳長元《燕蘭小譜》）

在桎梏人性的封建時代，這種以舞臺託擬古人的宣洩之法，自然會引來民眾的雀躍歡迎。同時，也招至衛道士的批評與攻訐。由此，演變出中國戲劇史上著名的「花雅之爭」。傳統的京腔為「雅」，冷不丁殺來的秦腔便是「花」。「雅」是傳統、是文靜，是「陽春白雪」；「花」則是反傳統、是火爆，是「下里巴人」。最終，《滾樓》、《烤火》之類的「粉戲」，惹惱了乾隆皇帝。乾隆五十年（1785 年），清政府以「正風俗、禁誨淫之戲」為名，明令禁止秦腔戲班在京城演唱。《滾樓》一劇首當其衝，被列為禁戲，魏長生也被逐出京師。

但是，該劇在民間依舊演出不斷，而且越演越火炙。直到同治年間，余治《得一錄》刊載的《永禁淫戲目單》中，《滾樓》一劇仍然首列其中，成為禁戲之首。

清代戲劇中的武旦　清昇平署戲裝扮相譜

清乾隆年間由秦腔演出的《滾樓》一劇，劇中女將軍一角在「滾樓」一場中有很多跌、撲、翻、滾的身段、動作，乃武旦應工。女將軍由當時紅極一時的名伶魏長生飾演，他率先改革了旦角的「包頭」，改為梳「水頭」，這種樣式一直流傳到清季末年。我們從昇平署戲劇人物畫中，可以看到彼時武旦嫵媚的扮相。

《葡萄架》

在清代乾隆四十年間，當時京都流行了這樣一齣「粉戲」，名叫《葡萄架》。在早年的戲劇文獻中，這齣戲也稱《潘金蓮葡萄架》或《潘金蓮醉鬧葡萄架》。故事出自明代小說家蘭陵笑笑生所著的《金瓶梅詞話》一書。

據清人吳太初撰寫的《燕蘭小譜》記載：這齣戲是由當時王府班的一位綽號叫白二的男旦，和一位叫劉黑兒的男旦，二人排演出來的。白二飾演潘金蓮，劉黑兒飾演婢女春梅。

他二人在舞臺上的表演宜笑宜嗔，鶯聲燕語，千嬌百媚，名傳遐邇。一時紅火非常。這齣戲是以崑、弋為主的「京腔」戲，名義上屬於「雅部」範圍，但是在戲的內容方面，則有些「不雅」了。

這齣戲的名氣很大，人們大多從《金瓶梅詞話》第二十七回，《李瓶兒私語翡翠軒，潘金蓮醉鬧葡萄架》一章中的故事，就可已知道這齣戲的大致內容：

> 潘金蓮才待撇了西門慶走，被西門慶一把手拉住了，說道：「小油嘴兒，你躲滑兒，我偏不放你。」拉著只一輪，險些不輪了一交。婦人道：「怪行貨子，他兩個都走去了，我看你留下我做甚麼？」西門慶道：「咱兩個在這太湖石下，取酒來，投個壺兒耍子，吃三杯。」婦人道：「怪行貨子，放著亭子上不去投，平白在這裡做甚麼？你不信，使春梅小肉兒，他也不替你取酒來。」西門慶因使春梅。春梅越發把月琴丟與婦人，揚長的去了。婦人接過月琴，彈了一回，說道：「我問孟三兒，也學會了幾句兒了。」一壁彈著，見太湖石畔石榴花經雨盛開，戲折一枝，簪於雲髻之旁，說道：「我老娘帶個三日不吃飯——眼前花。」被西門慶聽見，走向前把他兩隻小金蓮扛將起來，戲道：「我把這小淫婦，不看世界面上，就日死了。」那婦人便道：「怪行貨子，且不要發訕，等我放下這月琴著。」於是把月琴順手倚在花臺邊，因說道：「我的兒，適才你和李瓶兒日搗去罷，沒地扯囂兒，來纏我做甚麼？」西門慶道：「怪奴才，單管只胡說，誰和他有甚事。」婦人道：「我兒，你但行動，瞞不過當方土地。老娘是誰？你來瞞我！我往後邊送花兒去，你兩個幹的好營生兒！」西門慶道：「怪小淫婦兒，休胡說！」於是按在花臺上就親嘴。那婦人連忙吐舌頭在他口裏。

西門慶道:「你教我聲親達達，我饒了你，放你起來罷。」那婦人強不過，叫了他聲親達達:「我不是你那可意的，你來纏我怎的？」兩個正是：弄晴鶯舌於中巧，著雨花枝分外妍。兩個頑了一回，婦人道:「咱往葡萄架那裡投壺耍子兒去。」

接下來就是西門慶與潘金蓮在葡萄架下白晝宣淫，顛狂性交的描寫，文字之穢，恕不詳錄。在潔本的《金瓶梅詞話》第二十七回中，這裡刪除了 731 字。

《金瓶梅》這部巨著成書於明朝萬曆十五年至二十一年（1587～1593）之間。一經問世，舉世大嘩，人們視為奇書而廣為傳抄。明人袁宏道在萬曆二十四年（1596）寫給董其昌的一封信中問道:「《金瓶梅》從何得來？伏枕略觀，雲霞滿紙，勝於枚乘《七發》多矣！」(見明袁宏道《與董思白（其昌）書》)

《金瓶梅》是一部現實主義著作，但書中過多地描寫了飲食男女的色慾和性活動，所以，自其一問世，便遭到封建衛道士的貶斥和政府的禁燬。最早披露《金瓶梅》被禁的文字，見於乾隆元年二月閑齋老人的《儒林外史》序文，文稱:「《水滸》、《金瓶梅》，誨盜誨淫，久干例禁。」可見，對此書的禁止，在清人未入關前就開始了。

天聰九年（1635），清太宗曾諭旨對漢人的演義小說「停其翻譯」。入關以後，對小說戲曲的禁令就更加嚴厲起來:「坊間書賈，只許刊行理學、政治有益文業諸書，其他瑣語淫詞，及一切濫刻窗藝社稿，通行業禁，違者重究治」(語見《書坊禁例》順治九年（1652）題准)，這裡面就包括《金瓶梅》一書。康熙二十六年和五十三年，政府則再次頒諭:「私行造賣刷印者，繫官革職，軍民杖一百，流三千里。賣者杖一百，看者杖一百。」《金瓶梅》為「淫書之首」，對它的禁燬，自然是格外地嚴厲。伶人們能把《金瓶梅》中最「淫穢」的一節編為戲劇搬上舞臺，倒也是件咄咄怪事。

清朝經過幾代皇帝的文治武功勵精圖治，到了乾隆一朝，國家出現了政治安定、經濟繁榮、文化昌盛的新局面。人民安居樂業，社會生活富足，乾隆皇帝又是個會享樂的君主，提倡安樂祥和、歌舞升平。在這樣的環境下，官宦豪紳、八旗貴胄弟子們開始沉溺於聲色犬馬的享樂之中，時風趨於荒淫腐化。戲曲當之無愧地成了享樂者追逐歡樂的一種主要形式。最初，京城戲曲舞臺上盛行崑曲與京腔（弋陽腔）。乾隆中葉，崑曲衰落，京腔一統京城舞臺。京城中除去內宮和王府蓄養的戲班之外，還有著名的大成班、王府班、餘慶班、裕慶班、萃慶班、保和班等六大京腔名班作場演出。諸班社之間的業務競爭十分激烈，伶人們競排新戲，窮其所思地爭取票房、爭取觀眾。一時間，舞臺上爭奇鬥妍、百珍紛呈。各種「粉戲」紛紛出籠。王府班的伶人把《金瓶梅》中的《葡萄架》搬上舞臺，也就不奇怪了。

造成伶人互相爭妖賣寵，還有一個原因，就是政府「嚴禁官員狎妓嫖娼」的律令尚未鬆動，官員們侑酒飲宴，不得招妓狎娼，違者彈責不貸。於是，蓄養乾伶、男旦、孌童、幼伎成風，借假鳳虛凰，以泄龍陽之癖，成了當時官場中的風流時尚。「捧旦角兒」、狎「相公」，成了官場權貴、紈絝子弟們的一種「雅好」。他們對低級趣味和淫穢糜爛的追求，使得男伶賣身邀寵，炙如烈焰。他們在臺上賣弄風騷，臺下私寓接客，其身價與臺上的聲價密切相關，水漲則船高，人紅則利大。諸種有傷風化的戲目登場，也是風氣使然。當然，舞臺上的《潘金蓮葡萄架》不會像書中描寫的一樣，赤裸裸地全無遮檔。但「享譽京師」的評語，也可以想見其香豔的程度。

那麼，在二百五十年前封建的戲劇舞臺上，到底出現了什麼場面了呢？雖然這方面的史料很少，但仍有文字記述。如鐵橋山人在乾隆五十九年（1794）出版的《消寒新詠》一書中寫道：

> 余乍見京腔演戲，生旦諢謔，摟抱親嘴，以博時好。更可恨者，每以小丑配小旦，混鬧一場，而觀者「好」聲接連不斷。嗚呼！好尚至此，宜崑班之不入時俗矣。

他還講到，在演出《狐狸偷情》一戲時，

> 場上預設紗幕、至其中以錦衾覆半體，假出玉筍，雙峰矗然特立。而臺下「好」聲，接連不迭。（見鐵橋山人著《消寒新詠》）

《葡萄架》一劇之所以著名，伶人的表演自會技出其右。不過，以前人們（包括戲劇研究專家在內）在談論這齣戲時，多是依題附會，「想當然」而已。因為，誰也沒有見過這齣《葡萄架》的劇本。說來也似神助，筆者在年前應邀參與了中國高教部課題研究專案，為了完成筆者負責承擔的《清代禁戲圖存》部分，曾埋頭於北美最大的 UBC 亞洲圖書館的書庫之中，收集資料。無意中竟然發現了一大批傅惜華先生珍藏稀世孤本的影印本。

大家知道，傅惜華先生（1907 年～1970 年）是我國近代著名戲曲研究家和藏書家。他出身名門世家，複姓富察，以藏書精良馳名，書齋名曰「碧蕖館」。康生對他的藏書覬覦日久，借文化大革命「破四舊」之機，紅衛兵將他的藏書全部抄去。康生則將藏書中的「精華之精華」據為己有。直到康生失勢，死後抄家，才把他佔據的珍藏退還。這一大批影印本，都是這批退還的書目。筆者萬萬沒想到，在這些餘存中，竟然翻出了一冊清人手寫本的《鬧架》。這折戲文共計十三頁，每頁八行，頁面略有殘損、丟字，書影附之於後。全劇並非人們傳說中的「荒謬」，作者無考，應該是乾隆年間戲班的「京腔」寫本。

劇中出場的人物很多，有西門慶、李瓶兒、孟玉樓、潘金蓮和丫環春梅、迎春等六人。劇情大意：一開場為「西門慶、李瓶兒夏扮，執芭蕉扇，歎上。唱［懶畫眉］：天然娥眉不生煙，這是良緣不偶然。」寫的是西門慶攜李瓶兒在自家後花園中賞夏。李瓶兒向西門慶透露了自己身懷有孕的消息，西門慶大喜，命丫環將孟玉樓、潘金蓮請來，一同飲酒作樂。席間，潘金蓮一味潑醋，使得李瓶兒與孟玉樓二人先後離席下場。潘金蓮則命春梅和迎春二婢從自己的房中抱來枕席，安置在葡萄架下，與西門慶雲雨去了。這場戲是以暗場處理的。西門慶攜潘金蓮二人「相擁下場」，由春梅與迎春在場上作「偷看」狀。邊看邊唱：

〔節節高〕啐！如膠似火燃到架兒邊，（介白：嚇到那裡去了。）
噫！他每顛鸞倒鳳諧遣綣。（介白：嚇三處，你每多來嚇！）

這時，孟玉樓又被兩個丫環叫了上來，三人一起側耳聽春。迎春唱道：

來！聽兩洋國的野人叫；
嚇！兩個皮老虎打架，資姑了又資姑。
啐！阿喲！聽得我難過嚇！
（合唱：）斜橫亂，環鈿偏把花茵濺；
興來暢意綢繆戀，
似鴛鴦戲水漣漪畔，
顧不得了抱春梅歎。
啐！教人奔馳在花間，
將你了卻難熬願。

此時，孟玉樓說：「啐！我每來嚇他每一嚇！」便高聲喊道；「大姐來了！」這時，潘金蓮與西門慶二人相攙，驚慌而上。潘金蓮唱［尾腔］：「將枕席和涼撇，撮合雲雨歡忭。（眾白：扯他去見大姐。）啊呀！不覓春情意惹牽。」（劇終）從劇本來看，詞句並不過分的淫浪，之所以納入「粉戲」，全在于伶人在臺上的表演。如劇中描寫春梅、迎春和玉樓三人「聽春」時用了：「聽兩洋國的野人叫」和「兩個皮老虎打架，資姑了又資姑（即滋咕又滋咕）」等語，這些俱屬「淫聲」。在表演動作上，因為「淫聲」所感，三個女人便「顧不得了抱春梅歎。啐！教人奔馳在花間，將你了卻難熬願。」此處，男旦在舞臺上表演，必然有「導淫」之態。全劇臨終時，受了驚嚇的潘金蓮和西門慶二人赤條條地跑上臺來，金蓮披著西門慶的衣裳，西門慶披著潘金蓮的裙子，表現出因淫亂而導致的慌亂，驟然躍於臺上，寧不引得臺下觀眾怪「好」連天。

秦腔名旦魏長生率團晉京之後，他以更加大膽的表演，「裎體（即裸體）」上臺，一舉壓倒了京腔，才使得這齣《葡萄架》遭到冷落而掛了起來。白二和劉黑兒的表演，因為幹不過人家，也就偃旗息鼓，再也不演這齣戲了。吳太初對這件事十分感慨，還特意寫了一首詩，大發「瑜亮之歎」，為白、劉二伶深抱不平。詩中寫道：

> 宜笑宜嗔百媚含，昵人嬌語自喃喃。
> 風流占斷《葡萄架》，可奈樓頭有魏三。
>
> （見清吳長元《燕蘭小譜》）

後來，白、劉二人都脫離了王府班，改搭永慶班，拜在魏長生的名下，主動地改唱秦腔了。

秦腔來自山西陝西一帶，充滿鄉野的粗獷、潑辣的味道，更加助長了歌臺舞榭中的風流豔冶。秦腔的妖豔和大膽的賣弄色相，也大大地傷害了京師的斯文和尊嚴。乾隆五十年（1785），一向喜愛戲曲的乾隆皇帝下了一道非常嚴厲的驅逐令：

> 議准：嗣後城外戲班，除崑、弋兩腔仍聽其演唱外，其秦腔戲班交步軍統領五城出示禁止。現在本班戲子，概令改歸崑弋兩腔。如不願者，聽其另謀生理。倘有怙惡不遵者，交該衙門查拿懲治，遞解回籍(見張江裁《北京梨園掌故長編》引《欽定大清會典事例》)。

由此看來，乾隆禁止這類「粉戲」的上演也是有一定道理的。

此後，由《金瓶梅詞話》改編成的戲劇寥寥無幾。據方銘編《金瓶梅資料彙編》（黃山書社 1986 年出版）統計，《古本戲曲叢刊》中有《金瓶梅傳奇》一部，並未在舞臺上搬演。還有，二十年代楊晦創作了一齣獨幕話劇《磨鏡》，刊於《沉鐘》1926年第6號，也沒有公演的紀錄。三十年代，歐陽予倩創作了五幕話劇《潘金蓮》，曾被搬演到舞臺上，轟動一時。此外，王一達也編寫過一齣有二十五個場次的京劇《武大郎之死》(1951年8月出版)，描繪《金瓶梅詞話》前五回中潘金蓮和西門慶通姦和「藥鴆武大郎」的故事。李慧芳等人將之排成京劇搬上舞臺，主要表現邪惡勢力對善良人性的壓迫摧殘。公演後，反映平平，不久就掛了起來。

但在民間說唱「子弟書」中，出自《金瓶梅詞話》的俗曲則有十好幾種，如《得鈔傲妻》(三種)、《遣春梅》、《永福寺》、《舊院池館》、《陞官圖》、《哭官兒哥》等。其中有《葡萄架》一段，是屬於「葷口」的段子，說唱中有許多描述男女性交的內容。在舊社會，這類說唱只是演給成年男人們聽，大多都是藝人們應主人之點，在成年男子們辦的「小堂會」上「使活」。與舊時「唱葷曲」、說「髒口」相聲或唱「隔壁戲」的行當是相同的。藝人們在「使活」之前，先向祖師爺行禮告罪，然後演出。演出完畢，用清水漱口，再虔誠地向祖師爺謝罪，方可作揖下場。當然，表演這類段子，點演這類節目的東家是要加倍付錢的。

傅惜華先生珍藏稀世孤本《鬧架》的書影

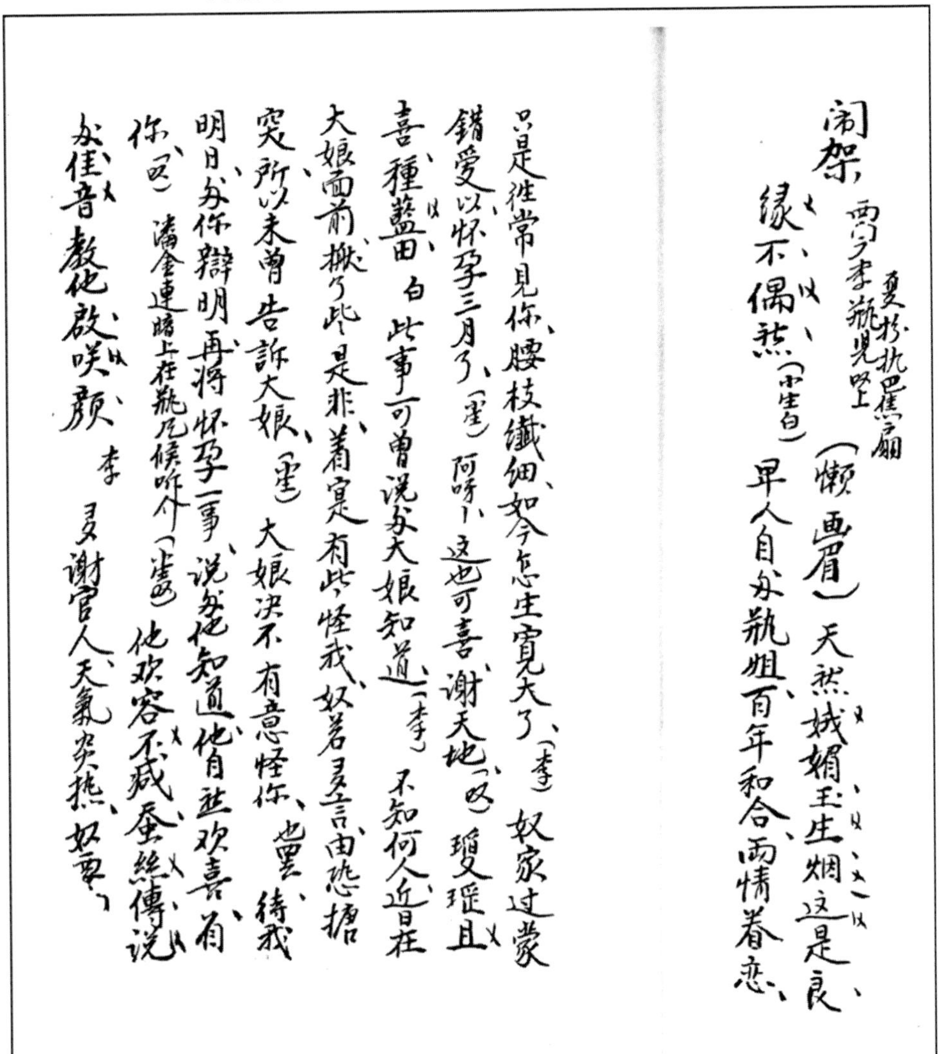
闹架 雪ノ李瓶兒坚上 夏杉执巴蕉扇
(懒画眉) 天然娥媚、玉生烟、这是良
缘不偶然 (小生白) 早人自分瓶姐百年和合、兩情眷恋、
只是往常見你、腰枝纖细、如今怎生宽大了、(李) 奴家过蒙
錯爱以怀孕三月了、(生) 阿呀、这也可喜、谢天地、(又) 瓊瑶且
喜、種藍田、白 此事可曾说与大娘知道、(李) 不知何人近日在
大娘面前搬了些是非、着實有些怪我、奴若言由恐搪
突、所以未曾告訴大娘、(生) 大娘决不有意怪你、也罢、待我
明日与你辯明、再将怀孕一事、说与他知道、他自然欢喜、有
你 (旦) 满金連睹上在瓶兒候听介 (生白) 他欢容不减、蚤丝傳说
与、佳音、教他啟笑颜、李 旦 谢官人、天氣炎热、奴要了

傅惜華先生（1907 年～1970 年）是我國近代著名戲曲研究家和藏書家。他出身名門世家，複姓富察，以藏書精良馳名，書齋名曰「碧蕖館」。康生對他的藏書覬覦日久，借文化大革命「破四舊」之機，紅衛兵將他的藏書全部抄去，康生將藏書中的「精華之精華」據為己有。直到康生失勢，死後抄家，才把他佔據的珍藏退還。北美亞洲圖書館藏有這批餘存的影本，筆者亦萬萬沒想到，在這些影本中，竟然翻出了一冊清人手寫本的《鬧架》。這折戲文共計十三頁，每頁八行，頁面略有殘損、丟字。以上是該抄本的書影之一。

清代戲劇中的男伶扮演的花旦　清昇平署戲裝扮相譜

清代男旦盛行的一個原因，是因為政府有「嚴禁官員狎妓嫖娼」的律令，而且執行得很嚴格。官員們侑酒飲宴，不得招妓狎娼，違者彈責不貸。於是，蓄養乾伶、男旦、孌童、幼伎成風，借假鳳虛凰，以泄龍陽之癖，成了當時官場中的風流時尚。男伶賣身邀寵，亦炙如烈焰。他們在臺上賣弄風騷，臺下私寓接客，其身價與臺上的聲價密切相關，水漲則船高，人紅則利大。因之，諸種有傷風化的戲目登場也是風氣使然。

《大鬧銷金帳》

《大鬧銷金帳》是清乾隆年間的一齣秦腔「粉戲」，也是魏長生和他的弟子們帶入京師的。據《燕蘭小譜》載：

> 友人言近日歌樓演劇，冶豔成風，凡報條（筆者按：清季茶樓演戲之所，常以紅紙書所演之戲，貼於門牌，稱為報條）有《大鬧銷金帳》者，是日坐客必滿。

《大鬧銷金帳》到底是一齣怎樣的戲哪？到底「粉」到什麼程度呢？因無劇本留存，故事內容也已失考。

有人說，這齣戲是從元代的「水滸」劇碼中搬演出來的。宋代遺民龔聖與曾著有《宋江三十六贊》，無名氏的《大宋宣和遺事》也有描寫宋江、魯智深等人的英雄事蹟，《水滸傳》第五回，則有《小霸王醉入銷金帳，花和尚大鬧桃花村》的情節。寫魯智深這個人性情豪爽，路見不平，便拔刀相助。他為了收拾強搶民女的小霸王，自己扮成了新娘子，「將戒刀放在床頭，禪杖把來倚在床邊，把銷金帳子下了，脫得赤條條地，跳上床去坐了」（見施耐安《水滸傳》）。等到小霸王一進洞房，剛掀帳幔，就一絲不掛地躍起身來，與小霸王一陣廝打。但是，這似乎與香豔的旦角戲沒有什麼關係，也就談不上是齣「淫戲」了。

還有人說，這齣《大鬧銷金帳》可能出自清初市井流行的黃色小說《風流媚》，其中第十五回有《玉郎大鬧銷金帳，小姐又看雲雨情》的情節。要不然，便是清人風月軒入玄子著的《浪史奇觀》，其中第二十九回有《閨兒大鬧銷金帳，文妃十面用埋伏》的情節。這些文字都是描寫風月男女，雲雨採戰的穢事。無非是：

> 入夜秋砧動，千聲四起都；
> 烏啼花又笑，驚動洛陽人。
> 御柳垂著水，花暗竹房春；
> 年華已可樂，高興復留人。
>
> （引自清人風月軒入玄子著的《浪史奇觀》）

但是，這些都是依題推斷，均非實考。那麼，這類春閨秘戲的故事真能搬上清季舞臺嗎？答曰，不假。魏長生和他的弟子們就真地把這類描寫性事的戲演了起來。《燕蘭小譜》記載：

> 以名教罪人歸獄魏三，非無見也。近年演《大鬧銷金帳》者漸

少，曾於三慶座中一見之。雖仍同魏三故事，裸裎登場。

彼時，顧曲家吳長元本人並沒有親自看過魏長生演的這齣戲，但是，他曾在三慶班中看了他的徒弟們演出的《大鬧銷金帳》。劇中的旦角倣仿魏長生的故技「裸裎登場」，赤條條地跑到臺上來，又唱又舞。足見，《大鬧銷金帳》是一齣專門描寫男女閨幃之私的鬧劇。荒唐如此，寧不四城轟動？人們無不爭往一觀。「裸體上臺」是魏長生的一大發明，這樣地演出，發生在十八世紀中葉的帝都京師，也是件不可思議的奇事。

這樣的「粉戲」，因為沒有受到政府及時的制止，就越演越烈，後學者競相效尤，使當時的戲劇舞臺一片烏煙瘴氣，時人有詩嘲之：

號國風流別有春，每嫌脂粉污天真。

卯金故事堪持譽，帳裏盈盈兩玉人。

（見吳長元在《燕蘭小譜》）

詩中「卯金故事」的典故，是指南漢後主劉伥寵媚豬，觀看宮人性交表演的故事。用來描述《大鬧銷金帳》一劇，可知該劇之齷齪不堪，早已背離了藝術本色，陷入低級趣味的迷途。這種戲只能熱鬧一時，長久演來，只會令人生厭，招至觀眾的唾罵。吳長元寫道：

坐客無有讚歎者，或且不顧而唾矣。天下人耳目舉皆相似，聲容所感，自足令人心醉，何苦作此惡劇，以醜態求悅人哉？

顧曲家楊懋建在《長安看花記》中說：「乾隆間蜀伶魏長生來京師，廣場說法，以色身示人，輕薄者推為野狐教主。」在「花雅之爭」中，魏長生一派最富競爭力的演員，終因演出這類「粉戲」逐出京師，未得什麼好的結果。

有清以來，茶樓戲館演出色情劇碼實與時風有關。一是文人、士大夫不以龍陽之癖為恥，男風日盛；加之彼時婦女不得進入演藝場所，茶樓戲館都是男人縱情聲色的地方。三百年間，政府對這類「粉戲」時禁、時縱，淫穢的演出，也就時明時暗，從未斷絕。清刊本《百本張抄本子弟書》中《鬚子譜》裏邊就有一段記述：

作者與朋友一日「來至了廣德樓內擇單座，樓上面包了一張整桌會了錢。看座的假殷勤地遞和氣，抵著壺茶說外打的開水香片毛尖。看了看已經過了開場軸子二三齣，文武的戲兒他們嫌厭煩。猛聽得噹啷啷一聲手鑼響，個個機伶長笑顏。出賣他每認識拐磨子，毛三說這個浪旦的名字叫玉蘭。換場又是偺旦的戲，最可愛《挑簾裁衣》的潘金蓮。此戲唱罷開軸子，果然演的《肉蒲團》。個個聽得皆得意，買了些瓜子勒刻藏餅一併餐完。」

這段文字記述的是同光時候的事情。它告訴了我們當時劇場中的荒唐風氣，當《肉蒲團》這齣戲一演，看客們便「精神一振」，「個個聽得皆得意」，這等光景，何等傳神。現在看來，簡直有些不可想像了。

清代戲劇中的花旦　清昇平署戲裝扮相譜

《大鬧銷金帳》是一齣「誨淫」的壞戲，具體的人物扮相無從可考。但是，此劇創造了裸體上臺的記錄，這到是有據可查的。乾隆年間的魏長生和他的弟子陳銀官在演出此劇時，皆「裸裎」登場，然坐客並無讚歎者，反而出現「或且不顧而唾矣」的尷尬場面。

《雙麒麟》

《雙麒麟》也是清代的一齣「粉戲」，在中國近代戲劇史中很有名氣。這齣戲也是在乾隆年間，由秦腔名伶魏長生和他的弟子們帶入京師的。一經登場，曾轟動九城。《長安看花記》中記載：

> 乾隆間，蜀伶魏長生來京師，廣場說法，以色身示人，輕薄者推為野狐教主。吳太初撰《燕蘭小譜》以「名教罪人」歸罪魏三，非無見也。近年演《大鬧銷金帳》者漸少，曾於三慶座中一見之。雖仍同魏三故事，裸裎登場。坐客無有讚歎者，或且不顧而唾矣。

可見，當時魏長生的裸體出演，使戲曲表演走向「淫哇」之路，招致了輿論的強烈批評。吳長元稱：「舊評『騷』未足以概之，而換評其為『妖』」了。魏長生的弟子陳銀官更是變本加厲，將豔冶風格推向極致。《燕蘭小譜》卷五寫道：

> 銀官演《雙麒麟》，裸裎揭帳，令人如觀大體雙也。未演之前，場上先設帷榻華亭，如結青廬以待新婦者，使年少神馳目潤，罔念作狂，淫靡之習，伊胡底歟？

「大體雙」的典故與前邊提到的「卯金故事」均出自五代南漢的末代皇帝劉鋹的身上。《清異錄》中記載：

> 劉鋹得波斯女，年破瓜。豐腯而慧豔，善淫，曲盡其妙。鋹嬖之，賜號媚豬。延方士求健陽法，久乃得，多多益辦。好觀人交，選惡少年，配以雛宮人，皆妖俊美健者，就後園，褫衣使露而偶。鋹扶媚豬巡行覽玩，號曰大體雙。

陳銀官，字碧，四川成都人。乾隆四十五年間在雙慶部演戲，後來加入宜慶部。他的演出可使「觀者如飽飫濃鮮，得青子含酸，頗饒回味，一時有出藍之譽。」陳銀官擅演「粉戲」，而且敢於賣弄色相，裸體登臺做戲，在當時紅極一時，以致「梨園別部演劇，觀者寥若曙星。往往不終劇而罷。」正因如此，陳銀官也遭到了其他伶人的嫉恨，其中「有大力者譖之要津，謂其妖淫惑眾，且多狂誕不法」。後來，陳銀官「又適以誤觸巡城御史車，因逮送秋曹，決三十，使荷校五城，將問遣，陳多方夤緣，乃得薄責，遞回原籍，然已狼狽如幼芳矣」。陳銀官因為擅演「粉戲」，為社會所不容，最終落得身敗名裂，不知所終。

《雙麒麟》究竟是一齣什麼戲哪？梨園文獻也無詳載。只知道是一齣秦腔戲，時稱「侉戲」。戲的內容雖然很淫穢，但並未被政府禁止。直到嘉慶年間，宮中伶人獻媚邀寵，還為皇帝搬演過這齣戲。據故宮現存的《御旨檔》記載，嘉慶皇帝曾有制止學演「侉戲」的諭旨，云：

> 十一月二十三日，內殿總管梁進忠傳旨：于得麟膽大，罰月銀一個月。旨意下在先，不許學侉戲，今《雙麒麟》又是侉，不治罪你們。以後都要學崑、弋，不許侉戲。（見丁汝芹《清代內廷演戲史話》）

從這件諭旨來看，嘉慶皇帝並不反對演這齣「粉戲」，而且他本人也愛看這類「粉戲」。他若不喜歡看《雙麒麟》，太監們也不敢如此造次地在御前搬演。那麼，《雙麒麟》的故事內容到底是什麼哪？筆者依據山陝一帶的皮影戲和民間傳流的說唱中得知，《雙麒麟》是描寫漢朝重臣董仲舒與仙女媾合的一段愛情故事。

大家都知道，有關董永的傳說和戲劇流傳很廣，嚴鳳英主演的黃梅戲《天仙配》，還被排成電影在全國放映，婦孺盡知。該故事最早出現於漢劉向的《孝子傳》。後來，曹植的《靈芝篇》和干寶的《搜神記》，對其也有詳細的描述。董永從小失去了母親，他和父親相依為命，苦度生涯。父親去世以後，董永無錢安葬，便賣身為奴，得銀葬父。董永守孝三年以後，前去為傭，路上遇見一位美貌的女子，願作他的妻子。於是，二人指樹為媒，結為連理。隨後二人一同到債主家為傭。這個女子十分能幹，在債主家中日織縑絹十匹，十日便織完百匹，以此還清欠債，夫妻攜手還家。途中，這個女子向董永辭別，說道：「我本天上的織女，看到你的孝行十分感動。天帝命我下凡幫你還債。現在你的欠債已全部還畢，我也不宜久住人間。」言畢，凌空飛去。這便是「董永遇仙」的一段傳說。

後來，這個故事又有所發展，說是到了第二年，這位仙女再回凡塵，懷中抱著一個小孩。他把這個小孩交與了董永，說道：「這是你的孩子，現在交付與你，好好將他撫養成人，將來必成大業。」這個小孩兒就是董仲舒。董仲舒長成之後，滿腹經綸，一表人材。一日郊遊，他也遇到了一個美女，二人一見生情，遂在郊外野合成歡。次年，女子同樣給他生了一個兒子。不久亦飛昇而去。這個故事在山、陝一帶流傳極廣，迄今許多民間皮影戲班，還經常搬演這齣戲。只是名字有所不同，有的叫《上天梯》，也有叫《雙麒麟》。是取父子兩代雙雙遇仙，又雙雙獲得貴子的意思。

從劇情來看，董永和他的兒子董仲舒雙雙遇仙，原本是個很美好的神話故事，但也不知道怎麼回事，近百年來，竟然被說唱藝人和皮影戲班將之演變成一個黃色的故事。藝人們為了爭取票房價值，把個聰明美貌的七仙女演成一個擅於交媾的「蕩婦」。這才使得《雙麒麟》成了一齣為人詬病的「粉戲」。

陝西是皮影戲的發源地，距今已有一千多年的歷史，可以說它是世界上最早出現的「音配像」藝術。皮影戲又稱「影子戲」，「燈影戲」、「驢皮影」，是用燈光（或燭光）照射用驢皮雕成的人物剪影，來進行表演的。皮影戲的劇碼、唱腔對後來的各種戲劇都有著直接的影響。昔日的秦腔、亂彈，其中有很多節目都來自皮影戲，《雙麒麟》也是從皮影戲中，直接演變出來的。

自從清人入關之後，皮影戲發展到了鼎盛時期。很多皮影藝人都是子承父業，數代相傳。無論是從影人的製作、影戲的演技、唱腔和流行地域方面講，都曾達到了歷史的巔峰。當時山、陝一帶，很多官邸王府，豪門旺族和鄉紳大戶，都以請名師刻製影人、蓄置影箱、私養影班作為一種榮耀。在民間的鄉村城鎮，大大小小皮影戲班比比皆是，尤其在陝西，一鄉一鎮有二、三十個影班也不足為奇。張藝謀拍攝的電影《活著》，就從側面反映出當地人們對影戲的嗜愛。在那裡無論逢年過節、喜慶豐收、祈福拜神、嫁娶宴客、添丁祝壽，人們都要搭臺唱影。不少連本大戲都要唱個通宵達旦，像《薛仁貴征東》、《樊梨花征西》之類的大戲，可以連演十天半個月的才能唱完。一個廟會，可以出現幾個影班搭臺唱「對臺影」，如同大賽一般，那個熱鬧勁兒，招得人山人海，不可言狀。據皮影老藝人郝連貴說：

> 皮影戲中的黃段子很多，如《大西廂》、《樊梨花》、《潘金蓮》、《王二姐》、《送枕頭》、《高粱地》，都有黃色表演。至於演與不演，要看點戲的東家要不要「葷活」。舊社會的「小堂會」（即成年男人們的聚會），或農村裏辦喜事，在場院裏唱影，唱到後半夜，女人、孩子們都回屋睡覺，就剩下老爺們的時候，大多都要點「葷活」解悶兒了。到時候就可以把「騷達子」用上。
>
> 什麼是「騷達子」？「騷達子」是皮影人中的「春官兒」，也是影人中的「秘活」。「騷達子」有的是著衣冠的，有的是赤條條光身子的，小生也好，戴髯口的也好，下身刻著一根又粗又大的「騷根子」，也就是男性生殖器。不用的時候，都把「騷達子」壓在戲箱的最底下。老人們說「騷達子」是避火的神仙，有了他，

> 火神爺不敢近前。因為，火神是個終身未嫁的貞女兒，最怕這玩意兒。有「騷達子」當鎮物，可以防火免災。如果點戲的東家愛看「葷活」，「騷達子」就可以登場了。譬如，《玉堂春》中的《嫖院》和《山神廟》，就可以把身著衣冠的「騷達子」使上，讓這個王金龍與蘇三演上一段床上戲。如果東家點《送枕頭》，可以先用著衣冠的「騷達子」調情，待到男女二人上床後，還可以把光著身子的「騷達子」使上。一般的說，這種「床上戲」可長可短，要看東家給錢多少。給的錢多，就演的長一點兒，花稍一點兒。給的錢少，用「騷達子」幌一幌，也就算了。因此，戲班裏把「騷達子」也叫「小財神」。當然啦，解放後一掃黃，「騷達子」也就沒人敢刻了，有「騷達子」的戲也就不敢演了。

由此推想，《雙麒麟》戲中，有生、旦野合的場面兒，那麼，『騷達子』赤條條登場也是必不可少的了。乾隆年間，魏長生將《大鬧銷金帳》、《雙麒麟》等「粉戲」從皮影戲中移植為秦腔，帶入京師演出。他和他的弟子陳銀兒在劇中「裎體」登場，似乎也就不足為怪了。

皮影戲《雙麒麟》中的董仲舒與仙女的造型

《雙麒麟》的故事最早出現於漢劉向的《孝子傳》，後來，曹植的《靈芝篇》和干寶的《搜神記》，對其也有詳細的描述。是寫董永和他的兒子董仲舒雙雙遇仙，並在郊外野合成歡的故事。這個故事在山、陝一帶流傳極廣，迄今許多民間皮影戲班還經常搬演這齣戲。只是名字有所不同，有的叫《上天梯》，也有叫《雙麒麟》。

《茶坊比武》

著名京劇表演藝術家關鸝鸝有一齣代表作，叫做《鐵弓緣》。八十年代，這齣戲拍成彩色戲曲片在全國放映，一直被京劇愛好者們奉為是齣花旦、刀馬旦及坤旦反串武生的經典。關鸝鸝以唱、念、做、打、舞，全面的技藝才能，在舞臺上塑造出一個活潑可愛、能文能武，勇敢坦然地求追愛情、對愛情忠貞不渝的古代少女和巾幗英雄的藝術形象。使人看後，釋懷不忘。但是，這齣戲在清代一向被列為「粉戲」、「淫戲」。尤其是前部《茶坊》、《比武》兩場，從乾隆年起就一再禁演。

《茶坊比武》是《鐵弓緣》或《大英傑烈》中的一折，單獨演出時，也叫《豪傑居》。故事源自明人傳奇《鐵弓緣》。講某朝太原陳守備居官早喪，遺下一女陳秀英，與她的母親二人相依為命，開了一間豪傑居茶館度日為生。茶館內有鐵弓一張，懸於壁上，乃是陳守備生前遺物。守備臨終遺言，凡能拉開此弓者，即可接納為婿。一日，太原總鎮石須龍之子石旦，率領惡奴來到豪傑居吃茶，見秀英生得美貌，欲強討秀英為妾。陳母大怒，將石旦暴打一頓，趕出茶館。此時，恰被總鎮部將匡忠遇見。匡忠出於好心，上前勸解，石旦乘機逃走。匡忠年少未婚，生得堂堂正正、一表人材，被秀英和陳母看中，便請入茶館熱情招待。陳秀英主動上前，邀其在後院比武，試拉鐵弓。匡忠精通武藝，很從容地拉開了鐵弓。喜得秀英眉開眼笑，毫不掩飾地說是「自己的小女婿」到了，央求母親出面提親。陳母亦高高興興地上前說合，匡忠假意推託，急得秀英如熱鍋上的螞蟻團團亂轉。在陳母與匡中反覆「洽談」之下，匡忠欣然應允親事，言說報之父母之後，定來迎娶。二人依依而別。

這齣戲，原本出自亂彈。清代的《茶坊比武》，一般演到此處為止。目前，尚未發現演出全劇的記錄。直到民國二十年代末期，「四大名旦」之一的荀慧生先生，才把這齣戲重新整理後，演出了全部《鐵弓緣》。前部為花旦，中間扮閨門旦，其後改扮小生，楊小樓曾為之配演王富剛。

後邊的故事則是：石旦回府之後，不知悔改，反在其父石須龍面前挑撥是非，誣陷匡忠。石須龍溺愛自己的兒子，遂命匡忠父子外出押銀解餉，又暗中命人冒充強盜，中途劫搶。匡忠父子因丟失了財物，未經質對，就被誣通賊，謫貶鎮守邊關去了。隨後，石旦率眾前往豪傑居，逼迫秀英母女，強與秀英成親。秀英假意應允，將石旦誘至家中，一刀殺了。母女二人逃奔天門山，意欲投靠匡忠之友王富剛。彼時，王富剛恰來訪問匡忠，被石須龍拿獲，解至王督撫處問罪。王督撫見王富剛忠勇，便赦為已用。陳秀英喬扮男子到邊關尋夫，冒用王富剛之名，一路行來，遇見綠林好漢關白之女關翠娥。翠娥見其英俊，邀陳上山。關白欲促使陳與翠娥成婚，將二人關於一室。秀英無奈，假約三事事成，再行成婚。於是，借得山上兵勇，攻打太原，斬殺了石須龍，報仇雪恨。王督撫令王富剛出戰，真假王富剛陣前交鋒，勢均利敵，難分勝負。王督撫調回匡忠，命他立功贖罪。兩軍陣前，匡忠與秀英相會，秀英述以實情，夫妻陣前團圓。所以，全齣戲亦名《大英傑烈》。

前半齣《茶坊比武》，也是在乾隆年間，由秦腔名旦魏長生帶入京師的拿手戲。戲中人物以小生、小旦、彩旦、小丑為主，在「吃茶調情」、「比武訂親」等戲中，魏長生飾演的陳秀英，在表演中「秋波暗送，青眼傳情」，把一個情竇初開的少女春心蕩漾之態，描摹得淋漓盡致。時人有詩誇讚魏長生的演技：

媚態綏綏別有姿，何郎朱粉總宜施。
自來海上人爭逐，笑爾翻成一世雌。

鏡殿春風作意描，阿翁瞥見也魂消。
十香詞好從兒唱，贏得羅裙幾度嬌。

（見清吳長元《燕蘭小譜》）

自乾隆五十年禁止秦腔在京城演唱之後，《鐵弓緣》也就成了一齣禁戲。魏長生奉禁改入京班，改名永慶，亦改唱崑弋腔。他的專長發揮一度受到了控制，拿手的戲不能演了，一度失去了風采。正如《燕蘭小譜》所記：

壬寅（1785 年）秋，（長生）奉禁入班，其風始息。今雖復演，與銀官分部，改名永慶，然較前則殺矣。

不過禁止歸禁止，不久諸種禁演劇目又死灰復燃，《茶坊比武》依然活躍於民間的舞臺上。由於藝人們的理解不同，表演方法不同，把許多色情成分摻雜其中，使《茶坊比武》越演越黃。比如，衙內石旦在「豪傑居」茶館調戲秀英時，使用了很多「髒口」，還動手動腳，皆被陳母看見。陳母發威，對其先課罰款，繼而打出門去。強行令其脫衣裳，一直脫到只剩下一條彩褲為止。最後，以彩褲兜頭，狼狽而去。另外，匡忠上場後，被秀英和陳母看中，陳秀英主動上前勾引挑逗。有的演員做戲過於「火爆」，使得原本是閨中少女的秀英，擠眉弄眼，甚於蕩婦。所以頗為輿論垢病，這才淪為「粉戲」。

同治十三年（1874）一月十日，清政府在《申報》上刊布《道憲查禁淫戲》的公告稱：

> 各戲館每有演唱淫戲，引誘良家子女，始優伶楊月樓，凡演淫戲，醜態畢露，誘人觀聽，以致作奸犯科，傷風敗俗，其此為甚。除楊月樓犯案由縣按例嚴辦外，此後各戲館如再不知梭改，仍演淫戲，應即查拿徵究，以昭炯戒。

《禁戲公告》將禁演的近三十餘齣「誨淫誨盜」的劇碼，並且一一登報列出，《茶坊比武》赫然名列其中。

民國期間，荀慧生把此戲重新整理，刪減了不少色情表演，搬演了全部《鐵弓緣》，使之成了一部「荀派」名劇。解放後，關鷫鷞將其再次加工改編，拍成了彩色京劇藝術片在全國放映，獲得了廣泛的好評。

《鐵弓園（緣）內逞英雄，東都才子配佳人》

〔清〕河南開封木版年畫

圖中的陳秀英在用力扯開鐵弓，陳母翹起大姆指，贊許自己的女兒。而匡忠在一旁看得發呆，由此，二人眉來眼去，一見鍾情。此圖為清季印製的木版年畫，足知，這齣戲在民間早已是家喻戶曉、婦孺皆知了。

《鐵弓緣》劇照荀慧生飾陳秀英

攝於上世紀三十年代

荀慧生（1900～1968），京劇表演藝術家，「四大名旦」之一，「荀派」藝術的創始人。祖籍河北東光，初名秉超，後改名秉彝，字慧聲。1925 年，與余叔岩合演《打魚殺家》起改名為荀慧生，號留香，藝名白牡丹。三十年代，他與編劇陳墨香先生一起把這齣戲重新整理後，演出了全部《鐵弓緣》。自飾陳秀英，前部為花旦，中間扮閨門旦，後改扮小生，全劇允文允武，十分精彩。

《烤火》

《烤火》是全本秦腔《富貴圖》中的一折，因為，故事的主要情節發生在陝西渭南少華山，所以，此劇也稱《少華山》。

故事講，唐代民間有一個窮秀才名叫倪俊。在朝廷開科的大比之年，欲赴京城趕考，但是，身境貧寒，缺少盤纏，一時無法動身。他到岳父符謙府上借貸，符謙嫌貧愛富，眼見尚未成親的女婿日益窮困，便早有悔婚之意。不但不允借貸，還要提出退親。符謙的女兒符金蓮與其父不同，生性賢良知禮，暗中贈送首飾釵環與婆婆，資助倪俊成行。符謙知道後，竟然強行追回。並且說倪俊是有意劫女成親，將他告到公堂。知縣藏昂接受了符謙的賄賂，將倪俊定罪押監。

監中關押有一名俠士袁龍，他是因為殺人入獄。他在獄中設計越獄，約獄中人犯一起潛逃。唯有倪俊憨厚，矢志不逃。彼時正值安祿山巡監，見倪俊為人忠厚，不是坐奸犯科之輩，便釋他無罪出監。袁龍與眾囚犯逃出後，一起上了少華山落草為寇。倪俊出獄後，赴京趕考，路過少華山時，被袁龍裹上山寨，留住不放。

一日，山寨兵丁在山下搶來一名少女，乃是知縣藏昂的未婚之妻尹碧蓮。袁龍強迫倪俊與尹碧蓮結為夫妻，被一起關入洞房之中。倪俊思戀符金蓮，不願重婚，在洞房之中，不沾床榻，烤火待曉。次日，倪俊不辭而別，逃下山去，上京趕考，得中解元。尹碧蓮的父親得知其女已被袁龍許配倪俊為妻，遂送碧蓮至倪府。彼時，符金蓮早已住進倪府，二女見面，親如姐妹。於是商議同事倪俊。此時，倪俊得官回府，三人同拜花堂。

《烤火》一劇亦稱《烤火下山》，是一齣秦腔的骨子老戲。有史料記載：明萬曆四十八年，山西晉南河津縣小亭村修建舞臺時，舞臺題壁上便寫有這齣戲的大名。足見，《烤火》一劇在彼之前便已成型，並且四處上演了。

但是，這樣一齣連臺本戲在舞臺上很少演出。經常露演的則是袁龍強迫倪俊與尹碧蓮成親，二人被關入洞房之中的一折，名為《烤火》。時值天寒地凍，孤男寡女相對坐在洞房中，默默無語，相對烤火，坐以待旦。尹碧蓮見倪俊文雅規矩，是個柳下惠魯男子坐懷不亂，心生愛慕，幾次想與他坦蕩心懷，託以終身，只是閨中淑女，羞於啟齒。一直待到天光欲曉之時，尹碧蓮想求其援助，倪俊此時也已動心，遂將富貴圖作為定情之物，贈送與碧蓮。天明以後，便匆匆揖別，下山而去。

如果再接著演下去的話，則是倪俊下山到旅店休息，此店適為碧蓮之婢秋香所開，秋香對之款待如賓。再說，此時奸賊臧昂親領官兵前來剿山，被袁龍殺了。袁龍讓尹家父女攜圖下山，在店中遇到倪俊，倪讓他們父女先到自己家鄉暫住。倪俊則進京趕考。演到這裡，則稱《下山》。

這齣戲後半部分多是過場戲，表演亦無何情趣，故而，伶人多從《烤火》演起，演到《下山》為止。亦名《烤火下山》、《小富貴圖》或《牡丹圖》。

據《清代梨園史料》載，這齣戲也是魏長生帶入京師露演的。魏長生飾演的尹碧蓮，能描摹出情愛女子處在一種尷尬的環境中，所顯露出來的各種心理活動，鮮明活潑，富有個性。在戲劇史料中，雖然沒有對魏長生演出此劇的直接評論。但記有魏長生的徒弟陳銀兒演出《烤火》的情景：

> 余近見陳銀兒《烤火》一齣，狀女悅男之情，欲前且卻，舉多羞澀，既而俗念難消，肩背瑟縮，不能自禁。恍悟咸卦，四五兩爻。由心而背，一節深一節，非以脢為莫不關情處。講家謂脢在心上，不能感物。此春香之譏陳最良，一些趣也不知也，識者當自領之。有詩稱讚：
>
> 兩美相逢悅有餘，目閒肩聳更踟躕。
> 頓教悟徹咸其脢，快讀兒家無字書。
>
> （見清吳長元《燕蘭小譜》）

從詩中，可以想像到魏長生的演技是如何高妙。擅演此劇的還有魏長生的其他弟子，如永慶部的蔣四兒，三慶部的劉慶瑞，演出《烤火》，「超乎淫逸、別致風情」。（見《日下看花記》卷一）

乾隆禁演秦腔以後，此戲一度絕響。到了嘉慶年間，《烤火》一劇才又重新搬上舞臺，從此久演不衰，流傳遐邇。不僅秦腔搬演此劇，許多地方戲劇也移植了此劇；不僅在京師的茶樓舞榭上演，就是偏遠地區，如雲南、貴州一帶的鄉鎮戲臺上，也演起了《烤火下山》。清人貴日方編的《黔記》一書中，收有《貴州竹枝詞》多首，其中有一首詩寫道：

> 板凳條條坐綠鬟，娘娘廟看豫升班。
> 今朝比似昨朝好，《烤火》連場演《下山》。

劇中，一對全然漠生、互不相識的青年男女，在不情願的情況下，被強行地關在一處。二人由相斥、相防、到相近、相敬，最終發展到相慕、相親、相愛，這種層層遞進的心理漸變，要通過演員的唱腔、表情、身段以及手、眼、身、法、步的做功，循序漸進地表現出來，緊緊抓住觀眾的眼球，掌控觀眾情緒的變化，沒有高深的藝術造詣是很難演得出神入化。但在封建桎梏的環境中，一旦把少女性心理活動演得淋漓盡致，勢必又墜入「淫」和「粉」的羅網之中。時人評論此戲，「狀女悅男之情，欲前且卻，舉多羞澀，既而俗念難消，肩背瑟縮，不能自禁」（見清余治《得一錄》），已頗見粉豔了。後來，這齣戲又被列為禁戲，寫入《永禁淫戲目單》中，這也就不足為怪的。

但是，《烤火》一劇久演不衰，最重要的原因是此劇寫了一個「情」字，深刻地揭示了一對少男少女在獨處之中，彼此萌生愛慕之情的心理過程。近代晉劇演員任跟心、王曉萍、青年演員苗潔等人，演的《烤火》也相當細膩精彩，她們採用披衣、疊衣、烤火、爭火、偎火，讓火等，種種有節奏的技巧，既表現出生活性，又有藝術性，寓意深刻、惟妙惟肖，引人入勝。充分地表現出「戲無情不足以動人，戲無技不足以驚人」的一句古語，深受廣大觀眾的熱愛。

近幾年來，劇作家曲潤海將全部《富貴圖》重新改編，搬上舞臺，使這齣有化石意義的老戲，得到了更完美的昇華。

晉劇《烤火》劇照，苗潔飾尹碧蓮、鄭強飾倪俊

攝於 2010 年

山西省晉劇院青年演員苗潔進京舉辦折子戲專場演出，其中有《烤火》一折，深獲好評。她在戲中採用了披衣、疊衣、烤火、爭火、偎火，讓火等，種種有節奏的技巧，既有生活性又有藝術性，寓意深刻、惟妙惟肖，引人入勝。可謂「戲無情不足以動人，戲無技不足以驚人」。

《背娃進府》

《背娃入府》亦名《背娃》、或稱《入侯府》、《溫涼盞》。如今，這齣戲已很少有人演出了。據筆者所掌握的資料看，這齣戲在民國時期的二十年代末，曾在上海「丑角大會」中有伶人演過一次，被有心的畫家畫了下來，印在當時出版的香煙畫片上，為我們留下了一個表大嫂的人物造像。「梳鄉下頭，背喜神（即小孩子），拿煙袋，穿竹布褲褂，大紅鞋」。但是，香煙畫片背子上所印的作者觀劇評語，則稱此劇「亦不見大好處」。到了三十年代，這齣戲似乎也就絕跡舞臺了。就這麼一齣「亦不見大好處」的折子戲，在清代則是頗有名氣和影響的，並且被定為「淫戲」，不准演出。

那麼，這齣戲是怎麼一個故事呢？據編輯《戲考》的王大錯先生講：

> 有張元秀者，孑然一身，困厄萬狀，食不能充腸，衣不能遮體，飢寒之態，難以言語形容。無可謀生計，依於表兄李平兒家。李平兒則一鄉曲之人，夫耕婦織，操作甚勤。鄰里稱為謹願，決不有勢力之存見。所以張元秀在家，衣之食之，寒暑無間。惟性耐勞苦，不願作廢光陰，使張元秀往山中採樵，以供用。詎知張元秀泰運已交，雖無心於富貴，而富貴逼人來。於叢莽中拾一雕鏤精工之器，倩識者觀之，咸謂稀世之珍，連城之價，名溫涼玉盞。大內之珍藏品，民間所不輕有，亦所不宜有。張元秀即定進貢之方針，冀邀朝廷之恩賞。無如兩手空空，多時守株在鄉，尚屬表兄之方便，雖偶萌妄念，仍不能越雷池一步，徒喚奈何而已。乃李平兒竟肯玉成其事，復肯肩任其責。所需行李盤纏，一一為之勉力拼擋，妻又助以簪珥，而張元秀遂得涉足於京都。朝廷欣愛此寶，授一官職，以獎其勞。不數年，爵至通侯，衣錦還鄉，為宗族交遊光寵。張元秀感念前情，邀李夫婦，攜帶幼孩到府。握手道故，相忘於形骸，儼如家人骨肉。久別乍逢，不以貧賤富貴四字，懸諸心目之間。適有耿金文，前來拜謁，張元秀惡其趨炎，因當初困厄之時，不齒於耿，屢為所侮。於是怒而挫辱之，李夫婦代為再三寬解，消弭其隙。舊德舊怨，兩有所報也。（見王大錯《戲考》）

這齣戲共有四個主要角色，其中李平兒一角為丑扮演，李平妻即表大嫂為旦角扮演。張元秀為小生，耿金文為裏子老生。全劇大多為科白，靠的是演員的做表，演的就是一個「世態人情」。王大錯先生評論此劇說：

一貴一賤，交情乃見。一富一貧，乃見交情。此古人憤激之語也。然世道有隆污，人情有厚薄，衡諸古今，如出一轍。阮籍之青白眼，亦無怪其然也。獨能別具隻眼，識英雄於潦倒之中。公卿士夫間，亦鮮有其人，而何責於愚夫愚婦。是劇之李平兒，實卓越尋常，是為難能而可貴者矣。

他還說：

是劇純以插科打諢，饜觀劇者之心理，然須有名角之做工，方見精彩。劇本中之句語，滑稽而含規諷性質。描摹李平兒夫婦的真一鄉曲。當其身入侯門，耳目更新，幾失其起居動靜之知覺。言語兀突，無所謂忌諱者。貴賤忘形，即是天真爛漫，宜乎張元秀之始終愛敬也。獨惜世道險，人情勢利，交際之目的，與是劇適成反比例。觀李平兒之渾渾穆穆，當以水鏡之語移贈曰：好好，好好。

這席議論，也道出了李平妻這一人物的難演之處。

該劇始自秦腔，也是魏長生擅演的劇碼之一。魏長生飾演那位淳厚樸實的鄉下婦女，與他一貫飾演的花旦人物，如潘金蓮、尹碧蓮等截然不同，反而更加神似。時人對之評價極高。顧曲家吳長元在《燕蘭小譜》中有詩讚之：

傳神一劇《背娃娃》，村婦癡頑笑語嘩。
薄酒中人粗布暖，錦幃春色屬誰家？

《日下看花記》也有詩讚之：

《背娃》爭看小嬌妖，未吐歌珠幾折腰。
好似映山紅躑躅，也堪娛目把人撩。

乾隆五十年，長生受到其它劇種之妒，告其「言詞粗俗，聲腔不雅」，一度被逐出京師。乾隆五十三年(1788)，魏長生南下揚州，又使魏腔風靡揚州。趙翼在《簷曝雜記・梨園色藝》說：「歲戊申，余至揚州，魏三者，忽在江鶴亭家。酒間呼之登場。」李斗在《揚州畫舫錄》卷五中也有記述，稱魏長生「演戲一齣，贈以金。」以至，許多崑班子弟背著自己的師傅前來學藝。焦循在《花部農譚》中則說：「自西蜀魏三兒，倡為淫哇鄙謔之詞，市井中樊八，郝天秀之輩，轉相效法，染及鄉隅。」可見，魏長生的表演藝術在江南也風靡一時。

據《清代梨園史料》載：魏長生離京時曾經發誓說：「不復入京，何為大丈夫！」他在外埠飄泊多年之後，於嘉慶六年，魏三年六十餘歲時，復入京師重操舊業，並且攜帶一個十餘歲的孫子同赴歌樓，眾人十分矚目。由於彼時對他的禁令尚未解禁，官府感其舊時聲譽，准許他在京演出。但只許他演《背娃入府》一戲，別的戲不能動。當時，魏長生竭盡畢生所能，把這齣戲演得聲情並茂，唱到高亢之處，聲裂九天，全場為之轟動。下場後魏長生以淚洗面，長歎一聲「吾誓圓也！」遂溘然長逝（見《嘯亭雜錄》）。

《夢華瑣簿》也記有此事：

> 魏三年六十餘復入京師理舊業，髮鬖鬖有鬚矣。日攜其十餘歲孫赴歌樓，眾人屬目，謂老成人尚有典型也。登場一齣，聲價十倍。夏日搬《表大嫂背娃子》，下場即氣絕。

直到嘉慶年間，秦腔已然衰落，但是，魏長生的這齣拿手劇碼仍被西部梆子腔及徽腔伶人廣泛地演出。如徽班春臺部的蔡三寶，他學習魏長生變本加厲，「別開生面，窮形盡相，一味淫佚科諢以供時好。一時有賽魏三之目。」（見《日下看花記》卷三）

又如，西部梆子腔大順寧部的韓四喜，三慶部吳蓮官和雙和部的姚翠官，他們演來」雙翹蓮瓣，絕類婉卿」（見《日下看花記》卷三），亦深得個中三昧。其中，演《背娃》最好的，應數楊雙官堪步其武。《日下看花記》說他：

> 演劇在淡中取態，其味當於雋永處求之。如《背娃》一齣，自魏三擅場後，步其武者，工顰妍笑，極妍盡致。天福輕描淡寫，活像三家村裏當家婦人，臉不畏羞，口能肆應，可謂一洗時派矣。時人贊其：
>
> 一顰一笑盡從容，不太寒酸不太濃。
> 折取玉簪秋水照，可人倒勝木芙蓉。
>
> （見《日下看花記》）

但是，這齣戲在清季一直被視為「淫戲」，並在同治年間列入《翼化堂條約》的《永禁淫戲目單》，禁止演出，實有因人罪戲之嫌。就是因為魏長生曾唱紅過這齣戲，他一旦被列為「被逐」之人，那麼他演的戲也就被劃成「被逐」之戲了。

《背娃入府》之李平妻

香煙畫片（1928）

《背娃》這齣戲也是出自秦腔，由魏長生演出於乾隆年間。文載，魏長生嘉慶六年二次晉京，演罷此戲，在後臺溘然去世。後人學演者此劇者甚多，直到清末演之不衰。此圖是 1928 年上海丑角大會後，畫工為劇中人李平妻繪製的一幀繡像。梳鄉下頭，背喜神（即小孩子），拿煙袋，穿竹布褲褂，大紅鞋，由上海華成煙草公司出版發行。是研究此戲的唯一的近代圖像資料。三十年代後，此戲已無人會演了。

《紅樓夢》

《紅樓夢》亦名《石頭記》，是曹雪芹寫的一部長篇小說，據推測，該書於乾隆年中葉成書。其篇幅龐大、內容紛繁。其中，寶玉與黛玉的愛情悲劇是全書的主線之一。現在所知，最早被搬上戲曲舞臺的「紅樓戲」，是清代仲雲澗所寫的《紅樓夢》傳奇，他將《葬花》、《警曲》串起來，合為一齣，當時曾有演出。時人評論：

> 南曲抑揚抗墜，取貴諧婉，非鸞仙所宜。然聽其〔越調鬥鵪鶉〕一曲，哀感頑豔，淒惻酸楚，雖少纏綿之致，殊有悲涼之慨。聞者自爾驚心動魄。使當日競填北曲，鸞仙歌之，必更有大過人者。（見清蕊珠舊史（楊懋建）《長安看花記》）

清蕊珠舊史楊懋建對當時擅演林黛玉的歌郎眉仙評價甚高：

> 眉仙嘗演《紅樓夢．葬花》，為瀟湘妃子。珠笠雲肩，荷花鋤，亭亭而出，曼聲應節，幽咽纏綿，至『這些時，拾翠精神都變做了傷春證候』句，如聽春鵑，如聞秋猿，不數一聲《河滿》矣。余目之曰幽豔。嘗論紅豆村樵《紅樓夢》傳奇盛傳於世，而余獨心折荊石山民所撰《紅樓夢》散套為當行作者。（見清蕊珠舊史《長安看花記》）

崑曲《葬花》，則是孔昭虔在嘉慶元年（1796）寫的一齣單折戲。現在，一般談及清季舞臺上演出的《紅樓夢》，多是指這齣《葬花》或《黛玉葬花》。內容除了「黛玉傷春」之外，還有黛玉與寶玉一起偷看《西廂》的情節。

從《紅樓夢》一書問世，就被封建道學家視為「眼中釘、肉中刺」，朝廷曾多次將之列入禁燬之列。同樣，越是被禁燬的作品，在民間也就影響越大。晚清得碩亭的《草珠一串》《竹枝詞》中就寫道：

> 做闊全憑鴉片煙，何妨做鬼且神仙。
> 閒談不說《紅樓夢》，讀盡詩書是枉然。

「閒談不說《紅樓夢》」句下有作者自注：「此書膾炙人口」（見清得碩亭《草珠一串》《時尚》）。從中可以看到民間對《紅樓夢》的喜愛程度。就是在慈禧太后的寢宮的迴廊裏，周遭四壁也畫滿了《紅樓夢》的故事。人們對書如此，對戲也是如此。《日下看花記》稱，太和部的伶人薛四兒最擅此戲。

「是旦中之秀穎者，丰姿婉孌，面似芙蕖，於兒女傳情之處，頗事醞藉，而臺下『好』聲寂然。吁！可怪哉。余謂好花看在半開時，閨情之動人，在意不在象。詩云：

> 無限風懷旖旎情，春光微逗可憐生。
>
> 《紅樓》佳處多含蓄，羞向唐宮鏡裏行。
>
> （見清小鐵笛道人《日下看花記》）

《紅樓夢》問世以來，不知傾倒了多少癡情的男女。清末文人陳其元的《庸閒齋筆記》中，載有這樣一則時事。謂：

> 某賈人女，明豔工詩，以酷嗜《紅樓夢》，致成瘵疾。當綿綴時，父母以是書貽禍，取投諸火。女在床，乃大哭曰：奈何殺我寶玉！遂死。

此則新聞，很能反映出這部書寫得感人至深。

正因為該書對社會的巨大影響，動搖著封建社會的道德基礎，因此也被列入《永禁淫戲目單》之中。《翼化堂條約》稱：

> 《紅樓夢》等戲，近人每以為才子佳人風流韻事，與淫戲有別。不知調情博趣，是何意態。跡其眉來眼去之狀，已足使少年人蕩魂失魄，暗動春心，是誨淫之最甚者。至如《滾樓》、《來唱》、《爬灰》、《賣橄欖》、《賣胭脂》等戲。則人人皆知為淫褻。稍知自愛者。必起去而不欲觀。即點戲人亦知其為害俗而不敢點。則風流韻事之害人入骨者。當首先示禁矣。（見清余治《得一錄》《翼化堂條約》）

人們不禁要問，全書中賈寶玉與林黛玉之間根本就沒有體膚之交，何以為「淫」？用警幻仙子的話說，是為「意淫」。她解釋說：「如爾天分中生成一段癡情」（見《紅樓夢》第五回《賈寶玉初試雲雨情》）。如果一個人對嬌美嫵媚的女性，尊重、愛戀、痛惜，把她們視為知己，與她們心心相印，肝膽相照，「雖悅其色，復戀其情」，而且施情不吝，癡而不返，這個「淫」就是「沉溺」、就是「惑亂」。同時，「意淫」內含一種主動性，即全方位地讓自己的思想、意識、情感、感覺深入地向女性世界浸漫，去領悟此中的種種「柔情私意」。所以，「意淫」不僅是「淫」，而且是最大最惡的「淫」，更要嚴格禁之。

進入民國之後，梅蘭芳與齊如山、李釋戡、羅癭公等人合作，以《紅樓夢》第二十三回《西廂記妙詞通戲語，牡丹亭豔曲警芳心》為核心，結合「黛玉泣殘紅」的情節，重新編演了古裝新劇《黛玉葬花》。劇中選用不少《紅樓夢》原文，並把《葬花詞》和《紅樓夢曲子》融化為臺詞。梅蘭芳在演出中，對人物造型也進行了大膽的創新改革。梳「古裝頭」，穿「古裝衣」，都是參照前代「仕女畫」製作，使戲劇化妝又添異彩。在劇中，梅先生精心刻畫出林黛玉借落花自歎，寄人籬下的孤苦心境和懷人幽怨的纏綿意緒。此劇於 1916 年 1 月在吉祥園首演，由梅蘭芳飾演林黛玉，姜妙香扮演賈寶玉、姚玉芙扮演紫鵑、諸如香扮演襲人、李敬山演茗煙。演出後，受到了廣大觀眾的歡迎。

此劇尤其得到眾多詩人和畫家的讚賞，認為曹雪芹筆下的林黛玉形象，在舞臺上得到了極佳的體現。《黛玉葬花》的演出成為京劇第一齣立得住的「紅樓戲」。

此後，這齣戲被多個劇種改編後搬上舞臺，其中，以越劇《紅樓夢》最為成功炙人口。三十年代，由上海芳華越劇團尹桂芳最先推出，一時萬人空巷。1962 年由上海越劇院演出，拍成舞臺藝術片。徐玉蘭飾賈寶玉，王文娟飾林黛玉。片中人物造型俊美、唱腔柔麗、表演細膩真切，充分發揮了戲劇的藝術特點，在體現原著思想內涵的同時，突出了寶黛的愛情悲劇，具有很強的審美力。

《紅樓夢·葬花》梅蘭芳飾林黛玉

攝於民國初年

京劇《紅樓夢》是梅蘭芳與齊如山、李釋戡、羅癭公等人一起合作，重新編演的一齣古裝新劇。梅蘭芳在演出中，精心刻畫出林黛玉借落花自歎，寄人籬下的孤苦心境和懷人幽怨的纏綿意緒。此劇，於 1916 年 1 月在北京吉祥園首演。

越劇《紅樓夢》，徐玉蘭飾賈寶玉，王文娟飾林黛玉

《紅樓夢》這齣戲被多個劇種改編後搬上舞臺，其中，以越劇最為成功。三十年代，由上海芳華越劇團尹桂芳最先推出，一時萬人空巷。1962 年由上海越劇院演出，徐玉蘭飾賈寶玉，王文娟飾林黛玉，拍成彩色藝術片，在全國放映。人物造型俊美、唱腔柔麗、表演細膩真切，充分發揮了戲劇的藝術特點，在體現原著思想內涵的同時，突出了寶黛的愛情悲劇，具有很強的審美力。

《清楓嶺》

《清楓嶺》又名《青峰嶺》，也叫《青楓嶺》。原本是一齣秦腔傳統戲，後為不少劇種移植，京劇也有此劇，不過現已無人演出了。

青楓嶺原本是浙江紹興地區的一座山峰，因終年清涼秀美，鬱鬱蔥蔥，故而得名。此處流傳著這樣一段感人的故事。在南宋景炎元年（1276），元軍南犯，兵至臨海。民婦王氏被元軍俘擄，她不甘受辱，途經青楓嶺處，乘元兵鬆懈之際，破指蘸血題詩崖壁：

君王無道妾當災，棄女拋男逐馬來；
歧路不知何日盡，孤身料得幾時回？
兩行清淚頻頻滴，一對愁眉鎖不開；
回首故山看漸遠，存亡兩字實哀哉。

書後投身崖下，壯烈殞命。王氏血字迄今尚存崖間，每當天陰雨濕時，字跡斑斕如新。崖邊履痕雙雙，宛然入石。後人為緬懷王氏的高風亮節，稱王氏為烈女，將「青楓嶺」易名為「清楓嶺」，嶺前築起清風廟，廟前豎立華表，造清風亭，立有碑記表彰。《王貞婦碑》是由著名學者李光撰文，書法家泰不華書寫，碑陰面有翰林學士康里巙的詩刻：

清風嶺頭清風起，佳人昔覺泣剡水。
一身義重鴻毛輕，芳名千載清風裏。

（見北京圖書館存紹興府學宮碑林藏《王烈婦碑》）

人稱此碑為詩、書、文「三絕」。但是，戲劇《清楓嶺》所演的故事與此傳說大相徑庭。戲中表述的年代也是宋朝，而女主人公不姓王，也不是個平民節婦。是個山大王，名叫徐鳳英。她生得美貌、武藝超群。曾隻身將清楓嶺上的草寇劉飛虎、江老鼠打敗，收攏人馬，獨自占山稱王。她的丈夫李虎與她不同，一直伺奉官府。他奉了太原知府之命，解銀十萬兩前往京師納貢。路過清楓嶺時，被徐鳳英探知。徐鳳英親自率眾下山，擒獲李虎，並且奪銀而歸。

《清楓嶺》是一齣刀馬旦應功的武打戲。徐鳳英披靠、踩蹻，唱、念、做、打，十分吃重。清小鐵笛道人有詩讚之：

芭蕉葉大鞋兒小，舊曲兒時播國門。
忽地金戈成隊出，玉膚花貌女將軍。

（引小鐵笛道人《日下看花記》）

清咸豐、光緒年間，昇平署常演此戲，目前還有抄本《清楓嶺提綱》存世。彼時，宮中戲班的刀馬旦孫四多、李燕雲、朱四十等人，皆擅演此劇（見王文章編《清昇平署戲裝扮像譜》）。但是在光緒十六年（1890）六月，上海老《申報》公布的禁戲名單中，《清風嶺》一劇赫然列在其中。因為，民間演出此戲要比在宮中演出更為開放，中間摻雜許多色情成份。徐鳳蘭與丈夫李虎對打時，中間加以夫婦調情、戲弄，摟抱和做性交姿勢等動作，十分粉豔，故而被禁。到了民國時期，這齣戲便已無人會演，連本子也沒傳留下來。

從戲劇發展的角度來看，這齣戲值得重視之處很多。尤其是武旦的出現與開打技術開始走向完善。乾隆之前上演的劇碼，不管崑腔、弋腔還是京腔，多以文戲為主。旦角重於唱、做，旦角武打的戲幾乎沒有。偶而有一些神怪人物出現，也只是招招架架，並沒有專以武打為主的場子。自從秦腔的魏長生進入京師之後，他演的《滾樓》、《鐵弓緣》等戲，引進不少新穎的武打程式，逐漸融入崑、弋、京腔之中，從而豐富了戲劇表演的技術、技巧和武打的套路。

《清風嶺》中的徐鳳英，是一位正式八經的「玉膚花貌女將軍」。而且「忽地金戈成隊出」，指揮千軍萬馬，手持銀搶，在陣前大戰李虎。這足以說明彼時刀馬角的扮相和開打「套路」已經成型。

武旦、刀馬旦，是以表現古代武藝高強的青年女子和神通廣大的仙子、妖女。技術上要求長靠短打兼能。跑圓場時，腰要撐住不能軟，腳步要小不能大，亮相要求脆、美，表演中的手、眼、身、法、步都有特殊的要求。這齣戲為武旦行當的正式誕生和獨立，奠定了堅實的基礎。後來的長靠戲，《奪太倉》中的張秀蓮，《紅桃山》的張月娥，《竹林計》、《女殺四門》中的劉金定，《蘆林坡》中的扈三娘，《戰金山》、《兩狼關》的梁紅玉等，很多表演程式都從這齣戲脫穎而出的。

《清楓嶺》之徐鳳英　清昇平署戲裝扮相譜

《清楓嶺》是齣早已絕跡舞臺的老戲。在《清昇平署戲裝扮相譜》中，便有此劇主人公的畫像。足見，此劇在當年流行之廣。不僅民間的茶樓戲館時有上演，就是皇宮內院，也是經常為皇帝、帝后演出的節目之一。這齣戲為後來武旦行當的正式誕生和獨立，奠定了堅實的基礎。

《打花鼓》

《打花鼓》亦名《花鼓》，原本是一齣小旦、小丑的玩笑戲，但是，因為劇中詞句不雅，在清季也一直被視為「粉」戲。

這齣小戲出現很早，根據史料所載，該劇本是民間田間地頭、社火走會中的節目，後來被藝人帶入京師、搬上舞臺。但是，因為這齣小戲充滿生活氣息和鄉土情趣，伶人載歌載舞、輕鬆演來，使城內觀眾耳目一新，所以頗受歡迎，久演不衰。在乾隆年間，這齣戲就唱得很紅火，顧曲家吳長元看完此劇後寫道：

腰鼓聲圓若播鞀，臨風低唱月輪高。

玉容無限婆娑影，不是狂奴興亦豪。

（見清吳長元《燕蘭小譜》）

這齣戲的劇本保留於《綴白裘》中，稱為《花鼓》。是以唱民間小調和身段、道白見長。舊日，崑曲在演出此戲時人物較多。頭一場戲，是小姐曹月娥與婢女朝露在花園裏遊玩戲耍，有一對鳳陽夫婦走來，他們敲打鑼鼓沿街賣唱，把這一對主婢給驚散了。後來的演出，這一場戲連同小姐和婢女全都刪去了。一開場，走出來一位自稱大爺的醜公子，他閑暇無事，在街頭游蕩，遇見了一對打鳳陽花鼓賣唱的夫婦。這位大爺一見鼓婆兒有些姿色，就上前打諢，邀請他夫婦二人到自己家中演唱。唱到高興之時，大爺興起，與花鼓夫婦一起翩翩起舞，仨人一邊唱，一邊調笑，大爺醜態百出，笑料無窮。劇中的打「連相」和民間的［鮮花調］，十分清新活潑，傳流極廣。自從《綴白裘·花鼓》刊印以後，眾多《花鼓》以及《鮮花調》曲本隨之出現，成為徽調、崑曲、弋陽腔常演的一齣傳統劇碼。《日下看花記》記載：

銀官，姓丁，年十九歲，無錫人。舊在四喜部。僅見其《花鼓》一齣，流媚中符合得一『村』字。頗有賞之者，謂評花須用白圭法，取人所棄最妙。於某席間曾見之，紫棠色，覺其意態脫離乎南北兩部，別有一種憨致。今夏以遇人不淑，飲酒起釁，繫案，釋歸。菊史亦曾厚遇之，故附錄焉。有詩讚之：

有目緣何不識丁，辛夷花燭曉霞明。

聞歌認是鍾離產，家住芙蓉湖水清。

冬冬妙手幾名喧，似玉如珠未到村。

一劫風花春去也，東山歸客最銷魂。

（見小鐵笛道人《日下看花記》）

作者評論丁銀官的《花鼓》之所以演得好，貴在一個「村」字。這正是「行家看門道」，一矢中的。看一個演員演藝高不高，不在於他的花俏，不在於他的技巧，而在於他是否演人物。一舉一動、俱在戲中；不溫不火，恰到好處，方為上乘。此戲何「粉」之有？問題可能出在鼓婆的兩段唱詞中。民間刻本有《花鼓》一冊，今節錄如下：

鼓婆：（吹腔）緊打鼓，慢敲鑼，你老聽我唱插秧歌。

別的歌兒都不唱，聽我唱上鳳陽歌：

說鳳陽，話鳳陽，鳳陽本是好地方。

自從出了朱皇帝，十年倒有九年荒。

大戶人家賣田地，小戶人家賣兒郎。

只有奴家沒有兒郎賣，肩背花鼓走四方。

（鼓婆、鼓郎同打鑼鼓。）

公子：（白）唱得好，唱得好！

鼓婆：（吹腔）姐在房中笑呵呵，一心要唱十八摸。

東一摸，西一摸。一摸摸著個大傢伙。

鼓婆在這裡賣了個噱頭。「大傢伙」是什麼？原是戲臺上的一把椅子。而下打連相，公子作身段，公子、鼓婆同走，三插花。

鼓婆：（吹腔）好一朵鮮……

鼓郎：（吹腔）花

鼓婆：（吹腔）好一朵鮮……

鼓郎：（吹腔）花。

（鼓婆唱，鼓郎幫。）

鼓婆：（吹腔）飄來飄去，落在我家。

我有心將花朵採，

跌跪在那花枝下，跌跪在那花枝下。

好一朵牡丹花，好一朵牡丹花，

滿園的花香，賽也賽不過它。

我有心將花朵拾一枝戴，

恐怕有看花人兒罵，恐怕有看花人兒罵。

哀告小紅娘，哀告小紅娘，
可憐那張珙跪倒在門旁。
你要不關門，定要跪到天明亮，定要跪到天明亮。
嘩啦啦把門關，嘩啦啦把門開，
開了那門來，不見那張君瑞。奴認識心上人，
誰知是那妖魔怪，誰知是那妖魔怪。
妖魔怪闖了進來，
闖得俺渾身不自在。不自在，瞧得紅娘眼發呆。
誰叫你來瞧，誰叫你來瞧，
瞧來那的瞧去，老夫人知道了。
俏郎君尖刀上死，小妹妹懸樑兒弔，小妹妹懸樑兒弔。
我的好哥哥，我的好哥哥，
哥哥的門前隔斷了一道河。上搭著獨木橋，

（鼓郎上跨，不過，上鑽過去。）

鼓婆：（吹腔）叫小妹妹怎樣兒過，叫小妹妹怎樣兒過？
我也沒奈何，我也沒奈何，
先脫了鞋，後脫了裹腳布。腰中的裙兒也解開，
琵琶腿兒抬起來，這才是為情人，
湯著水兒、踩著泥，撲哧撲哧過河來，
不怕魚兒舔，不怕泥蚯翻，不怕螃蟹往裏鑽，
才把這河兒來過，才把這河兒來過。
八月裏桂花……

鼓郎：（吹腔）香，

鼓婆：（吹腔）九月裏是菊花黃。
勾引張生跳過了粉牆，好一個崔鶯鶯，將門兒來關上，
將門兒來關上，不讓情人上牙床。
飄來飄去三尺三寸高，
飄下個雪美人，怎比你冤家俏，怎比你冤家俏。
太陽出來了，太陽出來了，
太陽一出，雪美人化掉了。
早知道露水情，不該在郎懷中抱，不該在郎懷中抱。

早年間，這樣的唱詞只有男旦能唱，後來女伶出現時，這種唱詞便有所收斂。但唱詞中即有《十八摸》，又有《好一朵鮮花》，過於「俚俗」，所以被官方判為「粉戲」，列入《永禁淫戲目單》，不准民間演出。民國初年，《打花鼓》十分流行。張伯駒說：

> 二十一歲在蚌埠任安武軍全軍營務處提調，街上演花鼓戲，一男一女，挎腰鼓，頭盤髻，插花，大腳穿搬尖鞋，與亂彈扮相唱調無異，則知亂彈，每戲皆有由來也。做詩一首記之：
>
> 馬氏淮西大腳娘，坤宮正位配僧皇。
>
> 當年安武司營務，花鼓親看鬧鳳陽。
>
> （見張伯駒《紅氍毹紀夢詩注》）

二十年代，上海有夜來香、林步青、馬飛珠，北方有蕭長華、筱翠花、馬富祿等人，皆擅此劇。最使人吃驚的是，著名表演藝術家麒麟童（周信芳）先生，他還反串過戲中的大爺一角，據說演得傳神阿堵，妙不可言。

近年，鳳陽明史專家夏玉潤提出，人們大都認為民歌《茉莉花》是江蘇的民歌。其實不然，它的源頭應該出自安徽，是鳳陽花鼓中的一支小調。這首刊自清乾隆年間的《綴白裘．花鼓》中的插曲，就是最好的佐證。

《打花鼓》之大爺、鼓婆和王八

〔民國〕香煙畫片

圖為《打花鼓》中的三個人物，大爺是個浪蕩公子，戴棒錘巾，無髯口，穿綠花褶子，朝方靴，拿扇子。鳳陽鼓婆著短褲褂，身背腰鼓；王八戴王八鬚、藍花布包頭，打結子，穿茶衣腰包，拿手鑼。此戲演來，三人載歌載舞，十分活潑有趣。

京劇《打花鼓》朱琴心飾鼓婆

攝於上世紀二十年代

朱琴心，名誘，號杏卿；浙江湖州人。曾任協和醫院英文速記員，也是協和醫院京劇票房的票友，一度從王瑤卿先生學戲。1923 年，下海成為正式演員，當時的藝術聲譽與「四大名旦」並駕齊驅。他演的《打花鼓》至為精彩，現有錄音傳世。

《送燈》

《送燈》，又名《送銀燈》，這齣戲原本出自秦腔，乾隆年間在京師便有演出。乾隆五十年，朝廷降旨禁演秦腔之後，《送燈》便改為崑、弋混合的京腔戲班演唱了。

清人蕊珠舊史著《長安看花記》中記載，當年，四喜部伶人小彩林演這齣戲最是拿手。書中記有他的小傳：

> 小彩林姓張，字小霞，年十四，揚州人。一樹夭桃，兩泓秋水。花開四照，光同不夜之珠；價值連城，豔奪無瑕之璧。腰肢輕軟，可想見趙飛燕佩環飄緲，歌臨風送遠時也。《送燈》、《胭脂》、《廟會》諸劇，嬌喉婉轉，顧盼留情，若近若遠，傳神無限。後來之秀，捨卿其誰與歸？

顧曲家林香居士有詩《贈張小霞》，稱讚他演的《送燈》：

> 蓮炬移來軟欲扶，芳心暗為粉郎輸。
> 燈光合讓花光好，卿是人間不夜珠。
>
> （見清人蕊珠舊史著《長安看花記》）

這齣戲的故事，描寫前朝秀才張子顯進京赴試。途中，被一名打虎少年劫至其家。其母出堂殷勤招待，說家有一女娃名叫桂娟年已二八，尚未許婚。今日見秀才人品端莊，且有學問，願小女與他結為秦晉之好。張子顯不明就裏，堅辭不允。至使打虎少年發怒，將他囚於書房之內。入夜時分，忽然有一少女嫋娜而至，手持一盞銀燈，送給秀才照明。燈光之下，張子顯見少女面容姣好，一臉清純，遂為情所動，便主動上前搭訕。在少女的眼中，張子顯亦如潘安宋玉，心生愛慕。只是女孩兒人前靦腆，假裝不允。張子顯喉急難禁，不能忍耐，便屈膝跪在桂娟裙胯之間，乞命乞性地廝纏求婚。此時，桂娟之母忽然而至，假作嗔怪。子顯方知這一少女即是桂娟，心中喜不自禁，求之再三，始得其母應允，遂訂婚姻，二人結為百年之好。

這齣戲原本已經失考，而今唯有清末的梆子劇本存世，被王大錯收錄在《戲考》之中。現節錄部分如下，可使讀者管窺一二。

（桂娟在其母的指使下，持燈上：）

桂娟：（叫頭）媽媽，娘嚇！

（西皮慢板）有桂娟只生得命運低，未出繡閣愁滿懷。

來在了書館用目觀看，桌案上睡下了一少年。

我將這銀燈放桌面，他問我一聲答一言。

張子顯：（西皮搖板）書館裏悶壞我張子顯，

（桂娟咳嗽。）

張子顯：（西皮搖板）倒叫子顯著了忙。

若不然上前去拿禮見，書館內來了女天仙。

搬椅兒，把桌案，打掃塵土好幾番。

小娘子請到書館裏面坐，有勞你送燈到此間。

（二人見禮，對坐寒喧，而後相互搭訕戲謔。從略）

桂娟：（白）看你那個下作的樣兒。

（西皮慢板）好一個風流張子顯，我愛他青春在少年。

站立在書館用目看，

張子顯：（白）哎呀且住，方才小娘子言道，她叫作什麼娟？什麼桂？

桂娟：（白）我叫桂娟呢。

張子顯：（白）口說是桂娟桂娟，非是學生說你，你倒佔了一個好美的名兒。（笑）嚇，哈哈！

桂娟：（西皮原板）他將奴名問一番。

有桂娟，言語亂，黑暗裏撒下釣魚竿。

張子顯：（白）哦？

（西皮搖板）桂娟容顏生得好，倒叫子顯喜心間。

書館內引壞我張子顯，

（桂娟咳嗽。）

張子顯：（西皮搖板）若不然上前拉衣裳。

桂娟：（西皮搖板）公子禮樂行不正，我母知道送當官。

打你板子問你罪，事前容易後悔難！

張子顯：（西皮搖板）她不從，也枉然，倒叫子顯著了忙。

若不然上前去屈膝跪？

（白）嚇，我是公子又是一個秀才，我豈肯與她下跪？跪不得。

（桂娟咳嗽。）

張子顯：（白）好嚇！

（西皮搖板）若不然上前去雙膝跪，跪跪跪，

小娘子念在生可憐！

桂娟：（白）嚇！

（西皮搖板）君子做事禮不端，枉戴頭巾穿藍衫。

始讀諸書知禮義，堂堂的男子無有臉面。

張子顯：（西皮搖板）自古道色膽大如天，不怕王法哪怕官。

小娘子請過來拜天地，拜定天地了姻緣。

（引王大錯《戲考、送銀燈》）

這齣戲從劇本上來看，十分簡單樸實，但演員做起戲來，眉目傳情，百般張致，自是秀色可餐。時人評論此戲為「調情戲，與《月華緣》、《打櫻桃》等，同是一丘之貉耳」（引王大錯《戲考、送銀燈》注釋）。因為，劇中有少女含羞帶愧、黌夜送燈；孤男寡女、調情幽會，這些情節在早年是絕對違背封建道德的。所以被列入《永禁淫戲目單》，民間不准演出。

進入民國以後，這齣戲也未見恢復，便逐漸絕跡於舞臺。後來有一齣評劇叫《馬寡婦開店》，劇中的《夜探》一折的表演，有很多身段都是來自這齣戲。

蔚縣點染戲劇人物剪紙《送銀燈》

這幀剪紙《送銀燈》是河北蔚縣王老賞的代表作之一。王老賞（1890～1951），是河北省蔚縣南張莊村人，也是蔚縣剪紙開宗立派的人物。王老賞生活在民間戲曲興盛的時代，他是個戲迷，對戲曲有著驚人的記憶。他先後把 200 多出戲曲中的 800 多個人物進行了再創作，使這些戲曲人物栩栩如生地再現。這幀《送銀燈》作品也說明了這齣戲在民間傳流之廣。

《賣餑餑》

《賣餑餑》原是一齣秦腔老戲，又名《魏虎起解》。是乾隆年間由魏長生帶入京師演出的劇碼之一。乾隆五十年禁演秦腔以後，此劇先改為崑、弋演唱。到了同光年間，才演變為京劇，用吹腔演唱。

該劇的劇情並無可取之處，是一齣小旦、小丑的打諢戲。演的是一個差人押解一個名叫魏虎的犯人發配遠行。行經中途，稍事歇息。路旁有一個婦人擺設一個小攤，售賣餑餑饅頭。犯人正在饑渴之中，便搶過餑餑大嚼。婦人向他索取錢鈔，犯人賴著不給，二人調笑打諢，差役亦在一旁取樂。他們要賣餑餑的婦人唱歌，婦人也不扭妮，就一連唱了數折，雙方告別而散。

這齣戲的劇本早已失考。王大錯先生輾轉搜求，方得到一個抄本，編輯於二十年代出版的《戲考》當中。因為這個本子比較珍稀，筆者從賣餑餑的王氏上場起，節錄如下，使讀者可睹此劇面目：

王氏：（念）家無生和計，吃盡斗量金。

（白）我王氏。丈夫出外，杳無音信回來，是我情急無奈，在家做幾個餑餑。今天天氣和暖，不免將餑餑擺起。

（吹腔）丈夫出外去貿易，無有音信轉家裏。

手拿餑餑到街口，來路買賣做生意。

（嬰孩哭。）（白）你瞧這孩子，餑餑不拿出來，他也不哭；剛剛拿出來，他就哭呢，這怎麼好？哦有了，這位大爺，勞你的駕，替我看一會餑餑，我給孩子一點奶吃去，餑餑賣了錢，擺在裏頭，勞你大爺的駕，我就來。

（王氏下。）（差役、魏虎同上。）

魏虎：（吹腔）急急走來莫消停，兩足疼痛實難行。

（魏虎坐地。）

差役：（白）起來走，起來走。

魏虎：（白）哎嚇大哥，我實實地走不動了。（略）

差役：（白）你不要吵，我睡一會。

（差役睡。）

魏虎：（白）大哥睡著了，我也好歇歇。吵了半天，肚子有些餓了，這怎麼好，嗳，那旁怎麼霞光萬道，瑞氣千條，待我去看看。哎呀原來是個餑餑好東西，哎嚇餑餑，今日也想你，明日也想你，總想不到口，今日遇見你呢。

（魏虎拿餑餑吃。王氏上。）

王氏：（白）你瞧這孩子，一吃奶就睡著了，餑餑還在外頭，我瞧瞧去。咦？今個買賣好，勞你大爺駕，賣了餑餑這錢呢？沒有嚇，哦，那個犯人在那裡吃呢。呔，那一犯人！

魏虎：（白）什麼？我是犯人？我是犯人？

王氏：（白）你不是犯人是什麼？

魏虎：（白）我不是犯人，是罪人。

王氏：（白）犯人、罪人不是一樣麼？

魏虎：（白）就算一樣。

王氏：（白）這餑餑好吃麼？

魏虎：（白）這餑餑好吃。

王氏：（白）你愛吃麼？

魏虎：（白）愛吃。

王氏：（白）你渴不渴？

魏虎：（白）正要喝茶。

王氏：（白）我們這裡沒水。

魏虎：（白）我也不喝了。

王氏：（白）拿來。

魏虎：（白）拿什麼來？

王氏：（白）拿錢來。

魏虎：（白）這個餑餑，不是你的，怎麼跟我要錢？

王氏：（白）不是我的是誰的。

魏虎：（白）這是老天爺賜把我吃的。

王氏：（白）就是你這個樣子，也配老天爺賜與你吃，快拿錢來。

魏虎：（白）要幾個錢？

王氏：（白）六個錢。

魏虎：（白）好，你找我四個錢，算我短你十個錢。

王氏：（白）什麼，吃了我的餑餑，還問我要錢，不苟錢我打你。

（王氏打魏虎。）

魏虎：（白）不要打。

（王氏碰差役，差役醒。）

差役：（白）什麼事打他？

王氏：（白）大爺不曉得，他吃了我餑餑，不給錢，故而打他。

差役：（白）嫂子不要生氣，我問他去。嚇，吃人的餑餑為什麼不給錢？

魏虎：（白）大哥，這個餑餑，不是她的；老天爺賜我吃的。

差役：（白）老天爺賜你的？大嫂子，這餑餑是老天爺賜與他的。

王氏：（白）就是你們這長相，也配老天爺所賜？（略）

差役：（白）大嫂子，聽你說話，不像此地人嚇。

王氏：（白）我本不是此地人氏。

差役：（白）哪里人氏？

王氏：（白）我是沙國棉羊州的人。

魏虎：（白）哦，她是沙褲沒掩著。

差役：（白）什麼，人家說沙國棉羊州的人。

差役：（白）嫂子，我看這小媳婦大姑娘坐在那裡，嘴裏頭哼哼什麼？

王氏：（白）唱的栽秧歌。

差役：（白）嚇大嫂子，沒旁的，煩你唱一個我們聽聽，行不行？

王氏：（白）先前會的，如今有點懵懂了。

魏虎：（白）如今有點朦得落。

差役：（白）什麼，人家說忘了。

魏虎：（白）不錯，是的。

差役：（白）嫂子忘了字，忘不了味，唱個我們聽聽，行不行？

王氏：（白）行倒行，我們不白唱。

差役：（白）敢是要錢？

王氏：（白）不錯。

差役：（白）要多少錢？

王氏：（白）二百京錢，一百老錢。

魏虎：（白）一百老錢。

差役：（白）什麼，一百老錢？嫂子自管唱，我們把錢。

王氏：（白）哎，大爺聽了！

（吹腔）唱一個歌兒大爺聽。（白）錢來。

差役：（白）我知道。嫂子，這二百錢擺在櫃上，唱完了你拿去吧。

王氏：（白）大爺聽了！

（吹腔）唱一個歌兒大爺聽：我本是沙國棉羊州的人。

一根竹子十二節，一年倒有十二個月。

一年四季下大雨，一年莊稼都在水裏。

魏虎：（白）嫂子身上有狗疸子。

（見《戲考》第十冊《賣餑餑》）

而下，再也沒有唱段，而都是插科打諢的玩笑。最後，王氏收了錢下場，衙役押魏虎下場。

這齣戲無頭無尾，一說它是全本《寶蓮燈》中一折，魏虎是學堂裏的塾師。沉香打死秦官保後，塾師逃走被獲，發配廣東。途中遇賣餅婦人，才有此情節。還有一說，魏虎是《紅鬃烈馬》之中的魏虎。薛平貴登基坐殿之後，把魏虎發配充軍，這一折戲就成了魏虎現世出醜的笑話。

魏虎這一角色由丑角扮演，即滑稽可笑，又萬分可惡。他的道白為怯口、唱吹腔，別有特色。賣餑餑的婦人由貼旦應工，唱做嫵媚紛繁。以上所引劇本情節，王氏唱曲只有一段，大祗是從略處理了。這齣戲之所以冠以「粉戲」「淫戲」，屢屢被禁，是因為王氏所唱民歌可長可短，可村可雅。在茶樓戲館的演出中，常將一些淫穢的俚俗小調、香豔小曲穿插其中，以博彩聲取利。

清人楊懋建在《長安看花記》中曾記述，彼時，和春部伶人宗芷青最善於飾演賣餑餑的婦人。言其「聲欺鸚鵡，臉暈海棠，調笑詼諧，備極風雅。故豪客徵歌，幾無虛日。至《賣餑餑》一齣，嬌聲媚態，尤足令人傾倒。漱石山人謂余曰：『芷香固香矣，惜其尚有傻氣。』余曰：『宗郎之妙全在於傻，倘一發彪，便俗不可耐矣。』」有詩讚該劇：

修眉柳葉面桃花，訝許歌場眾口誇。

看到淡妝時更好，春光真在餅師家。」

（引清楊懋建《長安看花記》）

這齣戲在清季被列入《永禁淫戲目單》，是不准戲班演出的。

《賣餑餑》之魏虎

香煙畫片（1928）

《賣餑餑》又名《魏虎起解》，因不見常演，也沒有什麼圖畫資料佐證。唯筆者收藏的戲列煙畫中有一幅《賣餑餑》。魏虎的扮相是。戴甩髮、丑三髯口，面上畫眼睛、紅鼻子，穿富貴衣，繫腰包，戴手銬。刊之於此，聊補是闕。

《送枕》

《送枕》，一名《送枕頭》，這齣戲，單從劇名說來已經有三分不雅。人們乍一聽來不知是個什麼故事，摸不著頭腦。後來，就掛上了戲中的人名，稱為《樊梨花送枕》。

有關樊梨花的故事，多出自民間流傳的口頭文學「長槍袍帶書」的《薛家將》。這齣戲，演的是大唐貞觀年間，西涼國寒江關守將樊洪之女樊梨花，武藝高強，精湛無比，雖是女流，不讓鬚眉。她在一次喬裝遊玩中，結識了大唐將軍薛仁貴之子薛丁山，且對他一見傾心。

由於西涼國日益強大，威脅中原，唐太宗命薛丁山為征西大元帥，帶領人馬攻打寒江關。樊梨花與薛丁山就成了對陣交戰的仇敵。面對愛情與對立的糾葛，樊梨花不能傷害薛丁山，便將他擒於馬下，勸他投降。丁山執意不肯，遂被梨花軟禁在書房之中。是夜，樊梨花以送枕頭為名，來到書房，噓寒問暖，自薦枕席。薛丁被樊梨花的一片真情所感，也就順水推舟，二人結為百年之好。此後，樊梨花率兵反水投唐，與薛丁山一起攻打鎖陽關。《送枕》是樊梨花與薛丁山調情的一折。

這齣戲原本出自秦腔，最早的本子已無確考，唯有車王府所藏曲本中，保存有這段戲的一個說唱腳本。近代出版的《清蒙古車王府藏曲本》中的《送枕頭》一齣，因為全曲淫穢不堪，刪去了 1047 字。儘管如此，從現存的潔本中看，樊梨花在這場戲中的唱詞，依有很多粉豔露骨之處。例如樊梨花唱：

（也顧不得床裏的姜須真）睡否，
（雙手兒把柱枝兒捧定）用香口兒噙；
（一霎時豆蔻花）頭香露暖，
（啟金蓮卿蹲上腿借）水行雲。
（因小將連日勞乏今朝又）帶醉，
（任梨花一陣輕揉幾）度溫存。
（捱磨半晌手按牙床）輕曳玉，
（霎時間蘭芽已）透牡丹心。
（嬌滴滴玉容兒無主）金釵墜，
（軟怯怯）嫩蕊難持翠黛顰。

（香馥馥芍藥凝）香籠玉荀，
（顫巍巍海棠帶）露鎖金針。
（濃情時戀蝶留）蜂芳徑軟，
（辱意處桃花流）水武陵春。
（斷香雲衣杏眼乜斜柳腰兒）嬌顫，
（一伏身堅煞酥）胸摟玉人。

（引《清蒙古車王府藏曲本》《送枕頭》第二回）

在這此隱語辭彙中，刻意地描寫了男女的性交和性交姿式的變化，甚至還有口交，唱起來，做起來，的確「粉」得可以。難怪清政府出面干預，嚴禁演出。

據傳，擅演此劇的伶人要數三壽官演得最好。三壽官是清乾隆年間的秦腔演員，工旦角。他姓趙，字南如。小名小狗兒。出身於農家子弟，原籍四川錦州德陽。幼時喪父，因家貧而當了陝西咸陽富戶張某的義子，改姓張。不久，隨張某到四川大小金川學唱秦腔。乾隆四十一年（1776）返回陝西，故而《燕蘭小譜》記載他為「陝西長安人氏」。後來，他加入了西安雙賽班，當了臺柱子。「色藝稱於時」（見《秦雲擷英小譜．三壽》），人稱「賽色子」。因其長相「奇葩逸麗，娟娟如十七、八女郎」（吳太初《燕蘭小譜》卷三），所以他從來「不施胭粉而天然妍媚。」他的歌喉婉轉動聽，每一作場，「曼聲徐引，四座皆傾」。

乾隆四十八年（1783），三壽官來到京師，搭雙慶部演唱，但歌喉已經失潤，只演《樊梨花送枕》這類做工戲了，人們都以丑旦目之。《燕蘭小譜》卷三中載有吳長元贈三壽官詩二首；

復陶翠被出軍門，街鼓春寒夜帳溫；
捧枕無言情脈脈，一支紅豔美人魂。

息國風流只自傷，桃花人面媚君王；
兒家合得無聲樂，啞趣傳神許擅長。

（引吳長元《燕蘭小譜》卷三）

乾隆五十年（1785），三壽病故。吳長元為之十分哀傷，曾寫詩記念他；

三壽云亡淚黯然，阿誰嬌好慰情牽；
劉郎自是秋風客，莫道長晴不雨天。

乾隆五十年，皇帝御旨京師禁演秦腔，這齣戲亦隨之遭到禁演。直到《送枕》改為崑、弋兩腔之後，才得以恢復上演。民國期間有搬演此戲者，多貼《樊梨花招親》，其中《送枕》一場戲也進行了很多的改動。

清季戲劇中的刀馬旦　清昇平署戲裝扮相譜

樊梨花，是中國文學作品中的虛構的一位奇女子，她是唐初西涼國的女將軍，父樊洪為寒江關守將，樊梨花投降唐朝後和薛仁貴之子薛丁山成親。在薛家被滿門抄斬後，樊梨花率其子薛剛反唐，報仇除奸。在民間傳說中，她是一個敢愛敢恨、武藝高強、神通廣大、文武全才的兵馬大元帥。《送枕》一劇的樊梨花，是由花旦、刀馬旦應工。在清代的演出中，樊梨花的扮相與此相似。

崑　曲

《小妹子》

《小妹子》又名《思春》，是一齣崑腔戲，曾被收入清代刻印的劇本《綴白裘》。道光年間內廷曾經上演過，故事情節極為簡單，演一個被拋棄的婦人發洩對負心漢的怨恨，是一齣典型的獨角思春戲。上場的只有旦角扮的小妹子一個人。劇本的提示，要求「場上先設床帳，場面兩桌，各樣擺設，細吹品和，貼豔裝上」。小妹子出場後的唱詞兒是這樣的：

小妹子（唱）：寃家呀！

小妹子不知道那一句話兒把恁來衝？嗳呀，撞。
你便逢人前，對人前，只說道再不把咱家門兒上。
當初呀，我和你未曾得手的時節，
恁說道如渴思漿，如熱思涼，如寒思衣：如饑思食。
你便在我的跟前說姐姐又長，姐姐又短，
又把那甜言蜜語兒來哄我。到如今，才和你得手的時節，
你便遠舉高飛，遠舉高飛，這等遠舉！
到說道：不來了，不來了，在人前裝模，這等作樣！
負心的賊嚇！可記得我和你在月下星前燒肉香疤的時節？
我問恁那寃家呀，改腸時也不改腸？
〔賊嚇！〕你回言道說姐姐，我就死在九泉之下，永不改腸。
因此上，聽信你說道永不改腸，才和你把那香疤兒來燒了。

你大膽的忘恩薄倖的，虧心短命的冤家！
你便另娶上一個婆娘，憑你呀，娶上了一個妙人兒，
〔呀，〕總然是妙煞了，只怕不如小妹子的心腸也？
噯呀！怎如得我行裏坐裏，茶裏，飯裏，夢裏，
眠裏，醒兒裏，醉裏想得你的好慌！
冤家！冤家！自家去思，自家想，自去度量。
不知誰家的理短，誰家呀的理長？
冤家！冤家！睡到那半夜五更頭，手摸著胸膛，
自家思，自家去想，自家去度量！
不知呀，誰家的理短，必竟是小妹子的情長。
來也罷呀，去也罷，你就是不來也罷呀，
離得我多，會得我少，也不是常法。
今日裏三，明日裏名兒牽掛！也不想叫人不煩惱著他。
我如今越想著你到有些越情寡。
著什麼來由也！〔呀嗄！天呀！哥嚇！〕
我把真心來換著你的假！

（做騷勢下）（引自《綴白裘》《小妹子》）

最後結尾的表演提示是：「作騷勢下」，是一齣正兒八經的「粉戲」。而且，劇中的詞語庸俗粗糙。為了譁眾取寵，飾演小妹子的男旦少不得煙視媚行，搔首弄姿，進行一系列色情表演。就是這樣一齣小戲，在乾隆年間十分盛行、久演不絕。這種思春的小戲，不但民間市井百姓愛看，而且還常被昇平署調到宮裏給皇帝演唱。令人奇怪的是對這種俚俗的「粉戲」，皇帝們不但不惱，還特別喜歡看。

據《清宮檔案》記載，道光皇帝就看過這齣戲。咸豐在孩提時代也看過這齣戲，直到他長大成人，當了皇帝，對這齣戲記憶猶新，以至在國事紛擾、內外交困的時候，還時不時地想看這齣《小妹子》。《清宮檔案》記載：

咸豐六年正月，咸豐帝問有會唱《小妹子》的麼？奏：未有。問，原先誰唱過？回奏：吉祥、李福唱過，已故了。旨，著學齣《小妹子》來。

當年會演此劇的藝人都已故去，咸豐依然不肯放過，昇平署特意聘請了三十年前被裁退的外學學生順心進宮，向太監伶人傳授這齣戲。《清宮檔案》

記載：

> 二月初四日，邊得奎學《小妹子》，至三月初十日，學得響排，原外學學生順心教。

就這樣，經過二十多天的趕排，太監伶人邊得奎終於學會了這齣戲。三月十五日，皇后祭祀先蠶壇之後，咸豐帝與後宮妃嬪們一起在同樂園觀看了這齣《小妹子》。咸豐帝看得特別仔細，還特意問：「《小妹子》，上弦子人什麼名字？」昇平署執事太監：「回奏，弦子名叫趙祥。」以後，咸豐還看過好多次。

邊得奎扮演的小妹子，演得十分靈光，頗得皇帝喜歡。為此，這位邊得奎被提拔為太監伶人的首領。到了光緒年間，還被提拔為昇平署的總管。據記載，宮中為提高《小妹子》的演出品質，年逾七十的總管祿喜對《小妹子》進行了多次修改，還編寫出一部淨本。

「上有好者，下必興焉」，這齣《小妹子》雖說是齣「粉戲」，而清政府從未禁止演過。但是，終因這齣戲內容淺薄，加之崑曲式微，進入民國以後，無人搬演，便逐漸從舞臺上消失了。

清代宮內演戲中男旦花衫的扮相

選自作者編纂的《清宮戲畫》一書

會演《小妹子》這齣戲的藝人都已故去，咸豐皇帝不肯放過，昇平署特意聘請了三十年前被裁退的外學學生順心進宮，向太監伶人傳授這齣戲。由邊得奎扮演的小妹子演得十分靈光，頗得皇帝喜歡。為此，他被提拔為太監伶人的首領。到了光緒年間，還被提拔為昇平署的總管。

《種情受吐》

《種情受吐》這齣戲又名《佔花魁》或《賣油郎獨佔花魁》。故事出自明代話本《醒世恒言》，《綴白裘》第十集卷四亦收錄了這齣戲的劇本，名為《種情》。

劇情是講大宋初年，杭州城清波門外有一個名叫秦重的賣油郎，年已弱冠，情竇已開，他把自己積蓄了一年的收入十兩銀子揣在懷裏，來到王九媽家中，要與名妓花魁相處一夜。九媽多次回絕，而秦重堅持要見。九媽見他心意堅定，推託不過，就應了下來。這一日，九媽對秦重說，是夜花魁與俞太尉遊湖，黃昏即回，囑其可在花魁房裏等候。秦重依囑來到花魁臥房，一直等到二更天。作者馮夢龍寫道：

> 秦重看美娘時，面對裏床，睡得正熟，把錦被壓於身下。秦重想酒醉之人，必然怕冷，又不敢驚醒他。忽見欄杆上又放著一床大紅絲的錦被，輕輕的取下，蓋在美娘身上，把銀燈挑得亮亮的，取了這壺熱茶，脫鞋上床，捱在美娘身邊，左手抱著茶壺在懷，右手搭在美娘身上，眼也不敢閉一閉。正是：未曾握雨攜雲，也算偎香倚玉。卻說美娘睡到半夜，醒將轉來，自覺酒力不勝，胸中似有滿溢之狀。爬起來，坐在被窩中，垂著頭，只管打乾噦。秦重慌忙也坐乾來，知他要吐，放下茶壺，用撫摩其背。良久，美娘喉間忍不住了，說時遲，那時快，美娘放開喉嚨便吐。秦重怕污了被窩，把自己的道袍袖子張開，罩在他嘴上。美娘不知所以，盡情一嘔，嘔畢，還閉著眼，討茶嗽口。秦重下床，將道袍輕輕脫下，放在地平之上；摸茶壺還是暖的，斟上一甌香噴噴的濃茶，遞與美娘。美娘連吃了二碗，胸中雖然略覺豪燥，身子兀自倦怠，仍舊倒下，向裏睡去了。秦重脫下道袍，將吐下一袖的腌臢，重重裏著，放於床側，依然上床，擁抱似初。美娘那一覺直睡到天明方醒，復身轉來，見傍邊睡著一人，問道：「你是哪個？」秦重答道：「小可姓秦。」美娘想起夜來之事，恍恍惚惚，不甚記得真了，便道：「我夜來好醉！」秦重道：「也不甚醉。」又問：「可曾什麼？」秦重道：「不曾。」美娘道：「這樣還好。」又想一想道：「我記得曾吐過的，又記得曾吃過茶來，難道做夢不成？」秦重方才說道：「是曾吐來。小可見小娘子多了杯酒，也防著要吐，把茶壺暖在懷裏。小娘子果然討

茶，小可斟上，蒙小娘子不，飲了兩甌。」美娘大驚道：「髒巴巴的，吐在哪裏？」秦重道：「恐怕小娘子污了被褥，是小可把袖子盛了。」美娘道：「如今在哪裏？」秦重道：「連衣服裹著，藏過在那裡。」美娘道：「可惜壞了你一件衣服。」秦重道：「這是小可的衣服，有幸得沾小娘子的餘瀝。」美娘聽說，心下想道：「有這般識趣的人！」心裏已有四五分歡喜了。此時天色大明，美娘起身，下床小解，看著秦重，猛然想起是秦賣油，遂問道：「你實對我說，是甚麼樣人？為何昨夜在此？」秦重道：「承花魁娘子下問，小子怎敢妄言。小可實是常來宅上賣油的秦重。」遂將初次看見送客，又看見上轎，心下想慕之極，及積趲嫖錢之事，備細述了一遍，「夜來得親近小娘子一夜，三生有幸，心滿意足。」美娘聽說，愈加可憐，道：「我昨夜酒醉，不曾招接得你。你乾折了多少銀子，莫不懊悔？」秦重道：「小娘子天上神仙，小可惟恐服侍不周，但不見責，已為萬幸，況敢有非意之望！」美娘道：「你做經紀的人，積下些銀兩，何不留下養家？此地不你來往的。」秦重道：「小可單只一身，並無妻小。」美娘頓了一頓，便道：「你今日去了，他日還來麼？」秦重道：「只這昨宵相親一夜，已慰生平，豈敢又作癡想！」美娘想道：「難得這好人，又忠厚，又老實，又且知情識趣，隱惡揚善，千百中難遇此一人。可惜是市井之輩，若是衣冠子弟，情願委身事之。」正在沉吟之際，丫鬟捧洗臉水進來，又是兩碗薑湯。秦重洗了臉，因夜來未曾脫幘，不用梳頭，呷了幾口薑湯，便要告別。美娘道：「少住不妨，還有話說。」秦重道：「小可仰慕花魁娘子，在傍多站一刻，也是好的。但為人豈不自揣！夜來在此，實是大膽，惟恐他人知道，有玷芳名，還是早些去了安穩。」美娘點了一點頭，打發丫鬟出房，忙忙的開了妝篋，取出二十兩銀子，送與秦重道：「昨夜難為你，這銀兩奉為資本，莫對人說。」秦重哪裏肯受。美娘道：「我的銀子來路容易。這些須酬你一宵之情，休得固遜。若本錢缺少，異日還有助你之處。那件污穢的衣服，我叫丫鬟湔洗乾淨了還你罷。」秦重道：「粗衣不煩小娘子費心，小可自會湔洗。只是領賜不當。」美娘道：「說哪裏話！」將銀子在秦重袖內，推他轉身。秦重料難推卻，只得受了，深深作揖，卷了脫下這件齷齪道袍，走出房門。

（引自馮夢龍《醒世恒言》第五回《賣油郎獨佔花魁》）

這便是《種情受吐》一劇中的主要情節，秦重憐香惜玉，復又幾經周折，二人最終成眷屬。個中兒女之情寫得如此細膩，向來是戲劇、評話、說唱的極好題材。吳長元在《燕蘭小譜》中記載：乾隆初年，此戲便有演出。到了乾隆中葉，京都伶人管霞所飾花魁、玉仙所飾秦重，堪稱一絕。時有評論：

> 伶人玉仙演《佔花魁》，以憨見妙；管霞則正以慧見妙。各擅勝場。使尹、邢相對，能不爽然自失！冠卿亦以此齣擅名。然冠卿遭際順境，事事如意，所謂『強笑不歡，效顰不愁』。管霞則長身玉立，自顧頭顱如許，幽憂怨憤，時積於懷。當夫檀板一聲，亭亭扶影；眼光一注，茫茫大千，託足無地。此情此境，棖撥傷心。幽愁暗恨，觸緒紛來。故其低徊幽咽，慷慨淋漓，有心人一種深情，和盤托出。借他人酒杯，澆自己壘塊，不自知其然而然也。

（見小鐵笛道人《日下看花記》）

當年京師諸大班社中的伶人大多擅演此劇。劇中一對小兒女卿卿我我的綺妮之態，演到好處，撩人心魄。加之彼時的「花雅之爭」的互促作用，不管京腔也好，亂彈也好，都受到魏長生派的影響，趨於豔冶。這類男女風情戲，暗合了當時「豪兒」、士大夫承平冶遊之風，迎合了這般人「聲色之娛」的欣賞口味。但劇中演的是少年狎妓，又是封建衛道士的大忌，故而，被一部分人視為「粉戲」加以抵毀。同治年間，此劇被列入《永禁淫戲目單》，禁止上演（見清余治《得一錄》）。

民國時期，崑曲式微，觀眾大多移情京劇，故而這齣戲已無人再演。近代，崑曲名家俞振飛將此劇重新挖掘整理出來，於五十年代，曾與言慧珠在北京合作《受吐》一折，二人在臺上珠聯璧合，把劇中人物的「千般溫柔、萬種繾綣」，演得淋漓盡致，溫存有餘，豔而不粉，令人絕倒。此後，二人真的結為夫妻，時人都說「是一對天生地造的神仙佳偶」。但是說來也怪，二人在舞臺上曲盡和諧，而臺下則時常反目，生活很不美滿。在文革浩劫之中，二人雖然同居一寓，但各保其身。言慧珠在無助的絕望之中懸樑自盡，而「情種」俞振飛卻「渾然不知」，真是咄咄怪事！

清代戲劇中的小生　清昇平署戲劇扮相譜

清代戲劇中的小生扮相，強調五官端正，形體瀟灑；「貌與潘安、粉雕玉琢：身如瑜亮，玉樹臨風」。文小生要有書卷氣，武小生要有陽剛之美。如是要求，沿至而今。

《思凡下山》

《思凡下山》這齣戲出自《目蓮救母勸善戲文》《孽海記》，與《孤本元明雜劇・僧尼共犯》的情節相似，只是劇中人名有所不同，是一齣崑曲傳統戲。清代乾隆時期出版的戲曲集《綴白裘》中錄有此劇。在演出時，有的帶「遇僧」一場，有的不帶。

這齣戲的故事很簡單，演的是，明代有一趙氏女子，童稚時因身體多病，被父母捨入尼姑庵中修行，取名色空。長成後，削去了頭髮，做了佛門弟子。到了豆蔻年華，情竇初開，她便悔入空門，埋怨父母狠心，這樣處置女兒，「一不足以結善緣，二不足以證善果」，終日晨鐘暮鼓，青燈獨對。如此春長夜永，轉輾愁思，好不煩悶。一日，色空在禮佛誦經之際，禁不住唏嘘嗟歎，日久天長遂生癡想。色空唱道：

（山坡羊牌）小尼姑年方二八，正青春，被師傅削了頭髮。
每日裏，在佛殿上燒香換水，見幾個子弟遊戲在山門下。
他把眼兒瞧著咱，咱把眼兒覷著他。
他與咱，咱共他，兩下裏多牽掛。
冤家，怎能夠成就了姻緣，死在閻王殿前由他。
把那碾來舂，鋸來解，把磨來挨，放在油鍋裏去炸，啊呀，由他！
則見那活人受罪，哪曾見死鬼帶枷？
啊呀，由他，火燒眉毛且顧眼下。
（白）想我在此出家，非干別人之事嚇！越思越想，反添愁悶。不免到那迴廊下，散步一回，多少是好。
（哭皇天牌）又只見那兩旁羅漢，塑得來有些傻角。
一個兒抱膝舒懷，口兒裏念著我。
一個兒手托香腮，心兒裏想著我。
一個兒眼倦開，朦朧的覷看我。
惟有布袋羅漢笑呵呵，他笑我時兒錯，光陰過。
有誰人，有誰人肯娶我這年老婆婆？
降龍的，惱著我，伏虎的，恨著我。
那長眉大仙愁著我，說我老來時有什麼結果！
（香雪燈牌）佛前燈，做不得洞房花燭。
香積廚，做不得玳筵東閣。鐘鼓樓，做不得望夫臺。

草蒲團，做不得芙蓉，芙蓉軟褥。

奴本是女嬌娥，又不是男兒漢。

為何腰盤黃條，身穿直綴？

見人家夫妻們，一對對著錦穿羅，

啊呀天嚇！不由人心熱如火，不由人心熱如火！

（白）今日師父師兄，多不在庵。不免逃下山去，倘有姻緣，亦未可知。有理嚇，有理！

（風吹荷葉煞）奴把袈裟扯破，埋了藏經，棄了木魚，丟了鐃鈸。

學不得羅剎女去降魔，學不得南海水月觀音座。

夜深沉，獨自臥，起來時，獨自坐。

有誰人，孤淒似我？似這等，削髮緣何？

恨只恨，說謊的僧和俗，哪裏有天下園林樹木佛？

哪裏有枝枝葉葉光明佛？哪裏有江湖兩岸流沙佛？

哪裏有八千四萬彌陀佛？從今去把鐘鼓樓佛殿遠離卻，

下山去尋一個少哥哥，憑他打我，罵我，說我，笑我，

一心不願成佛，不念彌陀般若波羅！

（白）好了，被我逃下山來了！

（尾聲）但願生下一個小孩兒，卻不道是快活煞了我！

（見崑曲《思凡》劇本）

就這樣，小尼姑大膽地衝破佛門禁地，不顧一切地衝下山去。這是一齣唱做吃重，身段繁複的旦角必修的開蒙戲。京劇「四大名旦」和崑曲名宿韓世昌等人均擅演此戲。梅蘭芳飾演色空的演出片斷，還被拍成了彩色戲劇藝術片。

在北方，這折戲大多演到「尼姑出逃」便結束了。但在南方，這齣戲多與「下山」連演。小尼姑在途中遇見了一個也偷偷下山的小和尚。二人一見鍾情，一拍即合，於是相擁相抱、背倚攙扶，一起下山還俗去了。

這齣戲的特色在於對出家人情感世界的披露。小尼姑的曲詞、道白，就是一個青春少女內心的自供狀。長期單調的寺院生活使得身處其中的妙齡女尼難以忍耐，在一個相對寬鬆的間歇裏，其內心的苦悶和渴望就爆發出來。這齣戲聽起來，頗有些「窺視隱私」的味道，為此，很容易調動觀眾的觀賞興趣。這種隱私實際上又觸及了比較隱秘的性心理和性意識。小尼姑心靈的告

白，將一個妙齡女尼的思春情懷和盤托出，自然是「離經叛道」，為世俗所不容。所以自清以降，此劇一直被視為一齣誨淫誨盜的「粉戲」加以禁演，列在《翼化堂永禁戲目單》中。奈何觀眾並不買帳，官方越禁，民間越唱。禁而難止，無可奈何。

《下山》梁谷音飾色空、劉異龍飾本無

攝於 1990 年

《思凡下山》這齣戲出自《目蓮救母勸善戲文》《孽海記》，與《孤本元明雜劇．僧尼共犯》的情節相似，只是劇中人名有所不同，是一齣崑曲傳統戲。清代乾隆時期出版的戲曲集《綴白裘》中錄有此劇。色空下山後，遇見小和尚本無，二人一見鍾情，定下終身，結為百年之好。其中有本無背著色空涉水過河一節，常為道學先生指責，這也是舊日此劇被禁的主要原因之一。

《牡丹亭》

《牡丹亭》又名《還魂記》，是明代劇作家湯顯祖的代表作之一。全劇共有五十五齣，描寫杜麗娘和柳夢梅的愛情故事。

劇情講的是南安太守杜寶之女，名叫麗娘，才貌端妍，從師陳最良讀書。麗娘由讀《詩經·關雎》一章有感傷春，因之到後花園裏尋春。她在後花園中為春所惑，懨懨睡去，夢中遇見書生柳夢梅，手執半枝垂柳前來求愛。兩人互生愛慕，遂在牡丹亭畔幽會。醒後，杜麗娘懷春傷感，一病不起。她在彌留之際，請求母親把她葬在後花園中的梅花樹下，且囑咐丫環春香將自己的畫像亦藏在太湖石底。言罷，辭世而亡。彼時，其父就任淮陽安撫使，委託陳最良代為葬女並修建了一座「梅花庵觀」。

三年之後，柳夢梅赴京應試，借宿梅花庵觀中，在太湖石下拾得杜麗娘畫像，發現杜麗娘就是他夢中見到的佳人，遂叫畫不止。杜麗娘魂遊後園，和柳夢梅再度幽會。柳夢梅掘墓開棺，杜麗娘起死回生，二人結為夫妻，同往臨安。

陳最良發現杜麗娘的墳墓被掘，就告發柳夢梅盜墓之罪。柳夢梅在臨安應試後，受杜麗娘之託，送家信傳報還魂喜訊，結果被杜寶囚禁。放榜以後，柳夢梅由階下囚一變成為狀元。但是，杜寶拒不承認他們的婚事，強迫他與麗娘分離。最終，這場糾紛鬧到皇帝面前，才得到圓滿解決。

此劇演出全本的極少，大多只演《春香鬧學》、《遊園驚夢》和《拾畫叫畫》等折。湯顯祖對自己的這部劇作特別珍愛，有自題《所填南北曲》一詩寫道：

玉茗堂開春翠屏，新詞傳唱《牡丹亭》。

傷心拍遍無人會，自掐檀痕教小伶。

《牡丹亭》問世後，曾盛行一時，使許多人為之傾倒，甚至有人讀過此書後，悲傷過度，斷腸而死的。據沈德符記載，《牡丹亭》一劇「家傳戶頌，幾令《西廂》減價」。充分說明《牡丹亭》在當時所產生的巨大影響。清小鐵笛道人在《日下看花記》說，乾隆年間，保和部的歌郎張柯亭最擅此劇。

「柯亭名鳴玉，初字珂亭，江蘇長州人。神清骨秀，望之如帶雨梨花。嘗演《小青題曲》一齣，人與景會，見者魂消。某巨公大加契賞，易其字曰『柯亭』。昔柯亭在南，為一墨吏所愛。辛丑，墨吏被逮入都，挈家北上，寄跡京班，常往探囹圄以慰岑寂。今春墨吏典刑，柯亭在戲場聞之，更衣奔赴，一慟幾絕。雖所事非人，而感恩知己，不以衰榮易念，視見金夫不有躬者，相去何如耶？」他演的《牡丹亭》最是消魂。有詩證之：

珊珊瘦骨出娉婷，幾見幽窗泣小青。
千古情根消不得，夢魂應傍《牡丹亭》。

（見清人小鐵笛道人《日下看花記》）

杜麗娘與柳夢梅的愛情故事，體現了青年男女對自由的愛情生活的追求，顯示出要求個性解放的思想傾向，為封建衛道士所不容。在清季歷次禁書中，《牡丹亭》均首列其間。此劇的演出，同樣也遭到了地方上的禁止。主要是因為「其詞過於香豔，有惑男女天性，陡生淫亂」。《遊園驚夢》中有杜麗娘、柳夢梅與眾花神合唱的幾支曲子：

柳夢梅：則為你如花美眷，似水流年，
是答兒閒尋遍；在幽閨自憐。
轉過這芍藥欄前，緊靠著湖山石邊，
和你把領扣鬆，衣帶寬，
袖梢兒溫著牙兒苫也
則待你忍耐溫存一晌眠。
眾花神：好景豔陽天，
萬紫千紅盡開遍。滿雕欄寶砌雲簇霞鮮。
督春工連夜芳菲，慎莫待曉風吹顫。
為佳人諧繾綣，夢兒中有十分歡忭。
湖山畔，湖山畔雲纏雨綿。
雕欄外，雕欄外錦簇翠軿。
惹下蜂愁蝶戀，三生石上緣。
都因夢幻，一枕華胥兩下蘧然。
單則是混陽蒸變，看他蟲兒般蠢動把風兒煽；
一般兒妓凝翠綻的魂兒顫，這是景上緣。
想內成、因中見。怕淫邪展污了花臺殿。
大花神：他夢酣春透了怎留連，待拈花閃碎的紅如片。

眾花神：一個兒意昏昏夢魂顛，一個兒心兢兢麗情牽；
一個巫山女趁著這雲雨天，一個桃花閬苑幻成劉阮；
一個精神忒軟，一個歡娛恨淺；
兩下裏萬種恩情，則隨這落花兒早一會兒轉。
杜麗娘：是哪處曾相見？相看儼然，早難道好處相逢無一言。
柳夢梅：見了你緊相偎，慢廝連。恨不得肉兒般和你團成片也！
逗的個日下胭脂雨上鮮。

（引湯顯祖《牡丹亭·驚夢》）

書生柳夢梅在花園的梅樹下拾得一卷圖畫，畫中的女子竟是自己朝思暮想的夢中佳人。於是，反覆呼叫，精誠所至，杜麗娘終於復活。這一超現實的浪漫情史，不知感動了古往今來多少有情人。

此外，第二十三齣《冥判》中還有一曲《後庭花滾》，是用花名描寫男女性事，寫得十分香豔。在清代崑曲的演出中，這段曲子也都照單必唱的。這都成了「粉戲」的由頭。

【後庭花滾】但尋常春自在，恁司花忒弄乖。眨眼兒偷元氣去樓臺。克性子費春工淹酒債。恰好九分態，你要做十分顏色。數著你那胡弄的花色兒來。〔末〕便數來。碧桃花。〔淨〕他惹天台。〔末〕紅梨花。〔淨〕扇妖怪。〔末〕金錢花。〔淨〕下的財。〔末〕繡球花。〔淨〕結得綵。〔末〕芍藥花。〔淨〕心事諧。〔末〕木筆花。〔淨〕寫明白。〔末〕水菱花。〔淨〕宜鏡臺。〔末〕玉簪花。〔淨〕堪插戴。〔末〕薔薇花。〔淨〕露渲腮。〔末〕臘梅花。〔淨〕春點額。〔末〕翦春花。〔淨〕羅袂裁。〔末〕水仙花。〔淨〕把綾襪踹。〔末〕燈籠花。〔淨〕紅影節。〔末〕酴醿花。〔淨〕春醉態。〔末〕金盞花。〔淨〕做合巹杯。〔末〕錦帶花。〔淨〕做裙褶帶。〔末〕合歡花。〔淨〕頭懶抬。〔末〕楊柳花。〔淨〕腰恁擺。〔末〕凌霄花。〔淨〕陽壯的咍。〔末〕辣椒花。〔淨〕把陰熱窄。〔末〕含笑花。〔淨〕情要來。〔末〕紅葵花。〔淨〕日得他愛。〔末〕女蘿花。〔淨〕纏的歪。〔末〕紫薇花。〔淨〕癢的怪。〔末〕宜男花。〔淨〕人美懷。〔末〕丁香花。〔淨〕結半躧。〔末〕豆蔻花。〔淨〕含著胎。〔末〕奶子花。〔淨〕摸著奶。〔末〕梔子花。〔淨〕知趣乖。〔末〕柰子花。〔淨〕恣情奈。〔末〕枳殼花。〔淨〕好處

> 揩。〔末〕海棠花。〔淨〕春困怠。〔末〕孩兒花。〔淨〕呆笑孩。〔末〕姊妹花。〔淨〕偏妒色。〔末〕水紅花。〔淨〕了不開。〔末〕瑞香花。〔淨〕誰要採。〔末〕旱蓮花。〔淨〕憐再來。〔末〕石榴花。〔淨〕可留得在？幾樁兒你自猜。哎，把天公無計策。你道為什麼流動了女裙釵，剗地裏牡丹亭又把他杜鵑花魂魄灑？〔末〕這花色花樣，都是天公定下來的。小神不過遵奉欽依，豈有故意勾人之理？且看多少女色，那有玩花而亡。〔淨〕你說自來女色，沒有玩花而亡。數你聽著。（引湯顯祖《牡丹亭・冥判》）

正因為這些詞句，所以被人視為「淫戲」，為封建衛道士所不容。在清季歷次禁書中，《牡丹亭》均首列其間。此劇的演出同樣也遭到了地方上的禁止。

就是解放以後，梅蘭芳與俞振飛合演此劇，並把它排成電影時，也曾受到文化主管部門的許多非難。最後，還得經過國務院總理周恩來的批准，才得以通過。

《牡丹亭》明刊本插圖

《牡丹亭》是湯顯祖著名的劇作，在思想和藝術方面都達到了創作的最高水準。此劇在封建禮教制度森嚴制約下上演，受到廣大民眾的歡迎，特別是感情受壓抑的婦女。有文記載，當時有少女讀其劇作深為感動，以至「忿惋而死」。還有一則記載稱，杭州有女伶演出此劇時，真情投入，當演到「尋夢」一折時，由於感情激動，竟猝死臺上。

《遊園驚夢》梅蘭芳飾杜麗娘

在這齣戲裏，梅先生無論是唱、念、做，都有許多突出的地方。通過他的優秀的表演，不僅表現出了杜麗娘的溫婉、嫻雅、貞靜的性格，還把這位深鎖幽閨的少女心靈深處的寂寞、空虛、惆悵、彷徨的心情，在唱做中恰如其分地流露出來，而且演來層次分明，讓每一個細心的觀眾都能明顯地感覺到。他把人物在各個階段的不同心情和感受，貫穿在全部唱、念、身段和面部表情中。而且在每一層次的轉變之間，毫無矯揉造作之弊，真正達到了渾若天成的境界。

《琴挑》

《琴挑》、《追舟》、《秋江》，均係崑曲《玉簪記》中的數折。故事出自明代劇作家高濂的《玉簪記》傳奇。

寫書生潘必正赴京趕考，途中看望姑母，寄宿女貞觀中。青年尼姑陳妙常奉命捧上香茗，茶敘之間，雙方互生愛慕。是晚，潘必正踏月庭院，忽聞琴聲瑟瑟，情愫淒淒，便尋聲而來。陳妙常一曲方罷，乍見貴客飄然而至，驚喜之間，慌忙離開琴案，懷抱拂塵，鞠躬施禮。潘必正注目琴弦，解讀曲意。一個驚不失色，一個喜不顯容，高山流水，喜結知音。身為觀主的姑母察覺了其間的隱情，以試期在即為由，逼侄赴科。潘必正不及與妙常辭別，只好匆匆離去。陳妙常得知後，雇舟追趕。此後一折便是《追舟》或《秋江》。

據《日下看花記》載，《琴挑》和《秋江》等戲在乾、嘉時期便有演出，且以金玉部的名伶朱寶林，演得最為精彩傳神。書中寫道：

> 「寶林姓朱，字香雲，年十六歲，吳邑人。金玉部。姿色非上選，靜默寡言，乍見奇之。及演《秋江》一齣，藝過成人，始知有木雞之毅力焉。毗陵殷君最心契之。偶而招至，典斟，善戲謔兮，仍自存身份，肆應纏綿周致，無異王導彈指說蘭闍也。」且有詩讚道：
>
> 一曲《秋江》日已晡，吟懷飲興被渠扶。
>
> 不知殷浩為官去，怪事書來有淚無。
>
> （引高濂《玉簪記・琴挑》）

劇本描寫二人以琴音相挑，互相傾訴愛慕之情，即有詩意、雅意，又有情、有趣。劇本是這樣寫道：

潘必正：呀，好琴嚇！

（唱）雉朝雊兮清霜，慘孤飛兮無雙。

念寡陰兮少陽，怨鰥居兮彷徨，彷徨。

陳妙常：好！

潘必正：出醜！

陳妙常：此乃《雉朝飛》也君方盛年，何故彈此無妻之曲？

潘必正：小生實未有妻！

陳妙常：這也不關我事！

潘必正：欲求仙姑——

陳妙常：啊！？

潘必正：哦，面面，面教一曲如何？

陳妙常：既聽佳音，已清俗耳，何必初學，又亂芳聲。

潘必正：休得太謙，定要請教！

陳妙常：但恐污耳。

潘必正：請教。

陳妙常：（唱）煙淡淡兮輕雲，香靄靄兮桂陰。
　　　　歎長宵兮孤冷，抱玉兔兮自溫。

潘必正：此乃《廣寒遊》也，正是出家人所彈之曲。只是長宵
　　　　孤冷，難消遣些！

陳妙常：潘相公好言重啊！我們出家人，有甚難消遣處？

潘必正：這也難道！

陳妙常：（唱）長清短清，哪管人離恨。
　　　　雲心水心，有甚閒愁悶？
　　　　一度春來，一番花褪怎生上我眉痕。
　　　　雲掩柴門，鐘兒磬兒在枕上聽柏子座中焚，
　　　　梅花帳絕塵。

潘必正：仙姑啊！
　　（唱）更聲漏聲，獨坐誰相問？琴聲怨聲，兩下無憑準。
　　　　翡翠衾寒，芙蓉月印，三星照人如有心。
　　　　仙姑！只怕露冷霜凝，衾兒枕兒誰共溫？

陳妙常：潘相公，你出言太狂，屢屢譏誚，莫非你有意輕薄於
　　　　我？好啊，我去告訴你姑娘，看你如何分解？

潘必正：啊仙姑，小生信口相嘲，出言顛倒，伏乞海涵！
　　（唱）巫峽恨雲深，桃源羞自尋。
　　　　仙姑你是個慈悲方寸，望恕卻少年心性，少年心性。

陳妙常：言語冒犯。

潘必正：她肯把心腸鐵樣堅，

陳妙常：豈無春意戀塵凡？

潘必正：今朝兩下輕離別，一夜相思枕上看。

陳妙常：啊潘相公，花陰深處，仔細行走！

潘必正：如此借燈一行。

陳妙常：啐！

潘必正：哈哈哈哈哈哈！看陳姑十分有情於我，及至挑動她，她又著惱。哦，我不免躲在這花陰深處，聽她講些什麼。哦，有理呀有理！

陳妙常：聽寂然無聲，想是他回書館去了。咳，潘郎𠼻！

（唱）你是個天生俊生，曾占風流性，

看他無情有情，只見他笑臉兒來相問，我也心裏聰明。

適才呵——把臉兒假狠，口兒裏裝作硬。

我待要應承，這羞慚怎應他那一聲！

我見了他假惺惺，咳！別了他常掛心。

看這些花陰月影，淒淒冷冷，照他孤零，照奴孤零！

（白）夜深人靜，不免抱琴進去吧。

正是：此情空滿懷，未許人知道

明月照孤幃，淚落知多少！

潘必正：哈哈哈哈哈哈！小生在此聽了半晌，雖不甚明白——

（唱）聽她一聲兩聲，句句含愁悶。

看她人情道情，多是塵凡性，

妙常！你一曲琴聲，淒清風韻，怎叫人不斷送青春！

那更玉軟香溫，情兒意兒哪些兒不動人！

他獨自理瑤琴，身上寒冷了卜。

我獨立蒼苔冷，分明是西廂行徑。

老天啊！早早成就少年秦晉，少年秦晉！

（引高濂《玉簪記．琴挑》）

如此細膩的文筆，加之優美的唱腔和演員精細的表演，一對青年男女相慕生戀的旖妮風光，驀地移上氍毹。後來，妙常在屋中假寐，潘生來訪，在書桌上得妙常題情詩，遂共明心願。不想，潘生在赴約會途中，被姑母戳破，加以訓誡，逼他早日赴試，並親自將他送至江畔。妙常生怕就此失去自己心愛的人兒，竟然不顧一切，一直追到江邊。後邊的戲便是《秋江》了。

清季，《玉簪記》傳奇原本就是禁書，乾、嘉之後的禁書和丁日昌禁燬書目中均列有其名。以此書編演的戲，自然也成了禁戲。在《翼化堂章程》的《永禁淫戲目單》中，《琴挑》、《追舟》、《秋江》等折，一併禁演。因為戲的內容不僅有尼姑思春、隻身淫奔，還有男女調情、毀僧謗道之類大不敬的唱詞和語言，不但視為「粉戲」，過加一等，更視為「意淫」，亂人心性。

但是這幾折戲，在民間並未禁絕，反而成為崑劇經常演出、歷久彌新的保留劇目。

《琴挑》程硯秋飾陳妙常，俞振飛飾潘必正。

攝於上世紀三十年代

程硯秋先生早年曾向喬蕙蘭、張雲卿問藝崑曲。1923 年，程硯秋組班「和聲社」，即邀請俞振飛合作演出《琴挑》；那一年程僅 19 歲，飾演陳妙常，俞振飛 21 歲，飾演潘必正，二人珠聯璧合，風采動人。1934 年 9 月，程、俞再度合作，連袂演出達四年之久。一起除了合演了很多崑曲名作。南崑名家鄭傳鑒曾說：「程先生的崑曲表演工夫不在梅先生之下，有些戲如《琴挑》、《思凡》刻畫人物內心世界的細膩處，甚至有過之而無不及。」

《挑簾裁衣》

《挑簾裁衣》是《水滸傳》武松故事中的一折。寫武松在景陽岡打虎之後，當了陽穀縣土軍都頭。一日跨馬遊街，遇見失散多年的兄長武大郎，二人攜手回家，同住一寓。嫂嫂潘金蓮見武松生得英俊魁偉，心生愛慕。待武大郎不在家的時候，便置酒挑逗。武松生怒，以大義斥之，就此移居於外。這一折戲名為《戲叔》。

不久，武松受命赴東京公幹去了，行前叮囑兄長事事小心。這一日，潘金蓮在家中開窗挑簾，不意挑杆墜地，正好打在自此經過的土豪西門慶頭上。金蓮下樓致歉，二人眉來眼去，彼此生情。這些情況皆被鄰居王婆看見，西門慶買通王婆，借裁剪衣服為由，勾引潘金蓮入彀。王婆從中揑合，促使二人勾搭成奸。此後，明來暗往，私通無度。這一折戲，則叫《挑簾裁衣》。

這段故事出自《水滸傳》第二十四、二十五回，以及《義俠記》傳奇。清乾嘉時期常有演出。《綴白裘》四集卷三錄有《義俠記》,《戲叔》、《別兄》、《挑簾》、《做衣》諸折，盡在其中。據《日下看花記》記載，當時以春臺部伶人吳秀林，搬演此劇最為襯手。

「秀林姓吳，年十六歲，揚州人。春臺部。與九林皆新到，演《挑簾》、《裁衣》不露淫佚，別饒幽媚。身材姿色，柔軟相稱，性情亦恬靜，聲音宛轉關生，清和協律。花間月下，一二知己，細斟密酌，時秀林在側，必能貼妥如人意也。」（書中記有繡雲山人寫的一首詩，讚美吳秀林的演出：）

暖風吹軟小腰肢，況復蟬連勸酒卮。
一抹酥胸雙玉腕，十分炫耀解衣時。

（引自清小鐵笛道人《日下看花記》）

據說，吳秀林所飾演的潘金蓮「不露淫佚，別饒幽媚」，但是，這齣戲描繪男女私通，「一抹酥胸雙玉腕，十分炫耀解衣時」是無法迴避的「戲核兒」。《綴白裘》所輯劇本，把這段戲寫得很細，王婆誆潘金蓮到家中裁衣，正要下剪子的時候，西門慶在外邊拍門進來，王婆從中拉上了皮條。三人一同吃酒，金蓮一味推脫。（按：下文「貼」即潘金蓮，「老旦」即王婆，「付」即西門慶）

（貼）不吃酒的。（付）【香柳娘】幸相逢舉觴，幸相逢舉觴。為娘稱謝，愧無珍品堪陳設。（老旦）大娘子，你也回敬大官人一杯。（貼）感伊家用情，感伊家用情。淺量為君竭，羞顏為君撇。（合）料三生契結，料三生契結。歡情正奢，可能卜夜（付）乾娘，個個酒弗好吃，去買呷好個得來。（老旦）元是前日子剩下來的，待吾去買好的來。（貼）乾娘，吾要回去了，恐怕大郎回來。（老旦）大郎回來，曉得在吾家，不妨得的。（付）乾娘，走遠點咭。（老旦）吾曉得。待吾關上了門。正是：天上人間，方便第一。（下）（付）娘子拜揖。（貼）方才見過的了。（付）方才見個是弗志誠個，那間是志志誠誠個。娘子請坐，請一杯。（貼）奴家量淺。（付）大凡堂客淺個好。（貼）什麼說話！（付）請問娘子尊姓？（貼）姓武。（付）姓魯？（貼）姓武。（付）姓蘇？（貼）姓武嚇！（付）嚇！姓武嚇阿是文武之武？個個姓到少個。縣前有一個賣炊餅的矮子，也姓武，還是宅上個尊使呢，還是盛族？（貼）嚇！是拙夫。（付）是貼夫？（貼）是家主公。（付）嚇！是家主公。阿呀！笑殺笑殺，話靶話靶，那說介位標緻娘娘配子介個貨郎兒？咳！常言道：巧妻常伴拙夫眠。日裏呢，你入東，我入西，也罷哉；個個夜裏鬆箍段能介一段壓拉心口頭子，好弗難過！有子上頭，沒有下底；有子下頭，沒子上頭。那才是媒人之過，只顧銅錢銀子，弗顧別人生死！吾若做了官府，該打哩四十！（落扇介）（貼）扇兒掉了。（付）扇子掉哉，來囉哩？吾個娘嚇！（貼）尊重些。（付）吾有個心來個。（貼）你既有心，吾豈無意？只是怕你口嘴不好。（付）吾若口嘴不好，就對天罰咒哉。老天在上，吾西門慶呵！【前腔】若忘了伊此情，若忘了伊此情，暫時拋捨，願天罰吾遭磨折！（付）吾罰哉，你也來罰一個。（貼）吾不會罰。（付）罰咒弗會？（扯貼跪介）聽金蓮誓言，聽金蓮誓言：〔若忘了大官人呵，〕願身首不相連，天誅更不赦！（合前）（貼）吾要回去了。（付）阿是要急殺我了！（貼作不肯，付抱下）（老旦上，聽介）【前腔】聽人聲杳然，聽人聲杳然，想在枕邊低說。待吾叫他們出來。你們快些出來。（貼整衣急上）（付）乾娘來哉。（老旦）好嚇！你們幹得好事！武大郎回來，吾要——（付，貼跪介）望高抬貴手來相赦。（老旦）你們要官休私休？（付，貼合）官休便怎麼？私休便怎麼？任伊怎的說，誰人敢逆也？（老旦）要官休，報武大郎；要私休，瞞武大郎。（付，貼）私休計設，叩頭稱謝。（老旦）既如此，你兩人多要依我。今日為始，大娘子，你每日到我店中來，不可失信。（貼）奴家依乾娘便了。（老旦）大官人，你是不要說了，所許之物，千萬不可失信。（付）吾居去立刻就送來。（老旦）待吾去看看可有人。（暗看介）沒有人，去罷。（付與貼摟介）（貼）啐！（付）清秋路，黃葉飛。（下）（老旦）待吾閉上了門。唔！頭髮多亂了。方才是——（伸二指，貼搖手，老又伸一指，各笑下）

（引《綴白裘》四集卷三《義俠記・做衣》）

由於《金瓶梅詞話》的泛濫，世人莫不知這個「潘、驢、鄧、小、閒」五能俱備的西門慶，是有大龜的淫夫，潘金蓮則是個淫毒弒夫的淫婦。大凡涉及這兩個人物的，必然是齣「淫戲」。《挑簾裁衣》不必演出，早已罪名千條，納入必禁之列。更有世人偏見，能把天災人禍也歸結到這般「粉戲」之上。如，清道光十五年刊布的《京江誠意堂戒演淫戲說》，文中直言不諱地提出，日前戲臺著火，就是因為演出了《挑簾裁衣》之故，要求地方政府全力禁演此戲。有道是，奇文相與析，現將全文錄之於下：

甲午年。本郡岳廟戲臺樓屋一進。突於十一月廿一日。焚毀淨盡人咸駭然。覺神廟不應如是。及推原其故乃前一日。鞋店演戲酬神。曾點《挑簾裁衣》、《賣胭脂》等淫戲。故廿一日晚。即有此異。核並無人。只貯戲箱數隻。竟不識火所自來。且臺後木香亭。地至切近。而花藤絲毫無損。惟獨毀斯臺。足見淫褻之上干神怒也。要知在廟酬神。惟宜演忠孝節義諸戲。庶昭激勸。若好演淫邪。圖悅耳目。則年少狡童。覩之意蕩無知婦女。見之情移。喪節失身。皆由於此。抑思見人好淫。尚宜勸阻。今乃告之以淫事悅之以淫辭。惑之以淫態。若惟恐人不好淫而必欲誨之以淫者。有是理乎。即稍知禮義人。尚目不忍視。豈可干瀆神明。嗣後邑人酬願。務貴虔誠。切勿祈神而反褻神。不能修福。而反以造孽也。事關風俗人心。願樂善君子。敬體神意。廣為勸諭。幸甚。

（見清余治《得一錄》《京江誠意堂戒演淫戲說》）

惠山泥人《挑簾裁衣》

清代著名藝人丁阿金傳世之作

無錫惠山泥人是我國著名的傳統民間藝術，相傳始於明代，至今已有四百餘年的歷史。作品主要取材於傳統戲曲、神話傳說和民風民俗，人物形象生動傳神，色調秀麗明雋。其精品「手捏戲文」多取材於崑曲和皮黃的演出場景，每檔二三人不等，展示一個戲出場面，其造型簡練，設色純樸典雅，人物塑造注意面部表情的體現。清末著名藝人丁阿金（名蘭亭）有《教歌》、《挑簾裁衣》傳世。

《梳妝擲戟》

《梳妝擲戟》又名《鳳儀亭》，是全本《連環記》中的一折。故事出自《三國演義》和明代王濟所作的《連環記》傳奇。崑曲的《起布》、《問探》、《小宴》、《大宴》等劇，都是由此脫出。

《小宴》是寫東漢司徒王允與貂蟬，定下了連環之計，離間董卓、呂布父子。先設宴款待呂布，將歌姬貂蟬假作自己的女兒，許配呂布為婚。後王允又宴請董卓，席間將貂蟬獻與董卓為妃，這一折戲則名《大宴》。呂布為了探尋究竟，潛入太師府內室，正遇貂蟬梳妝。貂蟬向呂布訴說董卓無理強娶，並傾訴自己思念呂布之情。呂布聞言盛怒，憎恨董卓奪其所愛。這一折戲便是《梳妝》。《擲戟》一折則是《連環記》中的第二十六折。呂布趁董卓上朝之際，潛入府中，與貂蟬在鳳儀亭中相會，二人互傾情懷，恰被回府的董卓撞見。董卓一見呂布在調戲自己的愛姬，盛怒之下，便用方天畫戟刺殺呂布。幸被李儒勸阻，呂布乘機逃去。董卓就此與呂布失和，並決意將貂蟬送至新都郿塢居住。

在羅貫中的筆下，呂布這個人生得器宇軒昂、魁偉英俊，但為人傲慢好色，且又胸無點墨。作為一個有特殊色彩的戲劇人物，對演員說來是個頗有演頭的角色。從乾隆年間漢調進京，有關《三國》呂布的戲就多了起來，從呂布出山，直到《白門樓》呂布被殺，其間名目繁多，幾乎成了一套完整的系列劇。

據戲劇史料記載，嘉慶年間，名伶龍德雲飾演的呂布最有聲色，剛中有媚，媚中有憨，極為傳神。並且，他在演唱方面更是突出，發明了以真假嗓並用，剛柔相濟的「龍腔」，「聲若虎嘯，非常響堂」。據蕭長華先生講：「他的唱法奠定了京劇小生的基礎」(見蕭長華著《蕭長華戲曲談叢》)。後來，凡是小生演員的演唱，全都承襲了這種唱法，直至而今。到了同、光時代，京劇成型，「十三絕」中的徐小香、朱蓮芬把這齣《梳妝擲戟》表演得更加完美、臻於畫境。從當年所刊劇本來看，作者在《梳妝》一折著墨不多。(而下所引，小生為呂布，小旦為貂蟬，淨為董卓)：

(小生上) 恨小非君子，無毒不丈夫。可恨老賊不念父子之情，奪我夫妻之愛，不勝焦急。夜來司徒之言，未可遽信，不免潛入後堂打聽貂蟬動靜則個。

【懶畫眉】只因淹滯虎牢關，失卻明珠淚暗彈。

好姻緣反做惡姻緣。

我潛身轉過雕欄畔，試聽貂蟬有甚言。（下）

（旦隨小旦上）

【前腔】輕移蓮步出蘭房，只見紅日曈曈上紗窗。

昨宵巫女會襄王，姣姿無奈腰肢怯。

（旦拂鏡介）（小旦）欲整雲鬟懶傍裝。（小旦作梳裝介）

（小生上）

【前腔】日移花影上紗窗，一陣風來粉黛香。

〔呀，〕那人在窗下試新裝，分明是一枝紅杏在牆頭上。

〔你看，〕惹得遊蜂特地忙。

（小旦）【前腔】錦雲拂鏡對殘裝，只見鬢亂釵橫，

分開雙鳳凰。香消色褪減容光。呀，是誰在窗外行蹤響？

（小生）小將呂佈在此。

（小旦）天呵！不覺滿面羞慚難躲藏。

（淨內）貂蟬，梳妝完了，前庭早膳。

（旦慌將裙遮小生下）

（引自《綴白裘》二冊三卷《連環記．梳妝》）

了了數筆的唱念，全憑演員在臺上的做、表，把呂布立在閨幃之外偷看貂嬋梳妝，貂嬋故意誘惑登徒的情態要描摹得淋漓盡致，全憑伶人的藝術技巧，方將觀眾引入戲中。《擲戟》一場，則寫得比較飽滿。

（小旦上）【引】顰一笑總關情，暗自傷心曲。

這兩日太師身體勞倦，不時高臥。且喜他又去睡了，不免到後花園中閒步一回，少展悶懷。此間已是鳳儀亭了。待我口占一律：嗟哉鳳儀亭，四繞梧桐樹；鳳凰不見來，烏鴉日成隊。呀，來的好似溫侯，我且躲在一邊，待他來把言語打動他便了。

（小生上）偶來鳳儀亭，悶把欄杆倚。欲採芙蓉花，可憐隔秋水。

那邊好似貂蟬模樣，待我閃在一邊，聽他說些什麼。

（小旦）【鎖南枝】妾命薄，淚暗流。無媒徑路羞錯走。

勉強侍衾裯，見人還自醜。歎沉溺，誰援手？我欲見溫侯，

〔阿呀！溫侯嚇，〕怎能彀！

（小生）【前腔】青青柳，嬌又柔，一枝已折在他人手。

把往事付東流。良緣歎不偶。簪可惜，雙鳳頭。

這玉連環，空在手！

（小旦）阿呀！溫侯你好負心嚇！

（小生）這是你父親將你送與太師為妾，怎麼倒說我負心？

（小旦）天嚇！中秋夜我爹爹送奴家與溫侯成親，不知你往那裡去了，反見狂且。

（小生）狂且是誰？

（小旦）就是你太師頓起不仁之心，將奴邀入府中淫汚，奴家恨不能一死。今日得見溫侯，死也瞑目矣！

（小生）聽小姐之言，與司徒無二。司徒不改初心；小姐，你的意見如何？

（小旦）奴家誓死願從溫侯，不甘服侍太師的。

（小生）咳！罷！罷！罷！只恨我虎牢關上來遲了！

【紅納襖】只指望上秦樓吹鳳簫，又誰知抱琵琶彈別調？

香褪了含宿雨梨花貌，帶寬了舞東風楊柳腰。

不能勢畫春山眉黛巧，羞見你轉秋波顏色姣。

早知道相見難為情思也，何似當初不見高！

（小旦）【前腔】你只圖虎牢關功績高，頓忘了鳳頭簪恩愛好。

同心帶急攘攘被他扯斷了，玉連環屹崢崢想你捶碎了。

（小生）你好生服侍太師去罷。

（小旦）我今若不與溫侯同到老，願死在波心恨始消！溫侯請上奴家有一拜。（小生）小將也有一拜。

（小旦）你若念夫妻情義，也把我屍骸復草茅！

（作跳，小生抱住介）咳！我今生若不得與你為夫婦，非蓋世英雄也！

（淨上）貂蟬。（小旦慌下）

（引自《綴白裘》二冊三卷《連環記・擲戟》）

貂蟬在鳳儀亭中向呂布傾訴思念之情，使呂布一方面憎恨董卓奪其所愛，又憐貂蟬忍辱之情，極盡溫存愛撫。恰被回府的董卓撞見，董卓大怒，用方天畫戟刺向呂布，呂布狼狽逃下。這場戲的劇本提示，小旦有「作跳」

的動作，小生有「抱住介」，這些大膽的表演動作，在「男女授受不親」封建禮教下，實有「粉」、「豔」之嫌。待到小旦再上場時：

（小旦上）【賺】掩袖悲啼，舊恨新愁眉鎖翠。

（淨）看你淚珠垂，似梨花一枝輕帶雨。貂蟬。

（小旦）太師嚇！

（淨）你為何將身倒入人懷裏？

（小旦）阿呀！太師嚇！妾身道溫侯乃太師之子，甚相敬重。誰想今日乘太師高臥，入後堂戲妾。妾逃於鳳儀亭上，他又趕來；妾欲投水，被他抱住。正在生死之間，幸得太師來到，救了奴家的性命！

（淨）我怪狂徒且敢探虎穴尋鴛侶！

（小旦）使人驚愧。

（淨）何須驚愧？總是你那老兒沒分曉，把你許了我就罷了，怎麼又許呂布？咳！你好生服侍呂布去罷。

（小旦）阿呀！我爹爹只叫我服侍太師，並不曾許什麼呂布噓。

（淨）咳！我老了，你服侍呂布去罷。呂布好。

（小旦）太師好。

（淨）呂布好！

（小旦）太師好！

（淨）呂布好！呂布好！（看小旦忽笑介）如此起來。

（小旦）是。

（淨）只此一遭，後不為例。

（小旦）太師。

（淨）咳！【長相思】你拂拭淚痕，重施脂粉。新郎再嫁，休辭改弦再續，憐新棄舊。〔罷！罷！〕把恩愛都付與東流！

（小旦）此話不須提。我終身願託，誓無他意。此心今日惟有死，妾豈暫相離？一馬一鞍，立志，願鳥同比翼，樹效連枝。

（引自《綴白裘》二冊三卷《連環記．擲戟》）

經過貂嬋這樣一番慌話遮掩，並且對董卓又是「立誓」，又是「抹蜜」，使得這個奸雄滿腔的怒火，盡都抛入爪窪國中去了。因為劇中表演有「色情」成份，《梳妝擲戟》一向被視為「粉戲」，在清代被政府明令禁演，並列入《永禁淫戲目單》。但是沒過幾年，這齣戲又自行解禁了。

據說，清王府中有幾位王爺玩票，都愛演小生戲，尤其喜愛扮演相貌英俊、風流倜儻的呂布。他們常在堂會戲中演《小宴》、《梳妝》、《擲戟》等，全無顧忌。故而，在同治以後的幾次禁戲中，就不再禁有關呂布的戲碼兒了。

目前常演的呂布戲有崑曲《試馬》、《射戟》；京劇則有《小宴》、《白門樓》等。文革以後，葉少蘭與許嘉寶曾排演過全部《呂布與貂蟬》，把原劇的精彩表演悉數保留下來，還創造了一段膾炙人口的唱段「那一日在虎牢大擺戰場」。使之面目一新，成為一齣優秀的保留劇目。

《梳妝擲戟》

〔清〕天津楊柳青木版年畫

楊柳青年畫為中國著名的民間木版年畫。在北方流傳極廣、影響最大。因產於天津西南楊柳青而得名。起始於明崇禎年間，清雍正、乾隆時期，逐漸繁榮。它繼承了宋、元繪畫的傳統，吸收了明代木刻版畫、工藝美術和戲劇舞臺的形式，採用木版套印和手工彩繪相結合的方法，創立了鮮明活潑、喜氣吉祥、富有感人題材的獨特風格。

清代戲中的翎子生　清昇平署戲裝扮相譜

在清代，由宮廷如意館畫師們繪製的戲裝扮相譜可以發現，京劇小生行當的分類很細緻。戴雉尾翎的小生多是英俊善武的人物。《梳妝擲戟》中的呂布即為翎子生應功。呂布自古有「人中呂布、馬中赤兔」之譽，他的扮相則更要「美中有威，俊中有剛」。清代有幾位王爺玩票，都愛演小生戲，尤其喜愛扮演相貌英俊、風流倜儻的呂布。他們常在堂會戲中演《小宴》、《梳妝》、《擲戟》等戲。故而，在同治以後的幾次禁戲中，就沒有禁演有關呂布的戲碼兒。

《風箏誤》

《風箏誤》這齣戲，寫書生韓世勳年幼喪母，寄養於戚補臣家，為戚家養子。長成之後，風流倜儻，才華橫溢。一日，戚家公子戚友先把一隻韓世勳題寫詩的風箏，放落進詹烈侯家花園當中。詹家二小姐淑娟拾得風箏，在上面和詩一首。戚家僕人來尋風箏，送歸戚友先處。韓世勳看到了風箏上的和詩，料定係佳人所作。慕其才華，又寫了一首定情詩，再次把風箏放進詹家花園。詹家大小姐愛娟長相醜陋，且胸無點墨，她拾到這個風箏，看到風箏上的詩後，便讓老僕傳話，假冒淑娟，意圖來個偷樑換柱，好事先成。韓世勳如約而至，看到竟是個醜婦，嚇得落荒而逃。

後來，韓世勳進京赴考，得中狀元。話分兩頭，戚補臣在家想為二子擇媳，他明於情理，決定聘貌醜的愛娟給自己的親生兒子，聘才貌俱全的淑娟給韓世勳。戚友先成親時，愛娟誤認他是韓世勳，將那日洞房之夜的事情敗露出來，戚友先大鬧洞房。韓世勳中狀元後，派在詹烈侯手下為官，詹愛其才貌，欲將淑娟嫁之，韓世勳誤為愛娟，抵死不從。待其功成歸家之後，戚補臣已為他代訂婚約，萬般無奈，韓世勳被迫入洞房。淑娟頭蓋未揭，見新郎言行冷漠，只得向母親哭訴。其母義憤填膺，衝進洞房質問韓世勳。韓世勳被迫說出情由，兩相對照，誤會當即冰釋，有情人終成眷屬。

這齣戲出自李漁所著的《笠翁十種曲》中。李漁這部書在清代是被列為禁書的。在丁日昌的《禁燬書目》中，這齣戲與其他一些「淫穢」曲本、唱本的命運一樣，被收繳毀版，嚴禁售賣。《風箏誤》也被視為「淫」戲，不得上演。那麼，這齣戲的問題出在哪裏呢？在封建理教的桎梏下，青年男女在風箏上寫詩傳情，已屬潛越；而戲中《驚醜》一折，寫詹愛娟的保姆把韓世勳騙入愛娟閨房，促其苟合，則實有「淫奔」之嫌。《綴白裘》中錄有這折戲的角本，（其中小生為韓世勳、淨為保姆、丑為詹愛娟）：

（丑扯小生同坐介）

（丑）戚郎嚇，這兩日幾乎想殺我也！（小生）小生一介書生，得近千金之體，喜出望外。只是我兩人原以文字締交，不從色慾起見。略從容些，恐傷雅道。（丑）寧可以後從容些，這一次到從容不得。來呀！來呀！（抱小生介）小姐，小生後來那首拙作可曾賜和麼？（丑）阿呀，那間是一刻千金的時節，那有工夫念詩？我和你且把正經事做完了再念也未遲。（扯小生上床，小生

立住不走介）

（淨）只恐夜深花睡去，故燒高燭照紅妝。（丑放小生手介）（淨）小姐，燈來了。（小生，丑各躲帳橫頭將帳遮介）（淨）你們大家脫套些，不要妝模作樣，躭擱了工夫，我到門首去看看就來接你。閉門不管窗前月，分付梅花自主張。（丑）戚郎。（小生）小姐。（各見，小生看丑，大驚介）呀！怎麼這樣一個醜婦！難道我見了鬼怪不成？（丑）蓋個有趣個！（小生）方才聽他那些說話，一毫文理不通，前日風箏上的詩那裡是他做的？

【攤破錦地花】驚疑，多應是醜魑魅，將咱魘迷。憑何計，賺出重圍？（丑）戚郎。（小生）阿唷！（丑）妙嚇！覷著他俊臉嬌容，頓使我興兒加倍！（小生）怎麼處嚇？（丑）戚郎。（小生）阿唷！（丑）不知他為甚麼緣故，再不肯近身？是了，他從來不曾見過婦人，故此這般靦腆。頭一次見蛾眉，難怪他忒靦腆，把頭低。（小生）小姐，小生聞命而來，忘了舍下一樁大事。方才忽然想起，如坐針氈。今晚且告別，改日再來領教。

【麻婆子】勸娘行且放，且放劉郎去，重來尚有期。（丑）住了，來不來由你，放不放由我。除了這一樁，還有甚麼大似他的嚇？我笑你未識，未識瓊漿味。戚郎，你若得著好處，是——唔。愁伊不肯歸。弗要說哉，困子罷。（小生）小姐，婚姻乃人道之始，若無父母之命，媒妁之言，阿呀，就是苟合了！主婚作伐兩憑誰？如何擅把鳳鸞締？（丑）嚇！我今晚難道請你來講道學麼？你既是個講道學先生，就不該到這個所在來了！（小生）不是小生自家要來的。（丑）弗是嚇。你說要父母之命，媒妁之言，如今都有了。（小生）在那裡？（丑）人有三父八母。那奶娘難道不是八母裏算的？（小生）媒人呢？（丑）一些不難，風箏不是個媒人？（小生）風箏怎麼是媒人？（丑）若不是他，我和你怎得見面？我自有乳母司婚禮，風箏當老媒。（丑抱小生介）那間弗要說哉，去困罷。（小生）小姐，不須如此。（淨上）千金一刻春將半，九轉三回樂未央。（小生）不好了！夫人來了！（丑放小生手，小生急走，撞淨介）（淨）你們的事做完了麼？（小生）嚇，嚇，嚇，做完了。（淨）既是介，等我送你出去。（生下）如今進去討相謝。

小姐，那間該謝謝媒人哉。（丑）你個老媽，不是媒人，到是個寃魂！（淨）那了，倒罵起我來？（丑）累了半夜，剛剛有點意思，還弗曾上床，被你走來，渠只道是夫人，灑脫了衣裳，奔了去哉！（淨）個沒你㲻來裏？（丑）不要說起！外貌卻像風流，肚裏一發老實。不過說了一更天的詩，講了一更天的道學。不但風流事不會做，連風情話也說不出一句來。如今倒弄得我上不上，下不下，下頭濕搭搭。你怎麼完我個事體？（淨）弗番道，我另有個救急之法，權且儂過一宵，再作道理。（丑）有個救急之法？咳！今宵枉費苦千辛！（淨）倒把佳期弄忒楞。（丑）佳婿脫逃誰代職？那沒那處？（淨）小姐弗妨且去困。（丑）困弗著那處？（淨）小姐，公子去了，是哪？床頭別有一先生。（丑）一個先生？（淨）角先生哉！（丑）死耶！（同渾下）

（引《綴白裘‧風箏誤‧驚醜》）

此劇亦名《回圈序》，相傳「民國四公子」之一袁克文最擅此劇，他飾演的詹愛娟「粉」中有癡，癡中有情，堪稱一絕。1916 年，梅蘭芳將此劇移植為京劇。李壽峰演大娘梅氏，陳德霖演二娘柳氏，梅蘭芳演俊小姐詹淑娟，李壽山演醜小姐詹愛娟，姜妙香演俊公子韓琦仲，郭春山演醜公子戚友先，曹二庚演醜丫環。名角薈萃，花團錦簇，深受觀眾歡迎。

尚小雲先生也曾演出過這齣戲，起名為《詹淑娟》，也紅火了一時。但是到了 1928 年，梅蘭芳先生又編演了一齣新劇《鳳還巢》，兩個故事內容有不少相似之處。由於梅先生的聲望所致，最終《鳳還巢》壓倒了《風箏誤》。從此，《風箏誤》這齣戲就不常上演了。

《風箏誤》王琪（中）飾詹淑娟

攝於 1988 年

《風箏誤》一劇歷來為崑曲的專有劇碼，在舞臺上大多只演《驚醜》、《前親》、《逼婚》、《詫美》四齣。自從，梅先生排演了京劇《鳳還巢》之後，因為這兩個戲內容有不少相似的地方，《鳳箏誤》一劇便很少有人再演了。文革之後，田淞先生把此劇改編移植為評劇，由著名評劇演員王琪飾詹淑娟，在京公演百場，頗受好評。

京　劇

《思志誠》

在近代中國戲曲史中，經常會提到《思志誠》這齣戲，清末很多著名的戲曲演員都演過這齣戲，如《同光十三絕》中的名丑楊鳴玉、劉趕三、梅巧玲等人，都以擅演此戲稱著。在梅蘭芳先生的「綴玉軒」中，珍藏有一幅沈蓉圃繪製的《思志誠》，上有羅癭公的題字—「思志誠合影」。這張畫長六尺、寬三尺二寸，上繪戲劇人物計二十一人。據專家考證，圖中的演員有道光、咸豐、同治、光緒時期的著名小生、花旦、小丑，除前邊提到的幾位之外，還有當紅的演員時小福、楊朵仙、朱霞芬、孫彩珠，孔元福、黃三雄、徐小香、葉中興、余紫雲、方松齡、朱蓮芬、王彩琳、吳燕芳、鄭多雲、曹福壽、顧小儂、董慶雲等。足證，當年這齣戲的影響之大。

這齣戲又稱《嫖院》，脫胎於明人傳奇《四節記》，是一齣插科打諢的喜劇。但是，並無劇本流傳。進入民國之後，因無藝人演唱，而今已絕跡舞臺。那麼，《思志誠》是一齣什麼戲哪！筆者從舊史料中的片言隻字中推斷而知，其內容十分簡單。描寫一位有錢的闊少來逛妓院，因為腰纏萬貫，妓院上上下下，從老鴇子、龜奴、大茶壺，連老媽子都跑出來迎奉。

待闊少坐定，龜奴把妓院中的全部妓女全都喚將出來，齊聚一堂，一個個搔首弄姿、盡展美色，任憑闊少爺選看。闊少先從相貌中一一品評，難辨瑜亮，就開始比較妓女們的技藝才華。於是，闊少居中，開始點唱。凡臺上的妓女角色均要一一獻技，各自唱上一段兒拿手的絕活，或西皮二黃，或崑曲亂彈，或時調大鼓，或坊間俚曲，均可無拘無束地唱來。妓女每唱一段兒，龜奴與闊少就品評一段兒，直至所有妓女唱完，闊少選中一位「色藝雙馨」的紅姑娘，雙雙攜手入內，全劇始完。

這種戲的出現是與當時社會的頹唐風氣有關。彼時都城內外商賈繁華，私寓妓院、相公堂子櫛比鱗次。有錢的紈綺子弟、官商巨孥將逛妓院、狹相公、打茶圍、飲花酒，視為一種風流雅事，用以怡情娛樂。政府不管，社會更熟視無睹，頹廢淫亂之風甚囂塵上。彼時的茶樓戲館都是男人專屬的娛樂場所，女人不能涉足。因此，藝人們把風月場中的千般旖旎，直接搬演到舞臺上，並不為人詬病，反而更受觀眾們歡迎。有錢可賺，何樂不為！

在臺上飾演妓女的歌郎們也都是「堂子」出身，各有私寓。向來臺上演戲，臺下侑酒接客。這些歌郎借演《思志誠》之際，可以穿上更光鮮的衣裳，梳上更時髦的髮髻，把自己打扮得更加妖豔漂亮，在臺上再唱上兩段勾魂攝魄的酸曲兒，正好給自己做了廣告，可以招攬更多的「恩客」登門。這種戲對一般平民觀眾來說，也頗有吸引力，眾多的平民觀眾平時去不了妓院，不知道妓院內部是個什麼景致，不知道什麼叫「嫖」，什麼叫「打茶圍」，什麼叫「飲花酒」，而在這齣戲中，就可以看到妓院中的種種張致、種種排場，和紙醉金迷、花紅酒綠、醉生夢死、偎香擁翠的「天堂」生活。臺上點曲兒，妓女輕歌，臺下的看客也就成了「逛窯子」中的一員，偌大的便宜，能不趨之若鶩！可以看出《思志誠》是一齣典型的「粉戲」。

《清季梨園史料》中不乏《思志誠》演出的軼事。素享盛名的蘇丑楊鳴玉，在這齣戲中飾演龜奴，他的嗓音清亮響堂，念白清脆爽利，冷雋詼諧，做、表傳神，深受時人稱道。同時，他有較高的文化修養，能根據劇情自編唱詞唱腔，改變了以往丑行「重念不重唱」的狀況。所演人物幽默風趣、冷俊可人。他還擅長臺上抓哏，嘲諷權貴，抨擊時弊。據說，他在一次某王府舉辦的大型堂會上演出此戲，楊鳴玉扮演的龜奴正在召喚妓女出臺。正好看見五王爺奕誴、六王爺奕訢、七王爺奕譞等三位王爺在臺下行走，就大呼小叫地喊道：「老五、老六、老七，快出來見客啊，走快些！」舊時妓女多以排行相稱，他這一語雙關的噱頭，引得全場觀眾哄堂大笑，連臺上做戲的伶人也都笑得前仰後合，捧腹不已。三位親王被這種「幽默」嘲諷，羞得滿面赤紅，惱不能惱，笑也笑不出，深感無地自容。甲午戰爭以後，清廷簽訂賣國條約，一度曾流傳「楊三（鳴玉）已死無蘇丑，李二（鴻章）先生是漢奸」之說，足見楊鳴玉的影響之大。

還有一位名丑劉趕三，他演《思志誠》中，妓院裏的老媽子——「老來俏」，也十分討俏。他在臺上昂頭挺胸，略帶矯健，走類似老旦「鶴行步」，塑造了一個帶有不正派神氣的妓院僕婦入木三分。《思志誠》這種沒有固定角本、全由演員任意發揮的表演方式，對後代戲劇起到很大影響。尤其，妓女們的輪番獨唱，可以打破劇種，打破行當、打破內容，爭奇鬥豔，自我發揮，把自己最拿手的段子搬上臺來，既像演「雜耍兒」，又像唱「堂會」的形式，釀成了臺上臺下互動的氛圍，更增添了娛樂情趣。

民國初期，上海出現的「群芳唱會」、「女子蘇灘」，都好像由此派生而來。戲劇中的《大溪皇莊》、《十美跑車》，以及後來的《紡棉花》、《戲迷傳》、《戲迷家庭》、《十八扯》等都有《思志誠》的痕跡。

清沈蓉圃繪《思志誠合影》

綴玉軒藏

清代畫家沈蓉圃繪《思志誠合影》，是一幀頗有史料價值的作品。圖中所繪的演員有道光、咸豐、同治、光緒四個時期的小生、花旦、小丑，其中有楊鳴玉、劉趕山、梅巧玲、時小福、楊朵仙、朱霞芬、孫彩珠，孔元福、黃三雄、徐小香、葉中興、余紫雲、方松齡、朱蓮芬、王彩琳、吳燕芳、鄭多雲、曹福壽、顧小儂、董慶雲等人。

《西廂記》

胡應麟在《少室山房筆叢》中說：「《西廂記》雖出唐人《鶯鶯傳》，實本董解元。董曲今尚行世，精工巧麗，備極才情；而字字本色，言言古意，當是古今傳奇鼻祖。」

自唐以後，不少劇作家將《西廂記》故事搬上舞臺演唱，如《鶯鶯六么》、《紅娘子》、《張珙西廂記》、《崔鶯鶯西廂記》、《西廂記》等，都曾流行一時，但是，又都未能流傳。只有董解元的《西廂記諸宮調》和王實甫的《西廂記》保留了下來。

《西廂記》的故事描寫書生張珙赴京應試，中途經過普救寺，在寺中的西廂讀書暫住。一日，他在寺中遇見了前來為亡父追薦的相國千金崔鶯鶯，二人一見鍾情。其時，叛軍孫飛虎率部包圍了寺院，提出要娶鶯鶯為妻。張珙挺身而出，致書白馬將軍，帶兵前來解圍。崔母原本答應，凡能退兵者可以娶鶯鶯為妻。但解圍之後，卻又後悔，不願將女兒嫁給張珙。鶯鶯對其母所為甚為不滿。在聰明機智的婢女紅娘的幫助下，張珙與鶯鶯終於衝破封建禮教，夤夜幽會，結為百年之好。崔母發現二人的私情後，以相府不納白衣女婿為由，逼著張珙上京趕考，聲明不取得功名就不能回來成親。無奈，兩個有情人在古道長亭灑淚而別。張珙到京赴試，竟然一舉及第，衣錦榮歸，終於與崔鶯鶯團圓，有情人終成眷屬。

《西廂記》在清季乾、嘉時期的演出十分頻繁。據《日下看花記》稱，當時春臺班的旦角李桂林就最擅此劇。文中寫道：

> 李桂林年十八歲，揚州人。春臺部。豐貌素姿，溫其如玉，秉性靜穆，胸畦畛。《跳牆》、《看棋》扮鶯鶯，副以蒿玉林為紅娘，閨秀閒雅，侍兒明穎，清姿淑質，天然如畫。梨園館一至，席間不交一語，覘其風格，無異大家子弟。滿面書卷氣，絕不以嫵媚自呈。即席口占云：
>
> 閒對文楸淡淡妝，幽閨風致耐思量。
> 秋園叢桂知多少，數爾高攀月窟香。
>
> （見清小鐵笛道人《日下看花記》）

《西廂記》問世以後，影響巨大，它所開創的青年男女幽期密約，反抗封建家長，最後大團圓的故事結局，被後人在文學和戲劇的創作中多次重複使用，幾乎形成一種模式。它的影響給封建統治者造成了極大的恐怖。明清兩代的衛道士都稱之為「誨淫」之作，一再加以禁燬。最大的一次是清同治年間，丁日昌對該書的嚴格查禁。在清余治《翼化堂條約》的《永禁淫戲目單》中，《西廂記》的每一折戲，從《遊殿》、《送柬》、《請宴》、《琴心》、《跳牆》、《看棋》、《佳期》，《拷紅》、《長亭》，全部列為禁演的節目。被禁演的理由就是唱詞淫穢、表演不良。尤其，張君瑞與鶯鶯幽會的《佳期》一折，崑曲照搬如儀，多遭指責。原著中的曲詞是這樣的：

末（張瑞君）唱：

〔村裏迓鼓〕猛見他可憎模樣，小生那裡病來？早醫可九分不快。先前見責，誰承望今宵歡愛！著小姐這般用心，不才張珙，合當跪拜。小生無宋玉般容，潘安般貌，子建般才；姐姐，你則是可憐見為人在客！

〔元和令〕繡鞋兒剛半折，柳腰兒夠一搦，羞答答不肯把頭抬，只將鴛枕捱。雲鬟彷彿墜金釵，偏宜鬏髻兒歪。

〔上馬嬌〕我將這鈕扣兒鬆，把縷帶兒解；蘭麝散幽齋。不良會把人禁害，怎不肯回過臉兒來？

〔勝葫蘆〕我這裡軟玉溫香抱滿懷。呀，阮肇到天台，春至人間花弄色。將柳腰款擺，花心輕折，露滴牡丹開。

〔么篇〕但蘸著些麻兒上來，魚水得和諧，嫩蕊嬌香蝶恣採。半推半就，又驚又愛，檀口搵香腮。

〔末跪云〕謝小姐不棄，張珙今夕得就枕席，異日犬馬之報。

〔旦云〕妾千金之軀，一旦棄之。此身皆託於足下，勿以他日見棄，使妾有白頭之歎。

〔末云〕小生焉敢如此？〔末看手帕科〕：

〔後庭花〕春羅原瑩白，早見紅香點嫩色。（〔旦云〕羞人答答的看甚麼？）燈下偷睛覷，胸前著肉揣。暢麼哉，渾身通泰，不知春從何處來？無能的張秀才，孤身西洛客，自從逢稔色，思量的不下懷；憂愁因間隔，相思無擺劃；謝芳卿不見責。

〔柳葉兒〕我將你做心肝兒般看待，點污了小姐清白。忘餐廢寢舒心害，若不是真心耐，志誠捱，怎能夠這相思苦盡甘來？

〔青哥兒〕成就了今宵歡愛，魂飛在九霄雲外。投至得見你多情小奶奶，憔悴形骸，瘦似麻秸。今夜和諧，猶自疑猜。露滴香埃，風靜閒階，月射書齋，雲鎖陽臺；審問明白，只疑是昨夜夢中來，愁無奈。

〔旦云〕我回去也，怕夫人覺來尋我。

〔末云〕我送小姐出來。

〔寄生草〕多丰韻，忒稔色。乍時相見教人害，霎時不見教人怪，些兒得見教人愛。今宵同會碧紗廚，何時重解香羅帶。

〔紅娘云〕來拜你娘！張生，你喜也。姐姐，咱家去來。

〔煞尾〕春意透酥胸，春色橫眉黛，賤卻人間玉帛。杏臉桃腮，乘著月色，嬌滴滴琥顯得紅白。下香階，懶步蒼苔，動人處弓鞋鳳頭窄。歎鯫生不才，謝多嬌錯愛。若小姐不棄小生，此情一心者，你是必破工夫明夜早些來。

（見王實甫《西廂記》第四編）

二十年代，劇作家陳水鍾將這齣戲改編為京劇《紅娘》，刪掉了「長亭送別」及以後的情節，劇中以紅娘為主角，突出了喜劇氣氛。由「四大名旦」之一荀慧生搬演後，深得觀眾歡迎。從此，這齣戲成了「荀派」的代表作。唱腔甜潤嬌柔，斷續自如，清新和諧；念白則字字清晰，句句入耳，尤以爽朗、清脆的京白最為出色。他的表演又十分生動活潑、俏皮誇張，富有生活氣息。劇中張生與鶯鶯的幽會，改為暗場處理，以紅娘在門外窺視、獨白和獨唱替代。唱詞是這樣的：

紅娘：（白）張相公，張相公！他們也顧不得我了，想他們雙雙同入羅幃，竟將我紅娘關在門外。張相公，啊張……紅娘啊紅娘，你這算何苦啊！

（唱反四平調）小姐小姐多風采，君瑞君瑞你大雅才。
風流不用千金買，月移花影玉人來。
今宵勾卻了相思債，無限的春風抱滿懷。
花心拆，遊蜂採，柳腰擺，露滴牡丹開。
一個是半推半就驚又愛，好一似襄王神女會陽臺。
不管我紅娘在門兒外，這冷露濕透了我的鳳頭鞋。

（見陳水鍾本《紅娘》）

紅娘的這段唱詞成了全劇「戲核」，也成就了「荀派」唱腔的經典，加之紅娘那又酸、又媚的表演，既受到人們的忍俊喜愛，同時也受到了觀眾普遍的批評。認為這一段戲「粉得利害」。就是在民智已啟，思想較為開放的民國時期，這齣戲也曾數度被禁。閻錫山治理山西的時候，就明令境內不准演出《紅娘》，「違者將以軍法處之」。

1948 年，解放軍進入北京，便著手整頓社會治安和文化市場。在禁毒、禁娼的同時，也施行了禁戲政策，由中國人民解放軍軍管會發出告示，禁止五十五齣劇碼的公演，《紅娘》一劇便名列其中。嚇得荀慧生和他的弟子們連忙把它掛了起來，再也不動了。

1956 年，豫劇演員常香玉蒞京彙報演出，在中南海演出了《花木蘭》。周總理看後，問她還有什麼戲？她說還有一齣拿手的《紅娘》，但不知能不能演？周總理說：「紅娘是貧下中農的女兒，聰明勇敢，敢於反抗封建勢力。尤其《拷紅》一折，敢於和老夫人進行面對面的鬥爭，很不簡單嘛！我看能演。」就這樣，常香玉率先在中南海演出《拷紅》，並且得到了毛澤東的首肯。

豫劇打響了頭一炮，荀劇團便開始重新整理了這齣戲，在舞臺上，儘量讓紅娘的表演有所收斂。《幽會》這場戲，在保留唱腔的原汁原味的基礎上，對唱詞進行了修訂，改得也十分成功。遂將此劇向文化部申報演出，最終得到批准。修改後的唱詞是：

紅娘（唱）：小姐呀小姐你多風采，君瑞（呀）君瑞你大雅才。
風流不用千金買，月移花影（哪）玉人來（呀）。
今宵勾卻了相思債，一雙情侶稱心懷（呀）。
老夫人把婚姻賴，好姻緣無情被拆開，
你看小姐終日她愁眉黛，那張生只病得（呀）骨瘦如柴。
不管老夫人家法厲害，我紅娘成就他們魚水和諧。
（見中國戲曲學院演出本《紅娘》）

趙燕俠演出的《紅娘》還被拍成彩色電影片，在全國放映。可惜這部電影的拷貝在「十年動亂」中已被銷毀，迄今已無影像傳世。五十年代，大戲劇家田漢先生把《西廂記》進行了整理改編，以鶯鶯為主演，適當減少了紅娘的戲，重點突出了鶯鶯的反叛精神，使主題更為突出。中國京劇院將之搬上舞臺，張君秋飾崔鶯鶯，杜近芳飾紅娘，葉盛蘭飾張君瑞，成為劇院的保留劇目之一。

《西廂記》

天津楊柳青木版年畫（民初）

此圖為《西廂記》中《長亭》一折，鶯鶯與張珙依依惜別，唱「碧雲天。黃花地。西風緊。北雁南飛。曉來誰染霜林醉。總是離人淚。恨相見得遲。怨歸去得疾。柳絲長玉驄難繫。恨不倩疏林掛住斜暉。馬兒迍迍的行。車兒緊緊的隨。卻告了相思迴避。破題兒又早別離。聽得道一聲去也。鬆了金釧。遙望見十里長亭。減了玉肌。此恨誰知。」一對美好的姻緣被活生生地拆散，觀之令人心酸。

《西廂記》劇照

攝於二十世紀二十年代

京劇「四大名旦」都演過《西廂記》，或是《西廂記》中的某一折。其中，以荀慧生主演的《紅娘》最為稱道。這幀照片是當時應照相館的朋友之邀，「為宣傳而照」的戲裝像之一。梅蘭芳飾紅娘，程硯秋飾鶯鶯，尚小雲飾張生。但三人並未同臺合作過此劇。

《打櫻桃》

《打櫻桃》是一齣載歌載舞的傳統小戲，清代道光年間，京劇、梆子和其它一些地方戲都有演出。《打櫻桃》亦名《文章會》，也叫《壽山會》。從故事情節來看，頗似《西廂記》的翻版，但更為簡約、滑稽，且更具市井平民的氣味。

這齣戲的角本出自明代雜劇《櫻桃園》，全劇自始至終演唱［吹腔］，顯然是從徽劇移植過來的，是一齣由小生、小旦、小丑表演的「三小」戲。《打櫻桃》的故事很有趣，講的是：前朝市井有一個邱姓少年，未表姓名，只稱為邱相公。他帶著一名書童兒，名叫秋水，寄居在他的表親關大叔家中讀書，預備應試。有一日，邱相公讀書之暇閒散漫步，來到後花園中。恰好撞見表妹關愛娟與丫環平兒，倆人一起在櫻桃樹下打櫻桃。邱相公看上了愛娟，頓生愛慕之情；秋水則看上了平兒，也生追求之意。他們彼此相互偷窺，霎時種下情根。從此，邱相公和秋水都惹上了相思病。丫環平兒情竇已開，從中自任撮合山，跑到書房噓寒問暖，仿傚紅娘傳書遞簡，送上小姐寫的一首詩：

櫻桃樹下兩相歡，兩地相思總一般。

果是人間真鳳侶，定能雲雨會巫山。

邱公子一見此信，知佳期有望，大病頓愈。有一日，關大叔夫婦要去壽山趕廟會，邀請邱相公一同前往。童兒秋水從中設計，詐稱邱相公坐騎失控，摔傷了左膀，中途折回，想藉此機會促成邱相公與他的表妹幽會。而且，秋水自己也人大心大，亦想藉此機會會會平兒。誰知，他們的計劃早被關大叔夫婦察覺，不去壽山，繞道折回，緊閉了門戶，使得邱家主僕吃了閉門羹。並且，藉此機會把邱相公和秋水二人遣歸了故里。

據《立言畫刊》的一篇文章記載，這齣戲按老路子演，最後還有一場《送布》。平兒帶著一匹布和兩串錢，趕來給邱相公主僕送行。「旦角有兩段吹腔，唱詞為『我二人藕斷絲不斷，棒打鴛鴦兩離分』又『流淚眼觀流淚眼，斷腸人送斷腸人』云云」。（見 1939 年 36 期《立言畫刊》四戒堂主人文《打櫻桃．送布》。）儼然有《西廂記》「碧雲天、黃花地」之妙。

這齣戲最突出的地方，是小生、小旦的表演，刻意描摹了癡情男女相思相戀的情態，純以做工見長。《日下看花記》中說；

乾嘉時期保和部有個四喜官，他「幼習梨園。雪膚蘭質，韻致幽閒，有玉峰、梁溪豐度。雖兼唱亂彈，涉妖妍而無惡習，與陳、王、劉、吳並邀時譽，而梔子含香，非穠李夭桃，閒撩蜂蝶也。嘗演《打櫻桃》，口吐胭脂顆顆，愈增其媚。」作者以詩讚道：

素質娉婷耐久看，天生粉面沒包彈。

櫻桃樹下多嬌媚，顆顆珊瑚賽木難。

（見清小鐵笛道人《日下看花錄》）

戲中的青年男女相互愛戀的癡情，以及丫環、童僕的傳書遞簡，這些出軌的行為，頗為封建衛道士所不悅。加之演員的誇張表演，所以一向被冠為「粉」戲。昔年，王大錯所輯的《戲考·打櫻桃》劇本中，寫男女調情的場面只有兩個地方。一是頭場《櫻桃園》，四人初見：

小姐：（吹腔）梳妝已畢出繡樓，櫻桃樹下，且閒遊。

平兒：（白）小姐你接著，待我樹上去摘去。

（平兒摘櫻桃打。）

秋水：（白）這是誰呀？櫻桃掉在我臉上啦。呔，是何人，偷我的櫻桃，盜我的櫻桃？太老爺知道了，打斷了你的骨拐，拔你鼻子眼裏的毛。

平兒：（白）秋水哥哥，我們小姐來了，在這裡嚇。

秋水：（白）相公相公，小姐來了。

邱相公：（白）待我看來。（邱相公上椅。）

邱相公：（吹腔）一見佳人心內歡，叫一聲賢妹聽根源：

我為你朝朝常掛念，為你廢寢又忘餐。

小姐：（吹腔）表兄不必常掛念，兩地同情共一般。

秋水：（白）平兒你在哪兒吶？我真想你嚇。

（小姐下，平兒執挑打邱相公。邱相公、秋水同下。）

此外，還有第七場《幽會》：

（小姐、平兒同上，邱相公上。小姐拉邱相公閉門，同下。）

平兒：（白）看他二人同到繡房，將我平兒關在門外，好不叫人難受嚇！

（吹腔）他二人急急把門關，好似一對並頭蓮。

倒鳳顛鸞會巫山，好不叫人心內酸。

（秋水上。）

秋水：（白）這你可不能跑啦！

（平兒跑，秋水追，平兒灑土，下。）

秋水：（白）什麼東西？呵，是白麵，就是麵鋪裏的掌櫃我也是不能饒。

（秋水追下。平兒跑上，秋水追上，平兒噴水，下。）

秋水：（白）水，就是水屋子的挑水的，我也是要玩玩。

（引自王大錯《戲考．打櫻桃》）

這兩段唱和秋水與平兒的插科打諢，就構成了這齣戲的罪狀，當然，有的丑角演得過頭，在臺上還有摟抱平兒親嘴的動作。這就給衛道士們提供了口實，清政府曾將這齣戲列為「淫戲」之一，於光緒十六年六月在《申報》上發出公告，禁止坊間演出。

但是，這類活潑有趣的小戲，在民間是難以禁絕的。到了民國三、四十年代，這齣戲一度成為荀（慧生）派、筱（翠花）派花旦的代表作。在他們的影響下，國內許多劇種也都演出此劇，尤其在偏遠的城鎮鄉村，這齣小戲演得分外熱鬧。

進入六十年代，鑒於政治空氣的緊張，《打櫻桃》一戲便自動消失於舞臺。擅演此戲的吳素秋、馬富祿等人，均自動地將此戲掛了起來，目前唯有錄音傳世。

到了「文革」之後的 1980 年，山東五音劇團晉京演出，老藝人「鮮櫻桃」於耄耋之年，在長安獻演了他的絕活兒《打櫻桃》，此劇才得以恢復。但是，京劇一直沒有人再貼演這齣戲了。

《打櫻桃》

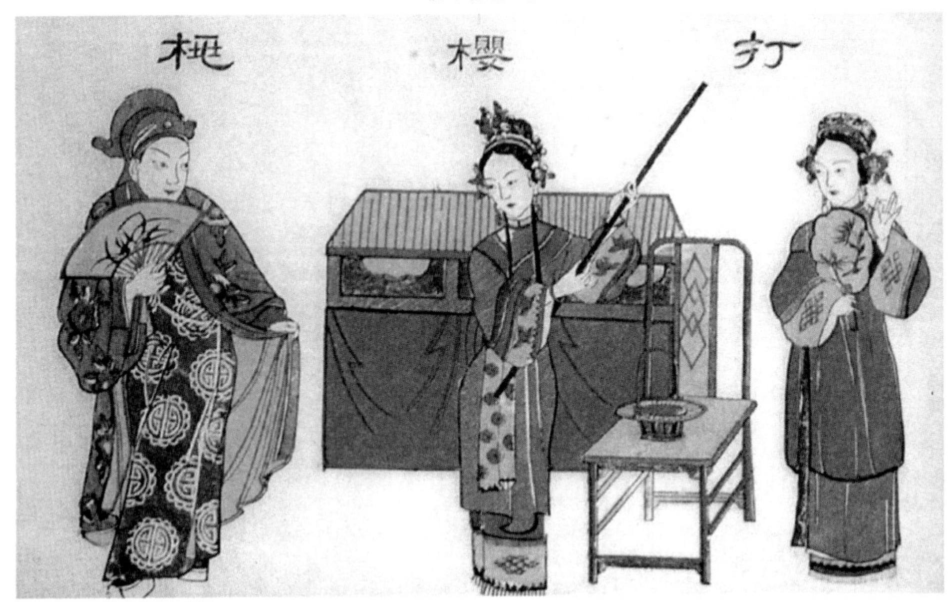

山東楊家埠木版年畫（民國初年）

這幅圖是今人根據原藏舊版重新刻印的木版年畫。畫中公子邱奉先赴試不第而歸，在花園中看到表妹關正在和丫環平兒打櫻桃，遂一見生情。有些劇團在演出此劇時亦貼《文章會》或《壽山會》。

《遊龍戲鳳》

《遊龍戲鳳》是一齣京劇傳統戲，亦名《梅龍鎮》，也叫《下江南》。該戲最早在清乾、嘉時代即有演出。《綴白裘》十一集三卷錄有《戲鳳》一折。清嘉慶癸亥九月重陽後五日，小鐵笛道人在《日下看花記》自序中寫有一首贊彼時伶人演出《戲鳳》的詩：

太平世界任風流，春色閒從野店收。

莫羨當爐人有眼，奇緣還在玉搔頭。

（見清小鐵笛道人《日下看花記》）

這齣戲在清同治以前並沒有被禁演的記錄，到了余治編撰出版《得一錄》的時候，其中《翼化堂條約》一章中附有一篇《永禁淫戲目單》，這個禁戲單中則明明白白地禁演此劇。政府稱之為「淫戲」，時人亦稱之「粉戲」。

這齣戲演的是，明武宗正德皇帝不理朝政，喜歡微服出遊，動不動就懷揣玉璽，走出紫禁城，自己遊山玩水，漁獵聲色去了。有一天，他遊至山西大同的梅龍鎮上，把自己喬裝成普通軍官模樣，投宿在路邊的李龍客店之中。李龍兄妹開設的客店裏附帶酒肆，二人終日招待客人，忙忙碌碌，掙得薄利，免強度日。恰巧這一天，李龍有事外出，囑咐妹妹李鳳姐招待一切。正德皇帝見鳳姐生得聰明貌美，頓起挑逗之心。於是呼茶喚酒，藉端調戲。鳳姐嬌羞薄怒，反而使得正德皇帝更加心醉神迷。戲中的情節很是風趣：

鳳姐：（唱）沒奈何斟上酒一槽，叫聲軍爺飲杯巡。

正德：（接唱）接酒時將她來戲一戲，看她知情就不知情。

鳳姐：（唱）月兒彎彎照天下，問起軍爺你哪有家？

正德：（接唱）鳳姐不必盤問咱，為軍的住在這天底下；

鳳姐：（唱）軍爺做事理太差，不該調戲我們好人家。

正德：（接唱）好人家來歹人家，不該斜插這海棠花。

扭扭捏捏、捏捏扭扭十分俊雅，風流就在這朵海棠花。

鳳姐：（接唱）海棠花來海棠花，倒被軍爺取笑咱。

我這裡將花丟地下，從今後不戴這朵海棠花；

正德：（接唱）李風姐，做事差，不該將花丟在地下，

為軍的用手忙拾起，李鳳姐，來來來，

我與你插……插……插上這朵海棠花。

風姐：（接唱）軍爺百般來戲耍，去到後面我躲避了他。

正德：（接唱西皮散板）哈……！

任你走到東海岸、為軍的趕到這水晶宮。

鳳姐：（接唱）前面走的李鳳姐，

正德：（接唱）後面跟隨我正德君。

鳳姐：（接唱）進得房來門關定。

正德：（接唱）叫聲鳳姐你快開門。

在頭上取下了九龍帽，避塵珠照得滿堂紅。

叫一聲鳳姐你來看咱，哪一個庶民敢穿龍袍，啊……九爪全龍。

鳳姐：（接唱）見此情好似入夢境，真龍天子到房中。

我這裡向前忙跪定，尊聲萬歲把奴封。

正德：（唱）孤三宮六院俱封定，封你閒遊嬉耍宮。

鳳姐：（唱）叩罷頭來龍恩謝，

正德：（唱）用手攙起愛梓童。

鳳姐：（唱）我低聲問萬歲打馬欲何往？

正德：（唱）孤王打馬奔大同。

鳳姐：（唱）就在這梅龍鎮宿一晚，

正德：（唱）遊龍落在這鳳巢中。

（引自《中國大戲考》《梅龍鎮》）

唱到此處，正德脫去外衣，以龍袍示之。鳳姐大驚，跪地討封。正德笑而撫慰，封她為嬉耍宮妃。從此更衣入侍，寵冠六宮。

民國時期，余叔岩與梅蘭芳把這齣戲唱紅。因為唱腔優美流暢，於是正德皇帝唱的一段「粉」詞：「我就給你插、插——，插上一朵海棠花」，在社會上流傳甚廣。詞中隱含著「性挑逗」的意味，如同香豔的流行歌曲一樣，當時的青樓楚館、茶園酒肆，乃至販夫走卒、引車賣漿者流也都會唱上幾句。所以，這齣「粉戲」的帽子，一直就摘不掉了。

1950年，馬連良與張君秋赴港演出時，《梅龍鎮》被拍成彩色電影。周恩來擔心馬連良等人從香港出走臺灣，特意派人去接馬連良、張君秋，把他們這一行人都勸回了大陸。在1950年至1952年之間，文化部曾明令禁演了二十六「有毒」壞戲時，《梅龍鎮》雖未被禁，但經過「三反五反」、「鎮反」等一系列群眾運動，劇團和主演們對演什麼戲，都採取了十分謹慎的態度。中國京劇院和北京京劇團同時提出，這齣戲內容不良，是一齣「為封建帝王侮辱良家民女張目」的壞戲。並且，批判了身為「勞動人民的李鳳姐」，自甘受辱，還奴顏婢膝地向「大地主」獻媚討封，給「貧下中農的臉上抹黑」，就決定從此停演了。

文化大革命後期，毛澤東進入了晚年，身體日漸衰弱，常以觀看傳統京劇消遣。作為政治任務，中央電視臺特別組織了一套班子，開闢了一個中央第五頻道，專為毛澤東一人服務。當年曾參加這個班子的工作人員黃海先生撰有《為晚年毛澤東提供電視節目》一文，發表在《鍾山風雨》(2006 年第 1 期)，原題《難忘的「特殊行動」》。他說：

> 1975 年元旦這一天，我們調試的第五頻道首次播出了《打魚殺家》、《野豬林》、《借東風》等幾齣傳統戲，品質很好，接收效果也不錯。汪東興打來電話轉達了毛澤東的意思：第一，對節目表示滿意；第二，對全體工作人員表示感謝和問候。於是群情振奮，不必細說。

後來，毛澤東還親自圈定了二十幾齣傳統老戲，可以在內部恢復。北京新聞電影製片廠將這些戲拍成戲曲電影片，供中南海內部放映。如今，市上流傳李宗義、李炳淑的《二進宮》；李宗義、李慧芳的《盜魂鈴》；高盛麟的《薛禮歎月》、《獨木關》等戲，都是在這一時期拍攝的作品。其中《梅龍鎮》一劇，是由「荀派」演員劉長瑜飾演李鳳姐，但劇中的道白和唱段兒則均由「程派」演員李世濟配音。如今人們觀賞起來，總覺得十分怪異。

《梅龍鎮》

香煙畫片（1930 年）

《遊龍戲鳳》又名《梅龍鎮》，這齣戲寫正德皇帝下江南，微服豔遇的故事。因為《梅龍鎮》這齣戲演得火爆，全國各地名鬚生凡到滬演出者，無論余叔岩、馬連良、譚富英、言菊朋等無不以此戲為號召，貼為「打炮戲」。英美煙公司嗅覺靈敏，將之印上煙畫，以求促銷產品的效果。

《白蛇傳》

《白蛇傳》的故事發源於杭州、蘇州及鎮江一帶，形成於宋代中葉。原出自《金缽記》，明代《三言兩拍》中已有《白娘子永鎮雷鋒塔》一章。書場歌臺亦有藝人以口頭形式說唱這齣戲了。《白蛇傳》在民間流傳甚廣，幾乎無人不知。

故事講：白素貞原本是修煉千年的蛇妖，在修練期間，曾一惡鷹追啄，險些喪命。萬分危急之時，許仙將惡鷹驅逐，白素貞得救。待其修煉功成之後，白素貞為了報答許仙前世的救命之恩，化為人形下山。途中遇一青蛇要強虜白蛇成親。白蛇用武力降伏青蛇。本想將青蛇處死，又憐其並無加害之意，遂令其變為女身相伴左右。二人行至西湖，與許仙相遇，同行舟中。白素貞巧施妙計，呼雲行雨，並借傘與許仙遮雨。待許仙還傘時節，由青蛇做媒，二人成親，結為百年之好。且在杭州開一藥店，白娘子看病施藥，頗得賢名。

金山寺和尚法海得知白素貞的身世，從中作梗，誘騙許仙，讓白素貞喝下雄黃藥酒，使其顯出蛇身原形。這一突變，卻將許仙嚇死。白素貞不顧生死，奔赴仙山盜取靈芝仙草，才將許仙救活。法海又將許仙騙至金山寺內軟禁。白素貞與小青一起向法海要人，法海堅不允出。素貞無奈，發動水族水漫金山寺。法海先用袈裟護持，不敵，請來天神助戰。白素貞因身懷有孕，力戰不勝而退。待許仙從寺中逃出，三人相會於斷橋之側，彼此一番哭訴，前嫌始解。從此，三人避於民間。白素貞生下一子後，法海追至，用金缽將白娘子鎮於雷鋒塔下。素貞之子刻苦讀書，二十年後，得中狀元，歸來祭塔。母子之情感動天地，雷鋒塔倒，母子重逢。

全劇情節起伏跌宕，曲折動人，在舞臺上久演不衰。嘉慶年間，《白蛇傳》是一齣很受歡迎的劇碼。時人有詩讚之：

知有前緣未可分，底勞飛錫困輕盈。
《斷橋》相遇柔腸斷，未必人妖有此情。

（引自清小鐵笛道人《日下看花記》）

但是，封建衛道士總是站在法海的立場上，認為「人妖相混，終違人倫」，故而在丁日昌《禁燬書目》中，《白娘子傳奇》也列在其中，成為禁書、禁戲。但是在民間，《白蛇傳》的唱本仍很流傳，茶樓戲館猶自演唱不絕。

三十年代，上海流行帶機關布景的「彩頭戲」，劇場為了票房利潤，把一些宣揚色情和恐怖的表演手法也引到了舞臺之上。有的劇團在新排《白蛇傳》

劇中，加上不少噱頭。例如在《驚變》一場，白娘子飲了雄黃酒之後，周身慵懶不適，轉身進入羅帷之中，脫衣就寢。此時，全場熄燈，唯有錦帳之內燈光明亮，把白娘子脫衣上床，扭腰伸臂，半掩半裸諸般旖旎的身影兒映在簾幕之上。純以色相取媚觀眾，從而落下了「粉」戲的惡名。待到許仙掀帳探看的時候，帳內驀然竄出一隻口吐長信的巨蟒，不僅把臺上的許仙嚇得魂飛天外。就是臺下的觀眾也頓失顏色。老《申報》上的廣告不僅大登特登「真蟒上臺」，還登出「臺下孩童受驚失魂」等新聞消息。好端端的一個感人的故事，被改成了一齣色情恐怖的荒唐戲。

更有甚者，上海名伶梅雪芳、童月娟和張英麟等人在共舞臺搬演了《新白蛇傳》，除了現代化的燈光布景之外，在「水漫金山」一場，還加入了許多的水族和精靈，來給白蛇助戰。其中除了貫用的魚、鱉、蝦、蟹的「人型」之外，還加進了龜精、蚌精、蠍子精、哈蟆精、寶貝精、蝙蝠精、飛龍精、赤練精等十多個角色。這些角色各執武器與天兵天將打成一片，翻、打、跌、撲，好不熱鬧。這些精靈的化裝十分搶眼，一個個身穿外國進口的肉色緊身衣，在舞臺燈光的照耀下，皆如裸體一般，令臺下觀眾看得目瞪口呆。據 1935 年 5 月《申報》報導「共舞臺排演《白蛇傳》」稱：

> 《白蛇傳》為一極普通之舊劇，各舞臺演此，大都草率從事，聊以應景而已。共舞臺有鑑於此，將該劇材料加以整理，並聘專家多人，運用科學方法，製成電術布景，變幻百出，巧妙驚人。如鶴蛇決鬥，滿臺真雨，獅虎現形，人頭說話，均屬不可思議之偉大場面。第二本比第一本更精彩，如電蛇與電人大決鬥，水漫金山寺，妖女戰爭，奇幻莫測，為從來舞臺劇所未有之奇觀。

因為有「裸妖」登臺，劇場連日爆滿，盛況空前。據說，上海民政局有關官員前來調查觀看，並詢問劇院前臺經理為何如此編演？經理答道：「女演員身著衛生衣（緊身衣）登臺，本有前先例可緣，如白俄在滬演出的芭蕾舞，明月歌舞團演出的歌舞，麒麟童（周信芳）的連臺本戲《封神榜》，都有這樣的穿著打扮，政府並未干涉。而且，現在已進入現代化的時代，裸體美術繪畫、攝影在展覽館、報刊雜誌上印行比比皆是，京劇的演出改革一下，又有何不可呢？目前演出市場不景氣，老演《王寶釧》、《機房訓》，觀眾也不買帳。臺前臺後上百人口，都指著唱戲吃飯哪！」一排子話，說得民政局也無言以對。此事也就不了了之了。

彼時，市場上售賣的香煙中，每包都附贈一張小畫片，上海叫香煙牌子，天津叫毛片兒、北京叫洋畫，是煙商用來兜售香煙的一種小廣告。很吸引人，當時大人孩子都收集這種洋畫兒。上海華成煙草公司的老闆愛看戲，他看準了這齣《新白蛇傳》，就請畫家把這些「妖精」都畫來，印到了香煙牌子上，一套四十八張，放在煙包裏，每包一張。一上市，果然火爆，人們爭購該廠出的「美麗」牌香煙，大大地發了一筆利市。同時，也為這齣《新白蛇傳》做了廣告。

《白蛇傳》京劇「四大名旦」都曾演出，但他們是嚴守舊制，不越雷池。除荀慧生演過全劇外，梅蘭芳和程硯秋只演演《金山寺》和《斷橋》。尚小雲則以《雷峰塔》為重點，唱大段［反二黃］。至於，社會上流傳他們合作《白蛇傳》的照片，是他們為照相而照相的遊戲之作，他們從來沒有同臺合作過這齣戲。

到是「四小名旦」曾在一起合作過這齣戲。1936 年，北平《立言報》主持選舉了「四小名旦」，李世芳、毛世來、張君秋、宋德珠當選。彼時，曾在長安戲院合演了一場《四白蛇傳》。其中，毛世來的「遊湖」、「結親」、「酒變」，宋德珠的「盜銀」、「盜草」、「水鬥」，李世芳的「斷橋」，張君秋的「祭塔」，傳為一時之盛。

現在常演的京劇《白蛇傳》是田漢根據崑曲、京劇老本改編的。改編時前面捨去了《雙蛇鬥》，中間捨去《盜庫銀》，後面捨去了《祭塔》。使「粉」戲《白蛇傳》，煥發出新的光彩。尤其，他為白娘子添加了一段［徽調三眼］的唱詞，詞語直白，平易近人，使全劇充滿了生活氣息。

白娘子：［徽調三眼］

親兒的臉吻兒的腮，點點珠淚灑下來。

都只為你父心搖擺，妝臺不傍他傍蓮臺。

斷橋亭重相愛，患難中生下你這小乖乖。

先只說苦盡甘來風波不再，撫養嬌兒無病無災。

娘為你縫做的衣裳裝滿一小櫃，春夏秋冬細剪裁。

娘也曾為你把鞋襪備從一歲到十歲做了一堆是穿也穿不過來。

又誰知還是這個賊法海，苦苦地要害我夫妻母子兩分開。

說什麼佛門是慈悲一派，全不念你這滿月的小嬰孩，一旦離娘怎安排。

再親親兒的臉，再吻吻兒的腮，母子們相聚就是這一回。

再叫兒吃一口離娘的奶，把為娘的苦楚記心懷。

長大了把娘的冤仇解，姣兒啊！別叫娘在雷峰塔下永沉埋。

關於《合缽》這段唱腔的創作過程其說不一。據當年在中國戲曲學校擔任王瑤卿校長秘書的田淞先生回憶：「五十代初，中國戲劇學校依田漢改編的本子排《白蛇傳》，劉秀榮飾演白娘子。一次，田漢在排練場看完彩排之後，參加討論。大家都覺得《合缽》一場過於簡略，有匆匆煞尾之嫌。劉秀榮向田漢老提出，可否加上一段唱？田漢一時興起，坐在走廊的椅子上不暇思索，拿筆就寫，一揮而就。王瑤卿看罷，連稱寫得好。當即配腔譜曲。」當時，田淞等人都在場，對這二位大師的即席合作，莫不敬佩不已。但是，這段「小乖乖」的唱，則是趙燕俠把它唱紅，並一直傳了下來。

《白蛇傳》劇照

攝於清光緒年間

這是目前存世最早的一幀京劇《白蛇傳》劇照，攝於清末宮中戲臺。由清廷供奉陳德霖飾白娘子，余玉琴飾青蛇，為《金山寺索夫》的一個過場亮相。最早的《白蛇傳》，第一折戲叫《雙蛇鬥》，是用京劇、崑曲同臺合演的「風攪雪」演法。青雄白雌。青蛇要與白蛇成婚，白蛇不允，雙蛇鬥法，最後白蛇戰勝青蛇，青蛇甘願化為侍女，姐妹相稱，而後下山。該劇是清末名演員余玉琴（飾白蛇）、李順德（飾青蛇）的拿手好戲。戲中有對雙劍、走鏇子、大開打等技藝，還置有砌末，並配有火彩，但今已失傳。

《水漫金山》

（清）江蘇蘇州木版年畫

《水漫金山》是《白蛇傳》中的一折，描寫許仙被金山寺主持法海挑撥，隨其避入金山。白娘子與青兒到金山討要。法海堅不允歸。二人一怒，使用法術，水漫金山。此圖為小和尚站在高櫈之上，雙手捧紅色袈裟抖動，意在阻擋正在漫上金山的洪水。我們也可以從此圖中看到清代舞臺演出時的狀況，兩邊臺口的柱子上，分頭掛有「京都新到清客串，今日準演金山寺」的水牌。

《搖會》

《搖會》亦名《雙搖會》，也叫《妻妾爭風》。這是一齣鬧劇，專一形容妻妾爭風吃醋的醜態，詼諧逗笑，令人捧腹。

故事講，某地有一位人稱老西的山西商人，家中有一妻一妾，每當老西離家出外之時，妾常被妻欺辱。有一日老西歸來，先入妾房臥宿，不想被妻子偵知。其妻躡手躡腳地走到房外竊聽。妾正向老西訴說被大娘打罵的苦情，全被妻子聽得。其妻開口大罵，破門而入。從此，妻妾二人吵鬧不休，老西左右為難，亦無法制止。反而驚動了左鄰右舍，紛紛前來調解。鄰里們的主意很多，良莠不齊，莫衷一是。最後，由眾人做主，老西夜宿時日，由妻妾二人並半均分。今後老西歸家時，在妻、妾房中各住半月。妻妾二人雖然聽從了鄰居之言，但都要爭奪上半月，誰也不要下半月。鄰居們就想出個雙搖會的辦法。

「搖會」原本是一種賭博的方法，就是把色子放在碗裏搖，開寶時，誰壓的點子大，誰就為勝。劇本寫到此處十分有趣。劇中的角色有小街坊、大街坊、老街坊、李相公均為丑角扮演，妻王氏為彩旦，小妾係花旦，可謂「群丑並一花」，煞是熱鬧：

小街坊：抽籤有假，搖會罷。

王氏、小妾：什麼？搖會？

小街坊：三粒色子，擺在碗裏。誰搖的點大，誰是上半月；誰搖的點小，誰是下半月。

小街坊：老頭子你看看，四平頭！這個色子多好！你們誰搖？

王氏：我先搖，我先搖！

小妾：我先搖，我先搖！（老街坊、小街坊同勸。）

李相公：此事要有大有小，讓她先搖。

王氏：我說相公，我跟你半輩子，今日說了一句有良心的話！哪一個是我跟先的？

大街坊、小街坊：我們兩個人，看你在那裡幹什麼。

王氏：我在這裡禱告。

大街坊、小街坊：禱告誰？

王氏：禱告馬王爺。他老人家三隻眼，中間這一隻眼，專管我們娘們醃裏八髒的事情。

大街坊、小街坊；哦，馬王爺管這個事情！

王氏：娼婦！

小妾：蹄子！

王氏：今日與你搖會，明日與你抽籤嚇！

（西皮快板）拜上拜上多拜上，拜上馬王聽端詳：

保祐弟子得了會，一柱清香謝上蒼。

大街坊、小街坊：不要動，有人看。

王氏：誰看？不要擺動，一拼了性命交關。

小街坊：老頭子你看要留神，要拼命的。

老街坊：不要緊，看我的。（老街坊揭。）哎呀，好大的點嚇！

小街坊：你有多大的眼嚇？

老街坊：二個六，一個五。

小街坊：哦，二個六一個五共十七點。我們去道喜。

老街坊、小街坊：大奶奶，道喜道喜！

王氏：大家同喜。搖的多大點？

老街坊、小街坊：二個六一個五十七點。

王氏：哦，十七點。一共有多少點？

老街坊、小街坊：一共十八點。

王氏：還有一點。二位老人家，看這個色子，看出我們的良心。

老街坊、小街坊：大奶奶良心擺在哪裏？

小妾：大奶奶心在背上。

王氏：這叫做人虧天不虧，人虧天不虧！叫她快搖！

老街坊、小街坊：是了。二奶奶該你搖。

小妾：大奶奶搖了多少點？

老街坊、小街坊：搖了十七點。

小妾：還有一點，恐怕擠不上去罷。

老街坊、小街坊：腰裏一使勁，擠上去了！

小妾：我不搖，讓了。

小街坊：老頭子，二奶奶這讓會，上幹建的。

老街坊：怎麼上幹建？

小街坊：在幹建第三張。見雞不飧，二奶奶真乃節烈婦也。

老街坊：少胡屁。告訴大奶奶，二奶奶會不搖了，讓了。

王氏：哦？見我點大，她不敢搖？我不要這空人情，偏要她搖。娼婦你與我搖。

小妾：偏不搖，偏不搖！

王氏：偏要你搖，偏要你搖！（老街坊、小街坊同勸。）

李相公：哎，二娘，是大是小，碰上一碰。

小妾：如此說，我禱告了。

老街坊、小街坊：禱告什麼？

小妾：金花娘娘。

老街坊、小街坊：怎麼講？

小妾：金花娘娘，管我們娘們醃裏八髒的事情。娼婦！

王氏：蹄子！

小妾：今日與你搖會，明日與你抽籤！

（西皮快板）拜上拜上多拜上，拜上金花老娘娘：

保祐弟子得了會，豬頭三牲謝神明。

老街坊、小街坊：不要動，有人看。

王氏：誰看？不要碰，碰了要拼命。

小街坊：不要唬我。哎嚇，好大點。

老街坊：你有多大眼？

小街坊：什麼？

老街坊：多大點？

小街坊：三塊煤黑子。二個六。

老街坊：還有一個？

小街坊：還有一個六。

老街坊：三六一十八。

小街坊：對，十八點。道喜道喜，二奶奶道喜！

小妾：我們不喜。搖了多少點？

老街坊、小街坊：三塊煤黑子，三六十八點。

小妾：啊？是真的麼？我看看。

老街坊、小街坊：你看。

小妾：二位老鄰居，看這個色子，看出我們的良心來了。

老街坊、小街坊：二奶奶心在哪裏？

小妾：在胳夾窩裏。這叫做人虧天不虧，人虧天不虧！跟我送個信去！

老街坊、小街坊：是了。大奶奶你這個會——

王氏：這個會我得了？

老街坊、小街坊：你剽了。

王氏：嚇，怎麼剽了？二娘搖多大點？

老街坊、小街坊：二奶奶搖了十八點。

王氏：哎呀，是真的麼？

老街坊、小街坊；誰騙你？

王氏：哎呀，這怎麼好？他們睡覺去了，氣死我了！有呢，我來上弔，乎唬他們！（小妾上。）

小妾：哎呀，不好了！相公快來！（李相公上。）

李相公：什麼事？

小妾：大奶奶上弔了！

李相公：大奶奶不必如此。

王氏：相公上我屋裏去罷。

小妾：上我屋裏去。（王氏、小妾拉李相公同下。）

（引自《戲考》《雙搖會》）

這齣戲原本出自秦腔，道白以山西老西兒的怯口為噱頭。因為劇情專一描寫「妻妾爭風、醋海波瀾」的內容，滑稽百出，著實令人發噱。但是，在這似「粉」不「粉」的故事中，也表現出編者的一片婆心。是想藉此針砭陋俗，給舊社會納妾者一番警戒。由於演員的表演過於誇張，語涉床笫之私過多，有傷大雅。清末被列入《永禁淫戲目單》。此後的半個世紀中，這齣戲也是時解時禁。

顧曲家張伯駒先生認為，這是一齣喜劇，並不是「粉戲」。他說：

喜劇，內行謂為玩笑戲，多以彩旦為主，如《背凳》、《雙搖會》、《打灶王》、《探親》、《查關》、《一匹布》等戲是。諸如香亦彩旦先輩，常演之；更有陸鳳林能此類戲甚多，但人不重之，無知其為喜劇戲包袱者矣。有詩寫道：

喜劇演來豈是淫？茶餘酒後可開心；
諸如香亦成先輩，更少人知陸鳳林。

（見張伯駒《紅氍紀夢詩注》）

《雙搖會》姚佩蘭飾王氏，孫硯亭飾小妾

原載三十年代《立言畫利》

這齣戲原本出自秦腔，道白以山西老西兒的怯口為噱頭。因為劇情專一描寫「妻妾爭風、醋海波瀾」的內容，滑稽百出，著實令人發噱。但是，在這似「粉」不「粉」的故事中，也表現出編者的一片婆心。是想藉此針砭陋俗，給舊社會納妾者一番警戒。

《小上墳》

《小上墳》這齣戲也叫《劉祿敬榮歸》，戲雖小，而名氣不少，京、評、梆、秦腔，還有很多地方戲都有這齣戲。自清代、民國乃至文化大革命之前，這齣戲一直都被冠以「粉」戲，予以禁演。但是，仔細考證起來，全劇小丑、小旦，載歌載舞，輕鬆愉快，滑稽可笑，毫無色情可言，不知「粉」在何處。當年，主編《戲考》的王大錯先生在評論《小上墳》時說：

> 此劇情節尚佳，與《桑園會》悲歡離合之情相等，毫無淫蕩可鄙之處。不解梨園中編劇者，何以不用鬚生、青衫，而以小丑、花旦演之，遂致積習相沿，人人目為淫戲也。
>
> （引王大錯《戲考》《小上墳》注釋）

也就是說，積習所至，大凡的男女的對兒戲，要是老生、正旦來演，一切正常。一旦沾上「三小」，即小生、小旦、小丑，那就有「淫邪」的危險了。

劇中主人公劉祿敬，也有稱劉祿景的，他是何朝何代、何方人氏，均無可考。戲中稱其年青時進京趕考，一舉得中進士，從此走馬蘭臺，欲歸不得。過了好幾年，才補上了一個縣缺。他的髮妻蕭素貞留在故鄉，見劉祿敬一去不歸，杳無音信，懷疑他已去世。彼時，公婆均已亡故，家境蕭條，親朋絕跡，不得已以針黹度日，忠貞相守。劉祿敬思念髮妻，中途歸省，祭掃父母的墳墓。時值清明，蕭素貞也來墳前祭掃。她一身縞素，攜帶麥飯、紙錢在荒冢中焚祭痛哭。二人相見，相互生疑。祿敬遣散僕從，詢問素貞身世，素貞一一相告。見所答契合，果是自己的妻子，不禁涕淚縱橫，連忙上前相認。蕭素貞見祿敬其已呈老態，而非當初的年少模樣，心中十分猶豫。劉祿敬也向她細述了家中瑣事，不差毫釐。蕭素貞疑團始解，二人相抱大哭。各訴衷腸，百感交集。全劇唱［柳枝兒腔］，一腔到底，樸實無華，極具鄉土氣息：

素貞：（唱）指望你是清官到，原來你是個糊塗蟲。
公案之下伸雙手，人皮包著畜類精。
槽頭拴著逍遙馬，少鞍無轡你也認不成。
你若對得上三樁寶，你是我親夫轉家門；
你若對不上三樁寶，你就公子王孫，你也認不成。

劉祿敬：（唱）賢妻打我我不惱，賢妻罵我我不嗔。
將她當做裙釵女，樁樁件件記得清。
寶貝放在塵埃地，叫一聲賢妻你來認分明。

蕭素貞：（唱）拿起烏綾看一看，四四方方好烏綾。
拿起梨花照一照，八月十五放光明。
拿起花鞋對一對，千針萬線我做成。
劉祿敬：（唱）哎，寶貝乃是真寶貝，祿敬本是真祿敬。
蕭素貞：（白）啐！
（唱）我親夫上京去，乃是十七、八歲的念書人。
到如今，你回來，滿臉上長鬍鬚好不愁人。
劉祿敬：（唱）上京時，我的妻，年方二八的女裙釵。
到如今，我回來，滿臉的長皺紋好不醜人。
蕭素貞：（唱）有皺紋，無皺紋，與你何干？
劉祿敬：（唱）有鬍鬚，無鬍鬚，與你何論？

（引王大錯《戲考》《小上墳》）

二人又經過一陣拆白解釋之後，才得相認，抱頭痛哭。隨後二人乘驢，一起赴任而去，全劇在歡笑之中，徐徐收場。張伯駒先生考證說：

《小上墳》又名《丑榮歸》，為乾隆時山東巡撫國泰所編排者，意概在譏罵劉墉。詩云：

縞妝紗帽滿臺飛，國泰排來意有譏。
梆子亂彈皆妙絕，《喜榮歸》與《丑榮歸》。

（張伯駒《紅毹紀夢詩注》）

其實，伯駒先生所考不實。這齣戲也叫《小寡婦上墳》，在乾隆年間即已流行。它是從秦腔轉化而來，演出十分火炙。《燕蘭小譜》中稱：彼時男旦「明官演《小寡婦上墳》，甚是嬌媚。」有詩讚之：

翩躚小足踢球門，笑語咿啞尚帶村。
那似明兒嬌欲滴，梨花春雨黯消魂。

（引吳長元《燕蘭小譜》）

另據老《申報》載，同治年間，還有一位名伶叫鴻福的，也最擅此戲。清晟溪養浩主人編《戲園竹枝詞》中有詩寫道：

鴻福名優迥出群，眉稍眼角逗紅裙；
飛輿競說來山鳳，要看今朝唱《上墳》。

（1872 年《申報》清晟溪養浩主人編《戲園竹枝詞》）

全劇就情節而言與《桑園會》十分相似。只是以小丑、花旦飾演而已，且載歌載舞，詼諧可愛。沒有基本功的演員是很難勝任的。戲中有很多的技巧，如旦角的「踩蹻」、「跑圓場」、「涮眼珠」、「撒火彩」；丑角的「伸縮脖兒」、「吹髯口」、「蹲步圓場」等等，講究乾淨俐落、脆、快、美。故而，此戲也有貼《飛飛飛》的。

據老一代演員講，舊日演出此戲，在蕭素貞哭墳時，還要使用「火彩」。這種「火彩」與眾不同，叫做「錢糧盆火彩」。對「火彩師傅」說來，是一種難度最大的技巧。飾演蕭素貞的演員把一個擺滿紙錢、金銀錁子、元寶的「錢糧盆」放在臺中央，放火彩的揀場人要站在下場門的幕後，撒一把「弔雲」式火彩，不偏不斜，正好落在「錢糧盆」當中，把盆中的冥錢點燃起來。這時，會贏得觀眾的一個「滿堂彩」，使全劇更加火實。也是這齣戲吸引人的奇技所在。

另外，因為戲中的旦角有「涮眼珠」，「打飛眼」等技術性的表演，使人物露得格外俏皮風流，冬烘先生則視其不僅「粉」，而且「淫」，遂將此劇目列入《永禁淫戲目單》中，不准演出。隨後，在光緒十六年（1890）《申報》刊載的禁戲《公告》中，《小上墳》也名列前茅。

《小上墳》

河北武強木版年畫（清末）

此戲又名《劉祿敬榮歸》，蕭素貞身穿縞素，手托祭盤，邊舞邊唱；劉祿敬反戴烏紗，掛丑三髯口，一手拈鬚，一手執扇，仔細傾聽。頭戴氈帽的衙役湊上前來，插科打諢，充滿了鄉土氣息的歡樂。

《小上墳》陳永玲飾蕭素貞

攝於上世紀四十年代

陳永玲（1929－2006）原名陳志堅，祖籍山東惠民，生於青島。他娶名伶言慧珠之妹言慧蘭為妻。他的兒子陳霖蒼工花臉。陳永玲 2006 年 2 月 15 日在北京病逝。他是筱翠花的傳人，他在《小上墳》飾演的蕭素貞，足下踩著「寸子」（蹺），滿臺飛舞，唱、做、舞蹈，如鶯似燕，人稱一絕。

《玉堂春》

《玉堂春》這齣戲又名《三堂會審》，原是一齣清代花部亂彈作品，作者失考，清末被移植為京劇，復經許多名家修訂、調整節奏、創製新腔，逐漸形成一齣為人喜聞樂見、百聽不厭的傳統劇碼。

《玉堂春》的故事見於馮夢龍編撰的《警世通言》卷二十四《玉堂春落難逢夫》一章。馮夢龍著《情史》卷二中，也有部分情節揉入其中。至於舞臺劇，明代已有《完貞記》和《玉鐲記》傳奇。到了清代，在《笠閣批評舊戲目》中已有了崑曲《玉堂春》的演出記錄。姚燮《今樂考證・著錄四》「附燕京本無名氏花部劇碼」中，也有《大審玉堂春》的劇碼。

清嘉慶七年（1802），三慶班在北京開始以京劇的形式演出此劇。1828年，市井刊行的華胥大夫（張際亮）著《金臺殘淚記》中，也談到了這齣戲，文中寫道：「近日三慶部陳雙喜，年未及冠，演《關王廟》全本《玉堂春》中的一折」。可見《玉堂春》一劇的演出，在當時已經相當普遍了。

清乾隆年間出版的不署撰人著傳奇《玉堂春全傳》，似為《玉堂春》一劇的鼻祖。其內容與今日大有差異，《全傳》是講明代嘉靖時，南京應天府上元縣三山街有錦衣衛帶上殿指揮王炳，因得罪嚴嵩，告假在家閒居。轉瞬多年，他的妻子余氏生有三子，俱已長大成人。三子順卿奉父命前往北京，索要故交屠隆所欠的三千兩銀子。臨行，順卿還接受了他所戀的妓女唐一仙之託，代其向她的盟妹玉堂春問候。順卿進京索得欠銀後，即前往訪問玉堂春，二人一見鍾情，遂住進玉堂春的院中。在院中盤桓之間，與院中的另一位山西嫖客方爭結為知己。不久，順卿將銀子全部花完，被鴇母逐出院外。順卿身無長技，淪為市井乞丐。玉堂春知道此事後，就讓順卿用皮箱裝滿磚石，假裝銀兩無數，矇騙了鴇母，得以再次進院。後來，此計被鴇母識破，順卿遂逃回原藉。鴇母怨恨玉堂春，逼她接客。玉堂春執意不肯，方爭出於義氣，用銀錢贖得玉堂春出籍，並攜她一同回歸洪洞縣老家居住。

方爭之妻蔣氏，平素與監生楊宏圖通姦。見方爭帶玉堂春回來，頓生醋意。於是，親手做了一碗灑入砒霜的毒麵，把方爭毒死，然後，架禍玉堂春。縣令得了蔣氏的賄賂，未加詳勘，便將玉堂春問罪收監。彼時，順卿赴京應試，得中頭名狀元。友人見榜，紛紛前來道賀，並且告訴他方爭被害的事情。順卿正為玉堂春心中不安，恰好朝廷命他出任山西巡按使。順卿親自趕到洪洞縣縣衙，決定重審玉堂春一案。經過三堂會審，終於查清此案的原委，玉堂春的冤枉得以昭雪。遂將蔣氏和楊監生捕獲，處以極刑。順卿任滿回京以後，迎娶玉堂春為妻。

京劇《玉堂春》應該是根據以上傳奇的情節改編而成，在人物和情節上做了多方面的修改。順卿改為王金龍，方爭改為沈燕林，蔣氏則改為皮氏，楊監生改為趙監生。但是，這齣戲的主線並沒變化，無非是「公子行為不檢」、「嫖院狎妓」，「妻妾爭鋒」、釀成人命。而且，又是三堂大員同審「花案」，這一情節更為封建士大夫不齒。所以，這部傳奇就蒙上了一層「誨淫」的色彩。清季，曾被丁日昌列為禁燬書目。《玉堂春》一劇，在光緒十六年六日十四日，被上海蘇藩司黃方伯斥為「淫」戲，在《申報》上發布公告，不准演出，明令取締。

《玉堂春》全劇分為《嫖院》、《關王廟》、《女起解》、《三堂會審》、《監會》、《團圓》數折。《關王廟》一折，寫王金龍與蘇三在關王廟中幽會，二人一見，百感交集。戲中有一段「不顧醃髒懷中抱，在神案底下敘一敘舊情」的表演。有不少旦角為了「討俏」，在演到此處，唱、做都有較大的誇張，旦角與小生牽手相擁，卿卿我我地委身神案之後。這種表演，給人以「充份想像的空間」而深深觸動了封建衛道們的神經，認定他們「必行苟且之事」大為詬病。

《三堂會審》一折，玉堂春在表述自己身世的時候，有一大段［慢板］，紅袍、藍袍再加上王金龍三人的有問有答，頗有情趣。而正是這種情趣，則有「色情」味道寓意其中。

王金龍：（白）犯婦照狀子上面一一訴來。

蘇三：（白）三位都天大人容稟。

（西皮導板）玉堂春跪至在都察院，

（西皮慢板）玉堂春本是公子取名。

劉秉義、潘必正：（同白）幾歲進院？

蘇三：（西皮慢板）鴇兒買我七歲正，

劉秉義、潘必正：（同白）在院中過了幾載？

蘇三：（西皮慢板）在院中住了整九春。

劉秉義、潘必正（同白）你開懷是哪一個？

蘇三：（西皮慢板）十六歲開懷是那王……

劉秉義、潘必正：（同白）王什麼？

蘇三：（西皮慢板）王公子，他本是吏部堂上三世人。

（引自荀慧生演出劇本《三堂會審》）

在審案完畢，蘇三下堂之時還有一段唱詞，也一向為正人君子詬病，責之曰「粉」：

王金龍：（白）蘇三，想你暫時出院，本院想一良計，搭救與你就是。

蘇三：（白）謝大人。

（二六板）這堂官司未用刑，玉堂春這裡才放寬心。

出得察院用目睜，

（搖板）看大人好似王金龍。是他就該將奴認，

（龍套同喝。）

蘇三：（白）呀！

（西皮搖板）王法條條不容情。走上前說兩句知心話，

看他知情不知情：玉堂春好比花中蕊。

王金龍：（白）哽。你好比花中之蕊，那王公子比作何來？

蘇三：（白）大人哪！

（西皮快板）王公子好一似採花的蜂。想當初花開多茂盛，

他好比那蜜蜂兒飛來飛去採了奴的小花心。

到如今花開不結正，奴也不見三郎的身。

王金龍：（白）快快出院去罷！

蘇三：（白）是。

（西皮搖板）含悲忍淚出察院，看他把我怎樣行。

（引自荀慧生演出劇本《三堂會審》）

儘管如此，由於這齣戲的情節曲折引人，旦角的唱腔幾乎囊括了京劇旦角西皮唱腔的全部板式，悠揚動聽，精彩備至。梅、程、荀、尚四大流派，依不同稟賦所創造的新腔，各具特色，都有錄音傳世。

1931 年，由莊國鈞導演，電影明星玩玲玉、葉娟娟、黎英等人還把《玉堂春》搬上了銀幕，在全國放映，影響更為巨大。使玉堂春的故事家喻戶曉、婦孺皆知。全劇若用一句簡單的「粉」字貶之，就實在不能服眾了。

《玉堂春》之蘇三

清昇平署戲裝扮相譜

《玉堂春》這齣戲，本事出於明蒙凌初的《警世通言》。講的是妓女蘇三與公子王金龍的一段曲折的愛情故事。京劇、評劇、河北梆子、豫劇、徽劇、漢劇都有這齣戲。山西洪洞縣還把一個明代監獄的舊址，命名為「蘇三監獄」，以供遊人參觀。這種「以戲代史」的現象，恰恰說明了這個故事在民間影響殊重。

《打棖子》

《打棖子》，在上海的演出有時貼《剝豬玀》。原本是一齣小丑、小旦唱的開鑼戲，故事滑稽、詼諧、熱鬧無比。內容很簡單，演的是市井小民劉二混，自小好賭成性，本身又身無長技，諳弱無能。他在賭場輸錢之後，就向舅父借貸。舅父知道借給他錢，就如同用「肉包子打狗」一樣，一去不回，所以不借。奈何二混苦苦哀求，舅父就叫他出去打劫。劉二混聽從其言，就拿著一根大棖子，躲在松林內等待機會。這時，山徑上走來了一個俊俏的少婦，名叫貴寶，手裏挎著一個包裹，隻身一人回娘家。二混一見機會來了，便忽地從樹後竄了出來打劫。一開始，少婦很懼怕，包裹被二混劫去。後來，少婦發現了二混的弱點，就用計把二混手中的棖子誆到自己的手中。少婦反弱為強，不僅討回了包裹，還剝去了二混的衣褲，美滋滋地揚長而去。

舊時《打棖子》這類玩笑小戲只是用來熱熱場子，鬧人氣兒。大多數劇團安排二、三路丑角和小旦演出，更多的是小學員演出。少婦的扮相講究甜美，機靈，腳底下踩蹻，一上臺，兩眼一涮，就得來菜。二混子要扮得不懂人事、楞頭憨腦，拿著棖子跑上跑下。當他用棖子向少婦一個「漫頭」砸下去的時候，二人俱驚，分別跑入後臺。當少婦與二混面帶驚恐，溜上臺來的時候，二混再次掄棖子砸向少婦。村婦閃過，反手一把抓住棖子，二人開始對話。少婦那楚楚動人的面容，聲聲哀求的話語，令人心軟動情。二混是初次打劫，色厲內荏，自己就張惶失色，心虛手軟，被少婦奪過棖子，反過來威逼二混。嚇得二混周身發抖，體似釃糠。在少婦的強勢下，被逼得先解腰帶，再脫長衫，最後脫去了貼身的小褂，光著身子，提著褲子，落荒而逃。

顧曲家孫鴻先生回憶，他在 1939 年在青島永安大戲院看陳永玲演出的《打棖子》時說：

> 陳永玲扮演村婦、賈松齡扮演二混。陳永玲一上場，腳底下踩著蹺，先將兩隻大眼一涮，走第一個圓場，當走到臺中央時右手背托下巴，左手托腮用眼向臺下一瞟，立時獲得滿堂彩聲。走第二個圓場時，剛到臺口下場門的二混拿棖子跑上向村婦一個漫頭砸向臺板，二人分別跑入後臺。村婦跑時不是整個腳底著地，而是用腳尖、腳掌、腳後跟依次著地表現出人受驚嚇之後，兩腿酸軟奔跑不靈的樣子，跑法有點像現在「霹靂舞」的慢動作。陳

> 永玲雖然踩著蹺，依然使觀眾看得清清楚楚，一次次博得全場的掌聲。當二人開始對話時，陳永玲演的村婦那楚楚動人的面容，聲聲哀求的話語，令人看了心酸。而那一雙機智靈活的大眼，卻緊緊盯住劫賊手中的槓子，但見劫賊心稍一軟，她立即奪過槓子逼退劫賊，然後扛著槓子飄然下場。下場時用蹉步、碎步、小蹦子將一個勝利者驕傲喜悅的心情表演得淋漓盡致，美不勝收。

也正是因為旦角誇張的表演，此劇落了個「粉戲」的惡名。

《打槓子》雖說是齣小鬧戲，但其很有來歷。據說這齣戲是在乾隆晚年，由秦腔藝人傳入京師，原本是一齣秦腔的傳統戲，也是花旦開蒙練功的必修戲。同光年間改為京劇上演，且一代一代地傳了下來。據說傳到民國初年，以男旦陳桐雲最擅此戲，並把這齣戲的地位移至倒三。梅蘭芳與程硯秋在臺上都沒有演過這齣戲，但是，他們在開蒙時都向陳桐雲學過「三打」，即《打櫻桃》、《打麵缸》還有《打槓子》。而陳桐雲的《打槓子》是受過秦腔著名花旦玻璃翠的親傳實授。

《打槓子》這齣戲，在民國二十年前後曾一度被禁，其中有這樣一段故事。當年，富連成科班的學生每天都在前門大柵欄唱白天，為的是一邊學戲，一邊鍛鍊舞臺經驗。本來都是娃娃戲，票也賣得便宜，只供一般閒人消遣而已。《打槓子》都由科裏最小的學員們演出，為了逗觀眾一樂。演到二混被少婦倒打槓子、脫衣服的時候，講究最後要脫成「光屁溜兒」。扮演二混的小演員，小肚子上也有講究，要麼畫上一個小茶壺，壺嘴兒正是小雞雞；還有的是在小肚子畫上一個小烏龜，龜頭正好是小雞雞。少婦一見，嚇得落荒而逃，逗得觀眾哄堂大笑，全劇始終。

當時，科班以為「童行無忌」，並無淫穢之意，臺下的觀眾也就是哈哈一笑而已，並無詬病。不想，有一天一位政府要員攜帶家屬和女公子來園子看戲。後臺不知道，還是這樣演出。當二混脫光衣褲向觀眾獻「寶」時，大家還是哄堂大笑。可是這位要員竟勃然大怒，順手抄起一隻茶壺，擲上舞臺去了，摔了個稀裏嘩啦，全場一片愕然。隨後，這齣戲便被明令禁演了。凡在富連成坐過科的老演員們，都知道這件趣事。

《打扛子》蕭長華飾劉二混　諸如香飾貴寶

攝於二十世紀二十年代末

此劇純屬一齣玩笑戲，劉二混一角更堪發噱，頭戴藍氊帽，一撮兒髯口，穿藍布褂、彩褲、手拿大槓子。打不成人家的竹槓，反叫人家打了自己。此戲原是科班裏丑角學員的開蒙戲，名丑並不演出。這張照片是蕭長華先生在「丑角大會」上的露演的劇照。他是丑角的祖師爺，演此戲最為地道，把一個不通庶務的「傻二憨」表現得活靈活現。

《小放牛》

《小放牛》是一齣由小旦、小丑合演的歌舞小戲。寫的是在青山綠水的山野郊外，日永天長，有一個牧童手執短笛在山坡上放牛。這時，坡下來了一個去杏花村沽酒的小姑娘，二人相遇，閒話說笑。兩小無猜，天真爛漫，相互邀唱山歌，對答唱和、輕歌曼舞，別有一番田園情致。

此劇以吹腔和表演身段見長。起源可以追溯到江南鄉間的「田頭山歌」。這種山歌原本是一種四句體的民歌，是農民們在田間勞動時，將所見所聞、所想之事，即興編詞，隨口唱出來的。最終形成了江南的一種秧歌戲。後來被京劇移植過來，至今最少有一百多年的歷史了。

據《梨園史話》文載：清季同光時期，這齣戲甚是流行。名旦紫金仙所飾演的村姑，嬌小風流，柔情旖旎，聲調又蘊藉細膩，最是動人。後來，賈璧雲、粉菊花的表演也是空前絕後。牧童一角以向以王長林最為拿手，因為他是武丑出身，腰腿十分靈活，做起身段來，也是特別的活潑可愛，把個山野村童演得活靈活現。

《小放牛》曾被昇平署傳入宮中為慈禧太后演出過。張伯駒在《紅氍毹紀夢詩注》記載：

> 「洪憲時，易實甫日於廣德樓捧鮮靈芝、張小仙。小仙擅演《小放牛》一劇，《小放牛》一名《杏花村》，故小仙有杏花仙子之稱。小仙纏足有武工，能扳左右兩腿，足架於肩，故實甫捧小仙詩有『要命彎弓足架肩』一句。時項城（袁世凱）賜宴瀛臺賦詩，實甫亦與焉。」張伯駒借其句盛讚《小放牛》：
>
> 要命彎弓足架肩，杏花仙是蕩魂仙。
> 捧場文墨皆餘事，更賦瓊瑤坐御筵。

從這些文字可知，《小放牛》雖然俚俗，但也常登大雅之堂。劇中的曲子多是山野小調，但沒有什麼淫詞俚曲摻雜其中，否則是進不了宮廷的。而在天高皇帝遠的南方戲臺上，這齣戲就不一定是規規矩矩、準詞準譜地唱了。畫家鍾靈先生說：他曾在南方鄉鎮的舞臺上聽過一回《小放牛》，當牧童唱過；

> 天上銀河什麼人開？地上地梭羅什麼人栽？
> 什麼人把守三關口？什麼人出家他就一去沒回來吧呼嘿！
>
> 之後，竟還打趣地唱道：

天上下雨雲重雲，地上埋墳墳重墳，

哥哥我洗碗碗重碗，阿妹地床上人重人吧呀呼嘿。

這不僅使人物出了戲外，而且也著實有些「粉」了。民國初年，政府曾多次禁演此戲、以正風化。

還有的地方唱《小放牛》，居然把兩個人扮演的「真牛」拉到臺上，因為牛形逼真，造型浪漫，全場非常熱鬧。到了上世紀三、四十年代，筱翠花和馬富祿演這齣戲時，《小放牛》已經變成了一齣「重頭大戲」，能放在了壓軸的地位了。筱翠花踩「寸子」在臺上行走如飛，馬富祿正在年少，腰腿敏捷，二人在臺上唱曲調情，雖然不唱俚俗的山歌，但他們的表演中穿插有攬腰抱腿，撫摸金蓮等動作。這在當時，已屬「出格」之舉。在封建時代，「三寸金蓮」是與女子的貞操緊密相連的。撫摸金蓮如同撫摸私處，也屬淫亂大罪。在舞臺這樣做來，自是「大逆不道」、「淫穢不堪」了。

但是，民間並不買帳，此劇依然泛濫流行，而且越演越荒唐。二、三十年代，北京的《國風日報》、《國民日報》也都曾刊登過政府《公告》：稱「文明戲院禁演《小上墳》、《小放牛》、《小老媽》諸戲」。

解放初期，由於革命的新文藝工作者介入，《小放牛》這齣戲曾做過許多改動，主要是通過放牛娃和村姑的對唱，來謳歌共產黨和解放軍，謳歌解放區的新氣象。如斗地主、分田地；大生產，迎解放等，成為一齣政治宣傳很強的「活報劇」。

中國京劇院成立之後，恢復了這齣小戲，摒棄了劇中的色情部分和表演，重新整理了戲詞，使之成為一齣活潑、健康，載歌載舞的小戲，也成為一齣經常出國演出的保留節目。此劇以劉琪和張春華的表演為最佳。筆者兒時住在北京護國寺人民劇場附近，他二人的《小放牛》不知看過多少遍，迄今猶自歷歷在目。六十年後，我在溫哥華又觀看了已過了古稀之年的張春華演出《小放牛》錄影，他的歌、舞、唱、做，依如昔日，毫無衰老之態，紅氍毹上矯健如飛，功力的紮實，身體的硬朗，著實令人讚歎。

《小放牛》筱翠花飾村姑，馬富祿飾牧童

攝於二十世紀四十年代

筱翠花飾村姑與馬富祿飾演的牧童，是一對絕好的搭當。他二人都有武功的底子，腰腿靈活，身段好看。對唱、對舞，天衣無縫。筱翠花腳下踩「寸子」(蹺)，在臺上的圓場，真如「水上飄」一般。圖中二人的亮相，牧童抱村姑腰肢，並用手托舉村姑的「三寸金蓮」，這在六、七十年前，已是個「越軌」之舉了。

《盤絲洞》

《盤絲洞》的故事，取自《西遊記》第七十二回《盤絲洞七情迷本，濯垢泉八戒忘形》。講唐僧師徒在西天取經的路上，途經女兒國。女兒國國王因愛慕唐僧，向其求婚，卻遭到拒絕。盤絲洞內有一兇狠的蜘蛛精，她在洞中修煉千年之久，神通廣大，武藝高強。她依仗妖術，攝去了女兒國女王的靈魂，並借用女王嬌美的身軀，迷惑了好色的豬八戒，擄走了唐僧。在盤絲洞內，蜘蛛精百般蠱惑唐僧，欲盜取他的男陽童貞，可惜唐僧坐懷不亂，始終未能如願。孫悟空為了搭救師傅出險，搖身一變，化為女身，潛入妖窟，探明虛實。遂向玉帝搬請了雞神，下界降妖。經過一番打鬥，最終，借用神雞的威力戰勝了蜘蛛精，救出了師傅。師徒一行重新走上通往西天的道路。

有關《西遊記》內容的戲劇出現得很早，在乾隆朝曾先後四次扈從乾隆帝木蘭狩獵的著名史學家趙翼在《簷曝雜記》中稱：

> 內廷「所演戲率用《西遊記》、《封神傳》等小說中神仙鬼怪之類，取其荒幻不經，無所觸忌，且可恁空點綴，排引多人，離奇變詭作大觀也」。

《盤絲洞》一劇，在嘉慶年間就有在宮內上演的記錄（見《清宮內檔·嘉慶御旨》）。但彼時是何劇種演出，並無詳載。到了同光時期，《盤絲洞》已成了民間經常演出的劇碼，而且是一齣有名的「粉戲」。擅演蜘蛛精的則是梅蘭芳的祖父梅巧玲。

梅巧玲，生於道光二十二年（1842）農曆八月，原名芳，字慧仙，號雪芬，自號梅道人。據蘿摩庵老人所著《懷芳記》記載：其祖籍江蘇泰州。因家貧，幼而失學，被寫入「福盛班」，從班主楊三喜學習崑旦兼皮簧青衣。後來，又從夏白眼、羅巧福學習花旦。藝成之後，即顯露頭角。以演出《盤絲洞》，飾演蜘蛛精，一炮而紅。據稱這齣戲有「裎」體出場的表演，「裎」者，既是上身裸露登臺。梅巧玲正值少年，他的肌膚特別白嫩細膩，光潔照人，「裎」體出場，大獲捧客喝彩，其他歌郎無法與之匹敵，人們給他起了一個綽號叫「白胖」。巧玲極有臺緣、人緣，捧客如過江之鯽，私寓門檻幾被踏破。芳名之著，冠壓九城。不久，便升為「四喜班」頭牌旦角。他還擅演《梅玉配》、《閨房樂》、《得意緣》、《玉玲瓏》、《胭脂虎》、《浣花溪》、《彩樓配》、《二進宮》等戲。同光年間，成為紅極一時的歌郎。

清徐珂撰的《清稗類鈔》中，記有《胖巧玲工貼劇》一條，稱：

> 胖巧玲〔一作鈴，又作林〕，京師人，以貼劇著。體貌厚重，扮相〔化妝之後謂之扮相，南人謂之颱風。〕不佳，而舌具燦花，如嚦嚦鶯聲囀於花外，長言短語，妙合自然。如《胭脂虎》中之史鍾玉，《浣花溪》中之任容卿，說白皆駢語雅辭，與尋常科白不類。巧玲貌雖不揚，而心有靈犀，於諸劇雅詞，不啻若自口出，以此見賞於上流人物，不以環肥而少之。

從《清代梨園史料》中的記載來看，自乾隆以降，有關歌郎（男旦）「裎」體出場的記錄很多。至於「裎」到什麼程度並無詳述。《燕蘭小譜》稱：《大鬧銷金帳》一劇，如觀「大體雙」，則似「全裸」。《雙麒麟》一劇，則有「雙峰高聳」的記述，當似上半身赤裸。可想《盤絲洞》一劇，蜘蛛精的最保守的扮相也是「赤膊」。即前胸繫一紅兜肚，而赤露雙臂和背部。其實，這種「裎」的扮相在舊京劇中並不罕見，如《刺嬸》（即《戰宛城》中的一折）中的鄒氏、《殺皮》中的皮匠妻、《武松殺嫂》中的潘金蓮等角色的「裎」扮，比比皆是。尤其，在歌郎與男旦統治舞臺時期，女人不能外出看戲，茶園裏都是男人的世界。歌郎爭寵觀眾，勢必極盡誇張做作之能事，「裎」體登臺並不足為怪。故而「粉戲」風行，不少戲的表演也實有「淫亂不堪」之處。

民國十年之後，婦女可以出門看戲了，女子也可以當演員登臺唱戲了。這類「裎」體的扮相也就自動消失了。只有一些短打武生的戲、摔打花臉的戲，還保留前代遺風，如拚命三郎石秀、武松、青面虎徐士英等角色，在開打時，大多還是「赤膊上陣」的。

書歸正傳，民國之初，政府一度禁演了不少「淫亂兇殺」、「妖魔鬼怪」、「荒誕不經」的「粉戲」，《盤絲洞》也在禁止之列。但是一有鬆動，這類戲便會故技復萌。

1927 年 12 月，剛剛當選「四大名旦」的荀慧生先生重新排演了《盤絲洞》，他在劇中飾月霞仙子，也就是蜘蛛精，在化妝方面進行了大膽的創新。如蜘蛛精「濯垢泉」洗澡的一場戲中，「蜘蛛精」不戴紅兜肚了，而是身著肉色緊身衣，胸前戴上了一副大紅色的假乳罩。身披白色輕紗，做出水芙蓉狀的亮相，突出表現蜘蛛精以狐媚誘人的淫浪之態。他著此豔妝剛一出場，舞臺上的聚光燈會猛然一亮。直驚得四座呆若木雞，男士大跌眼鏡，女士們紛紛低頭掩臉，羞不忍看。第二天報紙一陣抨擊，謂之造型實在「有傷大雅」。但也有人著文力挺，大加讚賞，稱之為「現代美之創舉」。另有小報不無諷刺地說：「荀先生以身作則，帶頭響應政府提倡的『天乳運動』，響應胡適先生的『大奶奶主義』的號召」。影響所及，票房價值猛增，一夜之間，十天戲票全部售罄。

不過這一創舉也功過參半，這對紅乳罩使得一向保守的京劇審美為之一變。此前，男旦一向以平胸為美，是「平胸美學」的提倡者。但在北伐成功之後，舉國推行「天乳運動」，平胸已不再是美人的標誌。從此，男旦再高雅精湛的演技，也難與女伶的自然美抗衡了。

建國前夕，《盤絲洞》一劇被中國人民解放軍軍管會定為「提倡淫亂思想」的有「毒」的五十五齣壞戲之一，公布報章，通告禁演。直到文化大革命之後，上海京劇院才把此戲恢復公演，在蜘蛛精的扮相上，也進行了很多的改動。

《盤絲洞》之蜘蛛精

香煙畫片（民國初年）

民國初年，由《西遊記》改編的戲劇很多，《盤絲洞》是其中之一_英美煙草公司出品了一套百枚之數的《西遊記》香煙畫片，放在煙包內，作為「紅錫包」的附贈禮品。因為印刷精美而掀起了一股煙畫收藏熱。這枚「蜘蛛精」發行得極少，僅為萬分之一，故十分珍貴。

《紡棉花》

《紡棉花》的劇情是寫，買賣人張三出外貿易，三年未歸，其妻王氏在家中思想丈夫，在紡棉花時，一邊歌唱流行小曲自遣。張三歸來，先是側身門外竊聽，接著叫門不應。就把銀錢拋入牆內試探，王氏終被感動，打開房門，夫妻二人歡會。

據說，《紡棉花》是一齣老戲，完整的故事是，張三外出長久不歸，王氏在家已另有新歡，待張三歸來後，二人不合，王氏勾結姦夫就張三殺害。後來，犯案，王氏被判斬首。據顧曲家李雲影說：

> 我還記得《紡棉花》的鼎盛時代是在民國十年左右，的確紅遍京滬一帶。當時是十三旦（即劉貽容並非侯俊仙）和恩曉峰（唱花臉的反串）常在故都廣德樓貼演。後來坤旦張文豔又在南方亦大唱特唱，居然都紅得不得了。可是北京最後紅的還有一個坤旦，叫碧雲霞，有位雅士還替她把這名改了叫《絡絲娘》。此外還有個小馬五，在申江一帶很紅了一陣，和《魏大蒜》這路戲常常貼出。待民十七年以後，因為革命北伐，這類戲當局下命禁演，所以冷落到將近十年的光景。誰想，戰後的孤島和淪陷的故都，竟又大興而特振呢？
>
> （見 1941 年 1 月 8 日《申報》14 版）

四十年代初，這齣戲又被翻騰了出來，先是在上海演出，因主要情節與《皮匠殺妻》、《也是齋》、《雙鈴記》、《雙釘記》多有相似之處，反映平平。後來，一些女伶只演出前半齣戲，並且在戲中串戲，加唱什錦雜耍和流行歌曲，頗受觀眾歡迎。劇中張王氏穿時裝上場，標新立異，以迎合觀眾喜好為主，演來流行一時。著名的女演員如言慧珠、童芷苓、李玉茹、吳素秋都是有名的「劈紡」（既《大劈棺》和《紡棉花》）大家。

1941 年 4 月 20 日《申報》有一篇報導《〈紡棉花〉紅到北平》的文章記載：

> 自從吳素秋以《紡棉花》起家之後，北來坤伶幾乎有不能不紡之勢。這齣戲是以「噱頭」號召的，正如林樹森的《戲迷傳》一樣，不但要「學一個像一個」，而且蹦蹦戲、河南墜子、甚至《何日君再來》等都要略知皮毛。不過，據說北方沒有人貼這齣戲的。吳素秋北返，就以「上海版」的《紡棉花》在北平演出，果然頗受歡迎。

在黃金唱過的荀慧生高足童芷苓，也有這齣拿手戲，吳素秋既貼演在先，她自然也不肯落後。聽說童芷苓的河南墜子《玉堂春》，大為觀眾激賞。我想將來《紡棉花》一劇，或將列為南來伶人的「打炮戲」了。

《紡棉花》紅是紅，但指責《紡棉花》胡鬧，指責《紡棉花》賣弄「色相」，是齣「粉戲」，也並非師出無名。從故事講來，王氏不是個普普通通的農婦嗎？但她在舞臺上卻是個珠光寶氣，領導時裝新潮流的大摩登！連紡車也用雜色小電燈裝飾著。一旦開唱，就更是五花八門。學唱「四大名旦」無可厚非，連祖師爺留下的《盜魂鈴》也學；還自拉自唱一趕三的《二進宮》；還學什麼白玉霜、金鋼鑽，京韻大鼓，河南墜子，甚至還唱流行歌曲，豈不成了大雜燴？

其實，《紡棉花》和京劇傳統戲《盜魂鈴》、《撞天婚》、《戲迷傳》、《十八扯》、《花子拾金》等一樣，不是靠劇情的悲歡離合，而是靠演員個人的玩意兒來號召觀眾的。學人尹丕傑先生在評論京劇《紡棉花》時說：

當年吳素秋等人的演出，除卻丑角有部分庸俗的插科打諢外，既沒有誨盜誨淫，也談不上什麼胡鬧。她們裝龍像龍，裝虎像虎，無論學京劇各行當名家，或者學唱各種地方戲、曲藝等，都能做到態度上直工直令，藝術上形神逼肖。特別是，由於她們選唱的多是膾炙人口的經典性唱段，能讓人在一個晚會上欣賞到各門各派藝術大師們的名作，從而在驚詫中獲得藝術享受。這齣戲的實質是演員的個人獨唱音樂會。

他說：1940 年，十八歲的吳素秋再次來到日寇鐵蹄下的上海，挑頭牌演出於更新戲院，並首演了《紡棉花》。當時，吳素秋面臨的是何種局面呢？

一、日寇入侵，半壁河山淪喪，抗戰進入艱苦的相持階段。國有難，民倒懸，戲劇也處於危機之中。藝人要吃飯，老闆要賺錢，於是，大家都尋求可以吸引觀眾的劇碼；

二、上海是近代革命劇運的發祥地，這裡的觀眾思想最活躍，層次最豐富。上海觀眾培育的「海派」，實質上是革新派。上海劇壇，對那些富於開拓精神的演員來說，是一塊最理想的沃土；

三、京劇自四大名旦開創出以旦角為首席的格局之後，二十餘年中，隨著旦角藝術領域的不斷開闊，男旦由於生理條件和觀眾審美心理等因素帶來的侷限性日益暴露，而女旦中王玉蓉、雪豔琴、新豔秋、章遏雲等人的成功的舞臺實踐，已初步顯示了女旦的實力，並刺激著演出經營者們，開始把視線向女旦轉移。迨抗戰起，梅蘭芳蓄鬚退隱，程硯秋亦很少演出，由於失去兩大支柱，京劇男旦頓現蕭條。此刻，由女旦出臺挑班並開創「陰盛陽衰」的歷史新局面，已屬應運順時，是歷史的必然了。

四、1940 年，在去上海的輪船上，吳素秋時而哼唱四大名旦的唱段，時而拉拉胡琴；時而哼唱曲藝及流行歌曲，這些，被接角兒的老闆看在眼裏。上岸不久，劇場未徵得吳的同意就掛出了《紡棉花》的預告。吳素秋大吃一驚，因為此刻她對這齣戲尚聞所未聞。但她還是勇敢地接下來，結果一炮而紅，連連爆滿。隨之，言慧珠、童芷苓也各自根據本身的條件排演了這齣戲。由此，這齣戲不脛而走，迅速擴散，連其他劇種的女演員也紛起相效，中國劇壇就此刮起了強勁的「紡棉花旋風」。

（見尹丕傑《談〈紡棉花〉》刊於 2007 年【中國京劇論壇】）

「紡棉花旋風」也影響著其它劇種，當時的評劇巨星喜彩蓮貼演《戲迷小姐》，河北梆子巨星李桂雲貼演了《新紡棉花》，其表演形式與《紡棉花》同出一轍，也是表現個人才藝，同樣很受觀迎。當然，由於效颦者太多，其間免不了魚龍混雜，濫竽充數之流。一些女演員本來才藝兩拙，便把一些低級色情的東西攙雜進去，以廣招徠。於是，《紡棉花》一劇的名聲日益被敗壞。

日偽當局曾一度下過禁演令，輿論界也紛起指責。吳素秋成了「始作俑者」，她和言慧珠、童芷苓等人便被戴上「劈紡坤伶」的帽子。解放以後，這齣戲被定為「極無聊或無劇本」的「有毒」戲劇，被明令禁演。從此再也未能恢復。

吳素秋演出《紡棉花》的劇照

攝於 1940 年上海

吳素秋，曾用名玉蘊、麗素秋。山東人。九歲這藝。工花旦。曾入中華戲曲專科學校學習。後自組班社在東北、山東等地演出。建國後，歷任北京京劇四團團長、遼寧京劇院副院長、新燕京劇團團長，北京京劇院演員。1952 年獲第一屆全國戲曲觀摩演出演員一等獎。擅演劇目有《金玉奴》《紅娘》、《霍小玉》、《人面桃花》等。

《雙怕婆》

《雙怕婆》又名《雙背凳》，這齣戲很多劇種都有。全劇沒有一句唱，全看演員表演，屬於鬧劇的一種。川劇叫《背鼓背凳》，徽劇叫《雙怕》，楚劇叫《雙怕妻》，秦腔叫《雙背凳》，河北梆子、同州梆子也都有這齣戲。

故事講的是一個名叫不掌舵的男人，平素最怕老婆。有一次，他在廟會上遇到一個算卦的，教給他三綱五常，可以不再怕老婆。他老婆知道以後就逼他去要回算卦的錢。途中碰到了也怕老婆的好朋友尤二，二人互相攻擊懼內。不掌舵揚言不懼，與尤二打賭。回家之後，與老婆定計，叫老婆在尤二來家的時候，假裝懼怕。不想尤二一看要輸，就跑了。不掌舵的老婆向不掌舵要錢，不掌舵沒有，老婆一怒，罰他背凳。尤二回家之後，亦受到他老婆的同樣的懲處。

這齣戲是小丑和花旦的開蒙戲，用來訓練做、表、口白的基本功。正式演出時，也只是齣墊場的小戲而已。為迎合市俗觀眾的胃口，中間摻雜不少庸俗的噱頭，有的還雜以粗口和髒口，格調低下。因為沒有什麼進步意義，在 1949 年 3 月解放之初，就被政府宣布禁演了。

1956 年，在張伯駒等人的呼籲下，恢復傳統戲的演出時，曾內部觀摩演出了一次。由筱翠花、田喜秀、李盛芳等飾演，十分火爆精彩。大板凳和小板凳二人在終場前念「太陽一出紅似火，二八佳人胭脂抹，好的被人搶了去，挨打受罵是你我」時全場大嘩。這次演出，電臺留有實況錄音，堪稱絕響。

臺灣的京劇界經常貼演《雙背凳》，那裡的劇評家把這齣看得深，不但深，還把它提到哲學的高度來理解。臺大國劇社在演出《雙背凳》之後，有學者在報上撰文稱：

> 《雙背凳》是由花旦與兩個小花臉演出的一齣玩笑戲，引人發笑也引人深思。「三綱五常」只讓不掌舵坐了那麼一下椅子，馬上就被老婆叫下來。椅子其實暗中比喻「位」的觀念，儒家認為君臣、父子、夫妻各安其位、各守分際，篤行仁、義、禮、智、信五種品德，就會出現不爭不鬥的和諧社會、和諧家庭，人人都幸福。可一般人最在意金錢，這齣戲後半的重點是在賭二十兩銀子，人類為錢忙來忙去，現實利益的關心遠超過對「三綱五常」的關心。為贏二十兩銀子的這段戲，讓我們看到「施壓者」與「受氣包」的人際模式。怕老婆的不掌舵這回演施壓者，欺壓老婆，老婆為了錢，乖乖

做受氣包。可是作威作福慣的老婆學不像，不掌舵只好耐心地指導，這個一再排練的噱頭讓人笑個不停。其實從另一角度看，這個過程好像故意洩漏施壓者的「狠招」讓觀眾看到，重點反而不是為賺二十兩銀子。

《背凳》之小板凳和大板凳

香煙畫片（1928 年）

1928 年，上海舉辦《丑角大會》演出《雙背凳》，小板凳穿茶衣，打腰包鞋子，頭頂一小板凳；大板凳戴荷葉巾，丑三髯口，穿藍布箭衣，繫大帶，身後背一長凳。二人對舞，令人見之大笑。華成煙草公司將之印成煙畫發行。可惜此戲久已不見了。

《三戲白牡丹》

《三戲白牡丹》亦名《呂洞賓三戲白牡丹》，是一齣表現道家思想的故事戲。因為其中有男女性交，「採戰雙修」的情節，故而一直被視為是一齣「粉戲」，自清以降，一直遭到歷屆政府的禁演。

三戲白牡丹的故事最早見於《東遊記》和《呂仙飛劍記》，元明雜劇中也有《呂洞賓戲白牡丹》這齣傳奇。劇情是講：洛陽城中有位名妓，名叫白牡丹。她生得花容月貌、國色天香，為人興情高致，溫文儒雅，吟詩作賦，琴棋書畫，無所不能。因此素享芳名，名噪花國，招致蜂蝶無數，日日門庭若市。一日，仙家呂洞賓雲遊到洛陽，聽說白牡丹的大名，便揭帖來見。誰知一見白牡丹竟也心神蕩漾，繾羨不已。在他看來，白牡丹聰明美麗，生有慧根，並非人間凡物。便想度她成仙，超脫凡塵。於是，呂洞賓化身為一個風流才子，再次來到妓院，登門拜訪。白牡丹見這位才子生得身軀偉岸，玉樹臨風，且有仙風道骨，貌比潘安。於是兩情相投、一拍即合。二人在繡榻之上，男歡女愛，顛鸞倒鳳，各呈風流。如此通宵達旦，雲雨不歇，曲盡魚水之歡。

呂洞賓本是純陽之體，通宵採戰，金露不泄。白牡丹心覺大奇，亦使出全身解數曲意奉迎，但仍然不能得到玉露一滴。此事被「八仙」中的鐵拐李、何仙姑及張果老等人得知，他們一起下界，來到洛陽，找到白牡丹，對她指點迷津。暗地裏把房事絕招相授。次日，白牡丹與洞賓再行雲雨之際，到了情狂意顛之時，白牡丹用手指搔癢洞賓兩肋。呂洞賓不及提防，真精一泄如注，純陽頓失。白牡丹遂斂衣起床，大勝收兵，洞賓自愧弗如。最終，在眾仙家的幫助下，呂洞賓超度了白牡丹成了神仙。

以上的演出劇本早已佚失，唯有民國初年王大錯所輯《戲考》第二十七冊中，尚存有《戲牡丹》一劇的京劇本，名為《純陽戲洞》。內容與以上故事略有出入。牡丹不姓白而姓花，不是青樓妓女，而是嶗山天香洞的一位正在修煉中的女仙。她一出場時，自述道：

牡丹：（引子）晨看泉水淹螻蟻，夜護紗燈救飛娥。

（念）奴本家住在嶗山，師父妙法得真傳。

洞中每日來修煉，煉就武藝十八般。

（白）奴家牡丹是也。生長在嶗山，曾在天香洞中修煉多年。師父黃龍，傳授奴十八般武藝，倒也是逍遙自在。今日師父去到崑崙山，赴龍華大會，曾對奴言講，早晚定得純陽。奴不免打扮整齊，就此等候機緣。

接著，上場的便是呂洞賓，他見到牡丹便生戀情，用言語相調。牡丹亦正好順水推舟，自然應對。

呂洞賓：(白) 你聽來。

(西皮流水) 呂純陽在洞中便開言，

尊一聲道姑你細聽我言：說什麼一身甚清閒，

說什麼勝似榮華在世間。看人生在世三光現，

你可知這三光在哪邊？

牡丹：(流水) 說什麼人世三光現，

日月星三光盡在上天。老君爐也把三光煉，

丹九轉成了功就在身邊。

呂洞賓：(流水) 功成圓滿丹九轉，

你可知三綱為哪般？君臣父子且休管，夫婦二字須詳參。

牡丹：(流水) 雖然是男女成夫婦，那也是前世裏注定姻緣。

呂洞賓：(流水) 自從盤古分天地，陰陽男女須兩全。

天地交泰有雲雨，陰陽不合氣連偏。叫道姑與我且打坐！

(呂洞賓、牡丹同搬椅到臺口對坐。)

呂洞賓：(流水) 叫道姑你且細聽言。

夫唱婦隨是正理，陰陽相配兩相歡。

你本靈山鮮花種，我就是採花一散仙。

今日若能夠成婚配，好似那仙女會巫山。

牡丹：(流水) 說什麼雲雨會巫山，男女私合理不端。

你我二人無媒證，哪一個來做撮合山？

呂洞賓：(流水) 聽一言來甚稀罕，何用人做撮合山？

你我今日若肯成婚配，這也是五百年前造定的好姻緣。

牡丹：(流水) 好姻緣來惡姻緣，千里姻緣一線牽。

萍水相逢成連理，此事叫我費詳參。

低下頭來暗盤算，這也是前生造定一姻緣。

回頭再把大仙叫，奴家言來聽心間：

非是奴家不應允，這有一事不周全。

指著何物為媒證，還須上前拜一番。

（白）大仙。既然你我要成此事，無有媒人，成何道理？

呂洞賓：（白）這邊一旁是什麼？

牡丹：（白）此乃是一太湖石。

呂洞賓：（白）就向太湖石一拜有何不可？

牡丹：（白）哎呀且住！看這大仙，要同奴成卻此事，我想師父臨行之時，言道，日內定有純陽，想是應在他的身上。奴若得真陽，日後超拔昇天，飛昇得道，成其成果，豈不妙哉！

（唱）今日裏果然應師言，得了純陽就飛昇九天。

呂洞賓：（唱）二人一同雙雙拜，

牡丹：（唱）夫妻齊跪就拜地天。

呂洞賓：（唱）交拜已畢忙站起，

牡丹：（唱）羞羞慚慚站在一邊。

（排子。呂洞賓示意同睡，牡丹做羞，呂洞賓拉牡丹同下。排子。牡丹緊裙跑上，呂洞賓隨上。）

呂洞賓：（唱）鴛鴦交頸喜連連，

牡丹：（唱）好似倒鳳並顛鸞。

呂洞賓：（唱）良緣有數人難算，

牡丹：（唱）再會佳期待何年？（擂鼓。）

呂洞賓：（唱）耳邊廂又聽得風聲響，忽然想起事一樁。邁步披衣出洞去！

牡丹：（唱）急忙上前把他攔。尊聲大仙且慢走，

呂洞賓：（唱）你今攔我為哪般？

牡丹：（唱）我今定要隨你去，

呂洞賓：（唱）我雲遊四海無家園。用手將她推在地，

急回洞府把道參。（呂洞賓下。）

牡丹：（唱）哭一聲大仙吶！哎哎呀！大仙吶！

一見大仙他去了，不由奴家心痛酸。

將身且把洞來進，等候了師父問根源。

（白）哎！大仙吶！

（引王大錯《戲考》第二十七冊《戲牡丹》）

劇終，白牡丹遭到戲耍，未能取得純陽，萬分懊惱。細檢，此劇演來其

實並無大礙。正如編者所說：「男女大欲，大抵皆然，神仙亦不外乎人情，於是一見傾心，遂作巫峽風流之會。後人妄參未議，謂純陽此舉，即是採陰補陽，為神仙修煉秘訣。然專事採補，決非真神仙。若真神仙，應闢採補之謬說。」（引王大錯《戲考》第二十七冊《戲牡丹・劇情》）

相傳呂洞賓實有其人，名岩，字洞賓，號純陽子，自稱回道人，世人稱其為呂祖。據說，他生於唐代（西元 798 年），河中府永樂縣人氏。他在幼年已有仙道，羨慕清虛恬淡，不好華飾富榮。後來奔赴長安應舉，在一間酒肆中遇到鍾離權祖師，授以金液大丹之功和龍虎金丹秘文，又得大道天遁劍法。賜號純陽子。從此洞賓潛心修道，弘揚道法，後於湖北黃鶴樓白日飛昇，為道家「八仙」之一。宋徽宗封其為「妙通真人」，元世祖封為「純陽演正警化真君」，元武宗加封為「純陽演化孚祐帝君」。

在道教神仙人物中，呂洞賓的故事最多，北宋《夷堅志》和《呂祖志》皆記述他救人濟世，拔劍助弱，斬妖除魔，點化迷途等事蹟。他為了「度盡天下眾生」，放棄成為上仙的機會，自願做一個地仙。一生著有道家著述《指玄篇》、《肘後三成篇》、《直指太丹歌》、《敲爻歌》及《呂祖全書》、《九真上書》等書。其實，這些著作多為後人託名之作。

歷代傳說中，呂洞賓這位仙家與眾不同，他貪圖酒、色、財、氣，尤其對於女人逐戀不已。《呂純陽祖師全傳》後卷中，記有許多有關呂洞賓「市廛混跡」的故事，例如，他在袞州妓館、廣陵妓館、東都妓館等處，都留有風流的「仙跡」。他除了有「劍仙、醉仙和詩仙」的雅號外，呂洞賓還有個不光彩的稱號名為「色仙」。一生放浪形骸，是個風流的「花神仙」。他的度人理論是：「欲求還原返本，必需性命雙修。」《呂洞賓三戲白牡丹》這齣戲，是把呂洞賓到處採花的豔事搬上舞臺。後人遂妄參未議，謂純陽此舉即是性命雙修，採陰補陽。為此，留下了諸多的指責與批評。呂祖的「性命雙修」的理論是：

> 性命之道。玄妙無窮。知內外兼修。以臻功用。修命者。鍛鍊三寶。以復其命。精不洩漏。氣不虧耗。神不損散。保持不壞。自能水火相濟。陰陽和順。歲月日久。大丹必成。修性者。培養先天靈性。認明本來面目。視聽言動。必求守禮。喜怒哀樂。必求中節。恭讓友悌。必求盡道。衣食住行。必求適宜。未來不思。既往不憶。身無欲而靈自定。靈若定而性自醇。能了性。自當了命。未了性。

何從了命乎。然修道之人。不可執於命。或執於性。而缺其一。致以修命不兼修性。未得窮理盡性。難得開花結果。故修道參禪之人。必須性命雙修也。

（引自道家經典《度世妙法禪經》）

世人不能完全解釋其意，往往被導入歧途，把男女交合的「三峰採藥」等附會其中。大談「一陰一陽之謂道，故好色之心，人皆有之。當其交戰之際，必須玉莖雄壯，觸滿花心，通宵不倒，久戰不泄，以致婦女情歡意悅，方得妙處。若其將泄，即便用訣，急急提住，勿令走泄，庶可以氣補氣，以人補人，一夫可度十女矣。」（引自明洪基所著《攝生總要》）

這齣戲的唱詞、科白中，多間雜此類術語。在表演的做、舞當中，亦多有「同睡」、「緊裙」之類的動作，儘管用了許多藝術手法遮掩和暗場處理，但對於觀眾乃給予不少「性的暗示」。據一些老藝人說，這齣戲在起「排子」的時候，呂洞賓與牡丹起舞，要擺出諸如「鴛鴦戲水」、「鸞鳳和鳴」、「仙人指路」、「貓鼠同穴」等幾個暗喻性交的姿勢出來，因之，這齣戲的表演上便有了「淫穢」之嫌。在清季便被列入「永禁戲目單」中，明令禁止上演。（見清余治《得一錄》）

民國期間，河北梆子還經常貼演此劇。「四大名旦」之一的荀慧生在坐科期間，藝名白牡丹。出科後，為了出名討俏，特意將這齣戲由梆子翻成京劇上演。目的想圖個「戲中人」、「人中戲」的效果。演出並不理想，反而落了個專演「粉戲」的惡名。後來，他聽從了朋友們的規勸，沒演幾場，就把這齣戲掛了起來。

迄今，一些地方戲把《戲牡丹》的故事多方修改，「化腐朽為神奇」，賦與「神人相愛」、「人定勝天」等新內容，如今一些地方戲貼演的《牡丹對課》、《點藥名》等戲，重點突出了呂洞賓與白牡丹之間的愛情故事。融智慧和愛情於一爐，亦頗得觀眾喜愛。

《三戲白牡丹》荀慧生飾白牡丹

攝於 1925 年攝於

荀慧生在坐科期間，藝名白牡丹。出科後，為了出名討俏，目的想圖個「戲中人」、「人中戲」的效果。演出以後，並不理想，反而落了個專演「粉戲」的惡名。後來，他聽從了朋友們的規勸，沒演幾場，就把這齣戲掛了起來。

《三笑》

《三笑》亦名《唐伯虎三笑點秋香》。劇情的基本框架出自《唐伯虎全集》引錄的《蕉窗雜錄》。其中有一篇短文寫得近似白話，通俗易懂。筆者照錄如下：

> 唐子畏被放後，於金閶見一畫舫，珠翠盈座，內一女郎，姣好姿媚，笑而顧己。乃易微服，買小艇尾之，抵吳興，知為某仕宦家也，日過其門，作落魄狀求傭書者。主人留為二子用，事無不先意承旨，主甚愛之。二子文日益奇，父師不知出自子畏也。已而以娶求歸，二子不從曰：「室中婢，惟汝所欲。」遍擇之，得秋香者，即金閶所見也。二子白父母而妻之。婚之夕，女郎謂子畏曰：「君非向金閶所見者乎？」曰：「然。」曰：「君士人也，何自賤若此？」曰：「汝者顧我，不能忘情耳。」曰：「妾昔見諸少年擁君出素扇求書畫，君揮翰如流，且歡呼浮白，旁若無人，睨視吾舟，妾知君非凡士也，乃一笑耳。」子畏曰：「何物女子，於塵埃中識名士耶？」益相歡洽。居無何，有貴客過其門，主人令子畏典客，客於席間，恒注目子畏。客私謂曰：「君貌何似唐子畏？」子畏曰：「然，余慕主家女郎，故來此耳。」客白主人，主人大駭，列於賓席盡歡。明日治百金裝，並婢送歸吳中。

從此，唐伯虎娶秋香的故事在民間就廣泛地流傳起來，特別是蘇杭的彈詞《三笑》出現以後，更把這個故事寫得繪聲繪色，唱得家喻戶曉。

其實，唐伯虎根本就沒娶過秋香。歷史上雖有秋香這個人物，是個秦淮名妓。但她至少比唐伯虎大二十歲。她曾在金陵高張豔幟，但她和唐伯虎之間實難發生什麼風流韻事。

秋香姓林，名奴兒，亭中人氏。她出身官宦人家，父母視作掌上明珠。自幼聰明伶俐，熟讀詩書，且酷愛琴棋書畫。可惜未到及笄之年，父母雙亡，因生活所迫，遂在聲色場中作了官妓。以美貌聰慧，冠豔一時。曾從史廷直、王元文學畫，筆墨清潤淡雅，頗有畫名。後來，秋香脫籍從良。有舊日戀人追逐，欲再敘舊情。秋香便畫柳條於扇上，題詩婉拒，詩云：

> 昔日章臺舞細腰，任君攀折嫩枝條。
> 如今寫入丹青裏，不許東風再動搖。

所以說，唐伯虎點秋色的故事純為借名虛構。因為故事編得有趣，故在舞臺上久演不衰。不過，一個大名鼎鼎的名士為了追求一個女婢，公然入府「傭書」，低三下四地去侍候人，著實有辱斯文。所以，在清代末年此劇被列入《永禁淫戲目單》。

但是，禁歸禁，演還是演，民間對此並不買賬，有法也難以責眾。此劇不僅在民間的茶樓劇社演出如故，坊間的木版年畫作坊，還把「三笑」的故事印成各式各樣的年畫，廣泛銷售。平民百姓樂於購買，貼在家中增加喜慶，一貼就是一年。

民國時期，不僅京劇而且許多地方戲，如評劇、川劇、秦腔都演此劇。近代，《唐伯虎點秋香》的故事還多次被拍成電影，在中國大陸和東南亞一帶廣泛上映。電影中的插曲如同流行歌、時代曲一樣被廣泛傳唱：

為了小秋香叫我想到狂，
賣身相投好比跳粉牆呀，
功名麼，富貴麼誰指望呀，
只羨那鴛鴦呀，快快配成雙。
真心來相訴，我就是唐伯虎，
賣身投靠原是假戲做呀，
獨步麼，三無麼，跳花舞，
巧姻緣對你麼當面莫錯過。

《唐伯虎三笑點秋香》

清蘇州王榮興記木版年畫

畫中對聯寫道:「一世有情真眷屬，三生留笑舊姻緣」，唐伯虎當著眾人的面，把手指向了秋香。秋香回首一笑，遂定終身。這齣戲在大江南北婦孺皆知，豈能因為列入《永禁淫戲目單》，而輕易地退出舞臺呢？

《巧姻緣》

《巧姻緣》這齣戲的故事有兩種說法，內容各不相同。一種說法，這齣戲是根據明代的色情小說《浪史奇觀》編演的一齣「粉戲」。《浪史奇觀》這部書亦名《巧姻緣》。作者的姓名尚不可考，署名為「風月軒又玄子著」，現存有嘯風軒刊本和日本千葉掬香氏所藏的手抄本。小說一共有四十回，寫錢塘秀才梅素先一生的風流韻事。

這位梅生生得風流偉岸，儀表堂堂，既有相貌又有文才，又好交遊，愛美色，人稱「浪子」。一日，浪子出外遊春，被王監生的妻子李文妃的美貌吸引，遂動邪念，施巧計設計成奸。二人私通後，淫慾無度。接著，浪子又見到李文妃的義姐、寡婦潘素秋嬌豔過人，於是又起慾火，以重金為引線，終與潘素秋亦結為床笫之歡。

王監生身染重病，不治身亡，梅素先遂娶文妃為妻。他的故友司農丞鐵木朵魯入山修道，將家中妻妾、家產悉數委託素先代為照料。鐵木朵魯之妻安哥及妾櫻桃，又被素先的風流所動，四人相繼勾搭成奸，時做聯床大會。兩年後，梅素先赴京趕考，得中皇榜，賜以進士出身。但是他並未聽選，而告病還鄉。從此與兩位夫人和後娶的七名美女，又繼納的十一個侍妾，一共二十個房頭，每日飲酒賦詩，調情作歡，快活無比，人稱「地仙」。

這位梅素先是歷代色情小說中恣縱閨幃，卻又得以善終的人物。他憑仗腰間偉物和一套床上鏖戰的本領，先後與許多絕色女子交歡，戰無不勝，所向披靡。而他所遇到的女人，無一不好淫縱慾，愛慕他的碩大本錢和工夫，爭先恐後地脫衣迎納，供其淫樂。整部書大寫特寫房中秘事，恣意宣淫，全然不顧綱常倫理，十分荒唐無稽。茅盾在《中國文學中的性慾描寫》一文中說：

> 若問中國性慾作品的大概面目是什麼？有兩句話可以包括淨盡：一是色情狂，二是性交方法——所謂房中術。所有中國小說內實寫性交，幾乎無非性交方法。這些性交方法的描寫，在文學上是沒有一點價值的，他們本身就不是文學。

這段話用於這部書正好恰如其分。此書一問世，便遭到政府的嚴令禁燬。但是，民間坊肆為了貪圖利潤，私刻濫印，逶迤不絕。

此書別名《巧姻緣》，是因為個中情節無一不「巧」，「巧」得違情悖理。一些小戲班為了掙錢求利，也用書中梅素先、李文妃、潘素秋等人物之名，摘取書中故事編演成戲，名為《巧姻緣》或《弄假成真巧姻緣》等登臺露演。但是，此說並無劇本佐證，目前尚難確考。

另有一種說法，《巧姻緣》是齣滑稽逗笑的小戲，迄今一些地方戲，如黃梅、花鼓仍有演出。內容與前說根本不同，講的是在明末清初，市井有一對殘疾男女，男的叫莫不全，是個背駝；女的叫王巧巧，是個嘴缺。一個討不到老婆，一個是嫁不出去的老姑娘。在一次遊玩途中，莫不全巧遇王巧巧，二人都未發現對方缺點，因為各自都使用了「弄虛作假」的手段，遮掩了自己的欠缺，而相互產生愛慕之心。後經三媒六證，二人成親拜堂。在洞房裏，才互相發現了對方的生理缺陷，大呼上當。二人在洞房中大鬧了一場之後，冷靜下來，重歸於好，結成了一對歡喜怨家。

由此可知，此劇是一齣鬧劇。只能取樂婦孺，毫無意義可言。莫不全與王巧巧均是丑角飾演，因為表演上出乖露醜、打情罵俏之處過多，不少對白包涵色情成份，而近於「粉」。在清代即被視為「淫戲」，多次被列入禁演文告中。民國時期，京劇也時也有演出此戲，但都是作為熱鬧場子的開鑼戲，為大戲墊場而已。

清代戲中的鞋皮丑　清昇平署戲裝扮相譜

此劇是一齣鬧劇。只能取樂婦孺，毫無意義可言。莫不全與王巧巧均是丑角飾演，因為表演上出乖露醜、打情罵俏之處過多，不少對白包涵色情成份，而近於「粉」。在清代即被視為「淫戲」，曾多次被列入禁演文告中。「鞋皮丑」是戲劇行內的一種俗稱，實為「邪癖丑」。是丑行中專門飾演那種行為怪僻或呆傻怪異的人物。

《梵王宮》

《梵王宮》亦名《洛陽橋》，如果單演梳妝待嫁一折，則稱《掛畫》。因為這齣戲的重點在於描畫少女思春，情急欲嫁的焦慮心情，所以，一直被輿論輕賤，在清代視為「淫亂」之戲。同治十三年（1874）即為清政府列為禁演之列，明令稱之如「再不知悛改，仍演淫戲，應即查徵究，以昭炯戒」（見同治十三年（1874）一月十日《道憲查禁淫戲》）。進入民國之後，時風已變，此禁也就自動解除了。

站在今天的角度來說，描述一段青年男女的愛情故事，輕鬆活潑，本無可挑剔。如果挑剔，則是劇本過於粗糙，內容亦無出處可考，乃是編劇人信手拈來，隨意編湊而成的一齣小鬧劇。全劇分為三場，寫某朝有少年男女二人，在梵王宮邂逅相逢，彼此思慕不已。女郎歸家，相思難解，懨懨成病。幸得賄通了一個姓花的媒婆，為其出謀劃策，將那位少年改扮女裝，由該女之兄長間接誑入府內，寄於妹妹房中安頓。於是，天作良緣，鵲橋暗渡，二人對天盟誓，結成百年之好。一宿之後，復又分離。劇中的情節既有《西廂記》中《驚豔》的影子，又有《王老虎搶親》的痕跡，只不過都已改頭換面，翻舊成新而已。

編輯《戲考》的王大錯先生曾感慨地說：劇中「其少年名華雲，女郎則名劉杭燕（或謂當作杏燕），究不知係何出處。考劇至此，實覺黔驢技窮。大錯讀書不多，不禁自歎其淺陋也。」（見王大錯《戲考》《梵王宮・劇情》）

為了讓讀者瞭解該劇全豹，特將清末民初的京劇演出本錄之於下共賞：

【第一場】

劉杭燕：（內白）噯噯！（劉杭燕上。）

劉杭燕：（二簧慢板）劉杭燕在繡閣自思自想，想起了梵王宮年少的兒郎。我二人見面在佛堂以上，亞賽個當年小潘郎。
多虧了花媽媽計生心上，命華雲巧改扮美貌娘行。
將身兒坐至在牙床以上，等候了花轎到再做主張。

（嫂子上。）

嫂子：（二簧原板）將身兒來至在繡閣內，見了姑娘說分明。
（白）小姑娘，花轎到了。

劉杭燕：（白）待我去迎。

嫂子：（白）你不是病了麼？

劉杭燕：（白）我的病麼，早已好了。

嫂子：（白）我先去，你就來。

劉杭燕：（白）嫂嫂前行一步，小妹隨後就到。

嫂子：（白）你要來嚇。（嫂子下。）

劉杭燕：（白）只見嫂嫂去後，待我打掃洞房。嫂嫂等著，小妹來了。（劉杭燕下。）

【第二場】

（華雲、花媽媽、嫂子、劉杭燕同上。華雲哭。）

嫂子：（白）你到了此地，還要哭的什麼？

花媽媽：（白）著嚇！

嫂子：（白）媽兒娘後面吃飯。

花媽媽：（白）曉得了。我認真吃飽一飯，來捉他們的奸。（花媽媽下。）

嫂子：（白）小姑娘，你看什麼？

劉杭燕：（白）我家哥哥往哪裏去了？

嫂子：（白）你家哥哥，與人家打架未回。

劉杭燕：（白）嫂嫂將新人藏在奴的房中，去至上房，將新人身契文約偷將出來，明日放她逃走，豈不是一了之備？

嫂子：（白）好一個一了之備。我要去了。（嫂子下。）

劉杭燕：（白）與我走出去罷！去了他頭上的蓋巾。

華云：（白）噌嚇，妙嚇！

（慢板）有華雲在洞房用目觀看，小姑娘只生得亞賽天仙。
但願得蒼天爺心隨我願，我與她作一對並頭雙蓮。

劉杭燕：（原板）劉杭燕在洞房偷眼觀看，他只生得蓋世無雙。
明知道小華雲男扮女來，女孩家羞答答難以開言。
（白）嫂嫂請來見禮。

華云：（白）還禮。小生華……

劉杭燕：（白）「華」什麼？

華云：（白）小生華雲。只因那日梵王宮，相見一面，觀見小姐見愛。今日前來，與小姐做伴來了嚇！

劉杭燕：（白）我有心將終身大事，託付於你。到後來，不要忘了奴的好意。

華云：（白）若要忘了小姑娘的好意，死在亂箭之下。

劉杭燕：（白）言語太重了。你我拜什麼為媒？

華云：（白）現有桌臺為媒。請嚇！

劉杭燕：（白）請嚇！

華云：（搖板）拜過了桌臺為媒證，我與你做夫妻永不離分。

劉杭燕：（原板）來來咱夫妻上床安眠，好夫妻上牙床永不離分。（劉杭燕、華雲同下。）

（引王大錯《戲考》《梵王宮》劇本）

王大錯講：

「從來秦腔戲劇，本多隨意編串，無可考證，而於生、旦調情戲則尤甚。其節目劇情，大都皆從京劇、崑劇中穿插套取而成。」劇中主要人名起得很隨便，小生名叫華雲，好似《戰太平》中身帶箭傷的花雲。旦角則叫劉杭燕（或謂杏燕），也有叫為耶律含嫣或葉含嫣的，頗似外族姓氏，令人莫名其妙。劇本雖然浮淺，由於劇情歡快，給演員營造出豐富地創作空間，尤其相思待嫁一場，劉杭燕得知自己心中的情郎就要來到自己近前，朝思夜盼的願望就要實現，她急忙收拾屋子，蹬上椅子掛畫，對著鏡子梳頭、搽粉、換衣裳，這一連串的表演中，演員運用了一系列身段、技巧，把個春思外露的少女形象，演得活靈活現。

據民國史料記載：清末名伶楊翠喜最擅演這齣《梵王宮》，而且頗有創新，將旦角的煙視媚行表現得淋漓盡致，從而使《梵王宮》一劇的身價頓增百倍。她生就一副好嗓子，善度時尚小曲，在「協盛園」登場搬演《梵王宮》時，受到風流才子李叔同的大力吹捧。李叔同每天晚上都到「天仙園」為楊翠喜捧場，散戲後提燈籠陪著楊翠喜回家。不但為楊翠喜解說戲曲歷史，還為她說身段和唱腔。二人亦師亦友，相交甚篤。李叔同曾為其寫有《菩薩蠻》一首，以表真情：

燕支山上花如雪，燕支山下人如月；
額髮翠雲鋪，眉彎淡欲無。
夕陽微雨後，葉底秋痕瘦；
生怕小言愁，言愁不耐羞。

奈何，李叔同的一往情深，換來了失望的悲涼，當他由上海回到天津以後，楊翠喜已被小王爺載振量珠聘去。李叔同的癡情落空，促使他最終遁跡空門。

男旦賈璧雲亦擅演此劇，因為他的表演風格活潑孟浪，大膽誇張，竟將此劇演成了一齣少女思嫁，情急生瘋的程度，被列為「粉戲」。名士易順鼎詩中有一首詠賈璧雲的《賈郎曲》，其中有句云：

誰知豔質爭嬌寵，賈郎似蜀梅郎隴。
尤物同銷萬古魂，天公不斷多情種。

（引么書儀《晚清戲曲的變革》）

《梵王宮》陳素貞飾耶律含嫣

攝於二十世紀四十年代初

筆者一直沒有發現過京劇名家演出《梵王宮》的劇照。而豫劇名家陳素貞早年演出此劇的劇照到覓得一幀，現刊於此，以展其風采。陳素貞飾演的耶律含嫣（劉杭燕），內、外行無不欽佩。尤其，她在臺上掛畫、梳妝和更衣動作的敏捷俐落，無人堪比，曾贏有「甩大辮兒」的美譽。

《海潮珠》

《海潮珠》這齣戲近代已無人演出了，但在清代和民國時期十分流行。彼時由男旦飾演的女主角棠姜，在臺上十分風流放蕩，頗有「嬌縱放蕩，引誘良家子女」之嫌，故而，這齣《海潮珠》稱為「粉」戲。在清同治十三年（1874），政府曾明令禁演此劇，並將此禁令刊登於老《申報》上，曉諭全國。（見 1874 年 1 月 10 日《申報》第 2 頁《道憲查禁淫戲》）

《海潮珠》的故事出自《東周列國志》，書中描寫齊國宰相崔杼之妻棠姜豔美傾城，且又花月風流。齊莊公愚鈍無能，而又多情好色。他倚仗國君的地位，常宣召棠姜進宮，借機與之私通。後來，被崔杼察覺，心中甚是憤恨。但因身為臣子，敢怒而不敢言。於是萌生異志，意欲誅殺莊公，奪位謀國。為了達到這個目的，崔杼用重金賄賂了內侍賈豎充作內應。

一日，齊莊公大宴群臣，崔杼託病不往。不久，得到賈豎密報，稱齊莊公宴畢，將順道探看崔杼。崔杼馬上命棠無咎率士兵埋伏於府內，又命東郭偃及二子埋伏在府門以外。約定鳴鐘為號，屆時一起衝出，刺殺齊莊公。未幾，齊莊公果然來到，崔杼故意遣棠姜豔妝出迎。齊莊公一見棠姜神魂顛倒，未及交言，棠姜便匆匆進入內室迴避。齊莊公倚檻癡待，全然忘記自己是探病而來。癡情所至，還作了一首《望美人》歌。其歌未竟，府門內、外刀兵驟起。齊莊公破門而逃，登上後山園樓躲避。棠無咎引兵士將樓團團包圍。莊公哀乞不已，終被無咎所殺。

這齣戲的情節與原著略有出處，從劇本上就更強調棠姜的移情別戀，演員做起戲來，更加風騷。讀者可以從第四場戲的道白和演唱中見其端倪：

（齊王、太監、大夫、四龍套同上。）

齊王：（唱）內侍進府去傳稟，就說孤王駕來臨。

（大夫、太監同下。）

龍套甲：（白）門上哪位在？

（家院上。）

家院：（白）何事？

龍套甲：（白）大王過府探病。

崔杼：（白）為臣身有重病，不能迎接大王。

棠姜：（白）老爺身有病症，不能迎接大王。為妻倒也迎得。

崔杼：（白）你是婦道人家，如何迎得？

棠姜：(白）為妻受過三次誥封，可以迎得。

崔杼：(白）迎不得

棠姜：(白）迎得。

崔杼：(白）迎不得。

棠姜：(白）迎得迎得，迎得。

崔杼：(白）如此你與我迎、迎、迎。

棠姜：(白）好嚇。(唱）一見崔子說一聲，怎不叫人喜心中。

我這裡出府用目看，只見大王到門庭。

我上前雙膝跪倒地，叫聲大王把我封。

齊王：(搖板）叫聲梓童莫高聲，

（白）梓童！（搖板）牆裏講話牆外聽。但願崔子喪了命，

孤王封你昭陽宮。

棠姜：(原板）叩罷頭，謝恩情，謝過了大王把我封。

齊王：(原板）手挽手兒進府去，再對卿家說分明：

卿家得的什麼病，快對孤王說從頭。

崔杼：(導板）有崔子身有病不能迎駕，

（白）夫人，與大王打坐

棠姜：(白）曉得了，哎哎。

崔杼：(慢板）他二人竟還敢私自調情。本帥撩羅帳用目觀看。

（白）呔！（慢板）他二人果然有此心腸。

叫夫人攙扶我下床去，本帥見駕說分明。

（白）夫人攙我下床，迎接大王。

棠姜：(白）床下有風。

崔杼：(白）我不怕風了。

（搖板）崔子下床來假意栽倒，叫大王近前來細聽根苗：

倘若是為臣亡故了，撇下了我的妻無有下梢。

齊王：(白）卿家若是你死了，你妻有孤照應。

棠姜：(白）著嚇，撇下為妻，有大王照應。

崔杼：(白）不要你多言。

（搖板）叩罷頭來抽身起，他二人要想活轉世投胎。

齊王：(搖板）卿家但把心放定，孤王與你請名醫。

（白）卿家但放寬心，孤王回得朝去，請那太醫院，與你療病就是。孤王要回宮去了。

崔杼：（白）為臣身得重病，不能送駕大王。

齊王：（白）不用你送，不用你送。

棠姜：（白）老爺身得重病，不能送駕，為妻倒也送得。

崔杼：（白）你婦道人家，如何送得？

棠姜：（白）方才迎得就送得。

崔杼：（白）送不得。

棠姜：（白）送得送得。

崔杼：（白）如此你與我送、送、送。

棠姜：（快板）一見崔子來應允，怎不叫人喜在心。
手攙手兒出府去，咱二人到花園前去調情。

（棠姜拉齊王同下。）

崔杼：（搖板）站立二堂用目望，他二人到花園前去調情。
邁步且把花牆上，他二人來到看分明。
（棠姜、齊王同上。）

齊王：（唱）今日與你來調情，明日接你進宮廷。

棠姜：（白）我說你這個人嚇，哇哇哇！崔子回朝，就該將他斬首。為什麼還請太醫院，與他療病？

齊王：（白）我說你這個人嚇，噯噯噯！哪裏是與他療病，分明是下付毒藥，將他害死，你我不是長久夫妻麼。

棠姜：（白）這就好了。

崔杼：（白）好賤人！（眾人同下。）

（引自王大錯《戲考》第五冊《海潮珠》）

演到此處，崔杼已下定決心，追至花園，將棠姜和齊莊公先後殺死。接著率領兵丁要殺宮謀位。但在百官的規勸下，他改為扶保新主登基，全劇乃終。

從劇本上來看，並看不出什麼七葷八素的內容，關鍵在於臺上的演員怎麼表演。劇中人棠姜係花旦、潑辣旦應功，齊王為大丑應功，二人在臺上飛眼弔膀，戲謔調情，尤其，還有很多親昵摟抱的動作。為此，這齣戲就成了「粉戲」，為時風所不容，在清末屢遭禁演。進入民國以後，此戲自動解禁。

據說滬上以梆子名旦崔靈芝和京劇名丑馬飛珠，演出此劇最為火爆，每貼必滿，享譽殊隆。到了三十年代，筱翠花、馬富祿二人也時常貼演此劇，在內容、場次和化妝方面都做了許多改變。

《海潮珠》劇照

攝於三十年代末

筱翠花飾棠姜、馬富祿飾齊莊公。二人從內容、場次及化妝方面都做了很多改變，使這齣戲變得更加好看。但是出於多種原因，二人很少貼演。這幀劇照亦是張很罕見的史料。

《蕩湖船》

《蕩湖船》也稱《五湖船》，戲名是依南方河湖港汊中人們慣用的篷船或採蓮船叫起來的。

所謂「蕩湖船」，在北方則叫「跑旱船」，原本是一種家喻戶曉的民間舞蹈，也是民間社火、走會時經常演出的節目。每逢春節、元宵等傳統節日，地方佛寺的香期廟會，「蕩湖船」必會往來穿梭於人海之中，給人們帶來興奮和歡樂。這種舞蹈一般是由一男一女表演，女的居於船中，稱為「娘子」，男的持篙或是船槳，稱作「白跳」。二人扮作夫妻，載歌載舞，搖曳而行。也有的把撐船的男子當作丑扮，舞蹈中與船娘插科打諢、調笑逗趣，還有許多小故事穿插其中。

這種形式的表演出現的很早，在宋代便有了雛型。後來，旱船的製作樣式越來越豐富，有的形似鯉魚，有的形如烏篷，周遭飾以綢緞帳幔、流蘇絡纓，花團錦繡十分好看。表演的人數也發展到三人、四人不等。另有一支樂隊，在船後伴隨舞蹈，一邊走一邊演奏。曲調多是民間流行的山歌、採茶調、五更調，唱詞良莠不齊，有新有舊。

「蕩湖船」的表演原本沒有固定臺詞，靈活自由，也不受場地限制，演員模擬駕舟動作，時緩時急，任意發揮。身段有蕩步、浪步、十字步、矮子步、鯉魚翻身、金鯉甩尾等。動作上分為「武蕩」和「文蕩」兩種，「武蕩」包括蕩船、撐船、划船、搖船，中間雜以道白，演唱則在「文蕩」中進行。此舞以「蕩」為主，要求女演員角腳步穩健、輕提輕放；腕力均勻，支配得當；腰身靈活，隨船蕩漾。男角表演的幅度大，熱情奔放；使篙使槳，有柔有剛，動作靈活多樣；而旦角動作較小，扭腰擺臀，以情色為主。舞起來一問一答，一唱一和。跑圓場、穿花、三疊浪、龍擺尾，生動活潑，煞是好看。

清季道光之前，蘇灘成為上海流行的一種主要曲種，並以熱鬧風趣自成風格，常在京、滬、杭等地演出。他們率先把「蕩湖船」改編成一齣玩笑戲搬上了舞臺，並成為流行一時的節目。管可壽齋刊刻的《申江名勝圖說》記載：

> 小桂鳳，天仙部中名優也，最愛唱《蕩湖船》一曲，柔情冶態，刻意描摹，雖盛名鼎鼎如周鳳林、吳蘭仙諸人，亦自歎弗及。

後來，《蕩湖船》被京劇移植，久演不衰。連「同光十三絕」中的朱蓮芬也都擅演此劇。光緒年間，林步青與京、崑劇演員周鳳文、何金壽、小桂枝等，常在丹桂茶園、新舞臺合演京崑小戲，並在幕間化裝表演蘇灘段子，如

《馬浪蕩》、《蕩湖船》、《賣橄欖》等，唱得十分火熱。

改編成戲的《蕩湖船》，故事情節也很簡單，演述常熟游手好閒的紈綺子弟李君甫，因賭敗家，在外生計無著，從蘇州乘船回家。沿途與船娘龍德官唱曲調笑。對話滑稽詼諧，妙趣橫生。龍德官穿插演唱，並被點唱各種小曲。船至常熟，李君甫登岸，龍德官則駕船返回蘇州。

這齣戲在乾隆時代就已流行，光緒年間，崑劇名旦周鳳林為了使戲更加火實，將劇情改為：布商李金富夏日乘涼，乘坐畫舫在西湖遊覽。他見船娘美貌動人，故意搭訕，向她們吹噓起自己如何販布、如何發財的經過。彼時，另有一位名叫大明亮的外鄉人也來遊湖。他站在湖邊，看著湖中的畫舫和嬌美的船娘，對李金富的豔福垂涎欲滴。此時來了兩個騙子，他們把望遠鏡借給了大明亮，叫他遠觀秀色，以飽眼福。大明亮手持望遠鏡正看得入神，兩個騙子乘其不備，順手牽羊，把大明亮的衣服、帽子及隨身財物悉數偷走。

全劇以小旦、小丑擔綱表演，丑角念蘇白，身段和表情最為吃功。劇中的小曲來自吳地民歌，婉轉流暢耐聽。特別是其中一首《蕩湖船調》，更是不脛而走，萬口流傳。梅蘭芳也演過船娘一角，為了使音樂更有趣味，他還建議樂隊創新了京二胡。有文章稱：「二十年代末，梅蘭芳在上海演《五湖船》時，感到伴奏的音樂枯燥單調，缺少一種有厚度的中音樂器的襯托。當時為其伴奏的琴師王少卿與京胡老藝人洪廣元研究試製，將『蘇州灘簧』二胡去頭截尾、去掉音窗和改蒙蛇皮後，就產生了京二胡。」。

至於丑角，在民國時期以蕭長華演得最好。顧曲家張伯駒先生有詩讚曰：

> 高懸白日映紅蓮，翠蓋遮來水底天。
> 惟有蕭家能此曲，納涼遙望蕩湖船。

> 並在注釋上說：「《蕩湖船》中丑角扮紹興師爺戴眼鏡，穿紗馬褂，紗長衫，白口須說紹興話。惟蕭長華能之，余曾觀之。」
>
> （引張伯駒《紅毹紀夢詩注》）

迄今，有勝利公司在二十代發行的唱片《蕩湖船》一面行世，係蕭長華的遺音。據說在《蕩湖船》濫觴之時，不少演員為了贏得劇場效果，加了許多下流的調笑和酸曲小調，將《高粱地》、《十八摸》也摻雜其中，肆無忌憚地唱了起來。因此，《蕩湖船》一直被視為「粉戲」、「淫戲」而不准上演。

臺灣的張繼光教授在《臺灣歌謠欣賞》的《十八摸》一節介紹說：

> 《十八摸》源自清初以前即已流傳的行船號子，其後才衍生出

> 如《倒扳槳》、《蕩湖調》、《鬧五更》、《算命曲》、《倒十郎》、《盤茶調》、《織絹調》等曲牌名及同宗變調來。臺灣客家之《十八摸》，在曲調及曲文方面都明顯與大陸流傳《十八摸》同出一源，不過也已產生具地域性之風格特色。

其實《鬧五更》、《倒扳槳》等曲調未必跟《十八摸》同出一源，但《十八摸》跟《蕩湖船》有淵源關係，則是千真萬確的。

《蕩湖船調》雖然漸變為《十八摸》而臭名昭著，但是在民國期間，這個《十八摸》曲調還曾被用來「為無產階級政治服務」。據《寶應縣志》記載：早年，中共寶應縣宣傳部曾給這隻曲子重新填寫了新詞，創作出革命歷史歌曲《光明與黑暗》、《三不四要歌》等，並用油印本大量發行，在特定的歷史時期，化腐朽為神奇，起到了鼓舞革命志氣的作用（見《江蘇文史資料》之《寶應文史資料》）。

《雙蕩湖船》

清代蘇州木版年畫

此圖為清末蘇州木版年畫《雙蕩湖船》，其中的丑角人物李金福是一個大布商，勾小花臉，八字鬚、戴黑邊眼鏡，頭戴黑緞子瓜皮紅疙瘩帽，身穿長袍馬褂，內穿萬字不到頭的黃緞子褲，繫紅褲腰帶（說明劇中人物正在過本命年）。裹腿，蹬福字履，領後插一把摺扇，是在夏日遊湖。李金福單腿跪式，一手幫船娘搖櫓，另一手置於船娘身後，顯然要「吃豆腐」，臉上一副色眯眯的神態。

《辛安驛》

《辛安驛》，亦名《新安驛》，原本是一齣梆子經常貼演的戲。故事源於何處，最早演於何時，均已失考。從現存的《清宮戲畫》上推斷，這齣戲在咸豐以前就已進宮獻演了。荀慧生先生係梆子坐科，從小從師傅那裡學會了這齣戲，也常以梆子的形式唱過。後來，梆子式微，他改學了京劇，成名之後，為了豐富自己的演出劇碼，就把梆子《辛安驛》移植為京劇了。1926 年 3 月 3 日，他在上海大新舞臺首次貼演此劇，大獲成功。從此，《辛安驛》就成了一齣「荀派」的代表作，每貼必滿，影響很大。

這齣戲的故事挺有趣，寫的是明代忠臣趙某因主持正義、彈劾奸黨，被嚴嵩殺害。其子趙景龍在廬山聚義，與朝廷抗爭。其妹趙美蓉、趙雁蓉二人亦逃出家門，欲往廬山尋找兄長。為了便於行路，趙雁蓉喬裝男子，易名羅雁，與美蓉佯做兄妹，夜宿辛安驛旅店之中。店主李氏與女兒周鳳英也是曾遭嚴嵩陷害的官家眷屬，她們出於無奈，隱姓埋名，開了一家黑店，專以截掠客人為生。店女周鳳英自幼習有武藝，且年已及笄，尚未出嫁，急切謀求夫婿。這一日，見到來店投宿的羅雁生得俊雅不凡，就強邀與他成親。待入了洞房之後，方知羅雁是一女子。正在爭吵之間，正好趙景龍下山尋訪妹妹，也宿於辛安驛內，兄妹們得以相逢。經過一番周折，最後趙景龍與「女強盜」周鳳英結成夫婦，兩家人一同奔赴廬山去了。

這齣戲的結構和表演十分獨特，極富喜劇色彩，周鳳英的扮相就令人忍俊不已，因為她是個殺人越貨的女強盜，上場時帶著紅髯子，手中拿著一把大刀，反串大花臉，狐假虎威、虛張聲勢。一見羅雁頓生愛慕，強迫成婚。洞房中又發現她是個小腳女人，頓生驚詫，如此跌宕起伏，時男時女、時生時旦，加之演員誇張的表演，自然會引發強烈的劇場效果。如《洞房》一場：

（趙雁蓉欲開門，周鳳英攔住，開門四看，返身關門，與趙雁蓉推磨。趙雁蓉蒙頭假睡，周鳳英用簪子紮趙雁蓉手，趙雁蓉醒。）

周鳳英：（南梆子）為什麼洞房中獨坐不眠？

　　　　（白）郎君安歇了吧。

趙雁蓉：（白）我一個人睡慣了。

周鳳英：（白）如此郎君請到床上安睡，我在椅兒上獨坐一宵。

趙雁蓉：（白）使得的麼？

周鳳英：（白）使得！

趙雁容：（白）不恭了！

（西皮散板）她那裡夫妻情十分眷戀，

緊衣衫提防她任意胡纏。

（趙雁容入帳。）

周鳳英：（白）我看他待我十分冷淡，這姻緣有些錯了！有了，待我上得床去，與他脫去衣履，同入羅幃，看他怎樣待我？

（散板）好姻緣已成就豈能拆散，

我與他脫去了朱履衣冠。

到此時顧不得羞慚滿面，

（周鳳英仔細看趙雁容，發現耳朵眼兒，無喉結，不似男子，疑心，與之脫靴，驚。）

周鳳英：（白）哎喲！（散板）卻因他也是小小金蓮？

（白）媽呀！了不得啦！

（周鳳英撞門，開門急下。）

（引自荀慧生演出本《辛安驛》）

這樣的劇本給演員營造出許多創作的空間，稍一過火，自然就成了「粉戲」。荀慧生先生說：「我十一、二歲學梆子時即開始演出，可說是我走上藝壇最早的演出劇碼之一，唱做方面曾得我太老師十三旦侯俊山先生親自指點教導。此戲情節頗具風趣，自成一格，不落窠臼，而且表演動人，後來我改演京劇時，就把它從梆子移植改編，並就原本增添首尾：前面增加趙景龍廬山入夥，趙氏全家遭陷，趙美蓉主僕脫難，神賜羅雁金鐘罩法寶和周鳳英母女辛安驛開店等場；後面補充周鳳英、趙美蓉等同上廬山聚義，周鳳英二次洞房與趙景龍成婚等大團圓情節。此改編本於一九二六年三月三日在上海大新舞臺首次演出。我自飾周鳳英，馬富祿飾李氏，金仲仁飾趙景龍，高秋顰飾趙美蓉，王芸芳飾羅雁。演出效果頗佳，此後數十年，一直如此上演，未作更動。」

解放以後，荀慧生年事漸高，身體發胖，就不動這齣戲了。他的弟子趙燕俠承其衣缽，把這齣戲演得更加繪聲繪色，極盡火爆，每每以此「打炮」，十分叫座。不過，在五十年代，人民的思想覺悟和審美情趣發生了很大變比。加之全國正在貫徹「戲改」，趙燕俠一度成了「專演粉戲」的代表人物，招來了輿論和報刊的一致批判，有的地方還封了場子，禁止趙燕俠的演出。吳晗在《前線》上撰文《論戲劇改革》，專門批判了這齣「粉戲」。他說：

> 建國以來，戲劇改革工作取得了很大的成績。特別是從貫徹百花齊放的政策以來，各地方劇種紛紛含苞吐豔，劇壇上萬紫千紅，走上了有史以來所從未有過的百花齊放時代。成績是肯定的，但是，戲劇改革工作還遠遠沒有完成，許多傳統劇碼程度不同地存在著毒素，或者不健康的東西。隨便舉幾個例子：如《辛安驛》原來的本子據說有黃色趣味，新本子把這些去掉了，乾淨些了，這當然很好。但是，從演出效果看，還有不少問題，需要繼續地改。一個開黑店的女孩子，在發現了被她麻醉倒的旅客是個美貌男人之後，一見傾心，把他弄醒，就要結婚。男的百般推阻，女的又百般挑逗，最後才發現這個男人是女扮男裝的，就大生其氣。一會兒又來了一個真男人，是女扮男裝者的哥哥，她又和這男人結婚去了。成年的女孩子，一看到長得好一點的男人就要嫁，而且馬上就成親，弄錯了一個，又偶然碰到第二個，這種饑不擇食的情節，對今天的未婚青年男女來說，有什麼意義？起的什麼效果？這是值得戲劇工作者認真考慮的問題。劇本已經開始改了，好一些了，但是還需要繼續努力，再接再勵，不可中途而止。
>
> 至於觀眾，大家是渴望改革的，對演壞戲是不滿意的。也許有少數人會說，某些觀眾對原來的傳統戲聽慣了。愛聽，因此，可以不改，這條理由是站不住腳的。我們不能遷就少數觀眾的這種落後情緒，應該從廣大群眾的需要出發，從文藝的戰鬥和教育作用著眼，在百花齊放、推陳出新的方針指導下，認真把戲劇改革工作抓起來。
>
> （原載《前線》，1963 年第 12 期。）

為此，趙燕俠在報紙上寫了深刻的檢討，表示定與「粉戲」劃清界線，「做一名革命的文藝戰士」。她對《辛安驛》進行了重新整理，努力把周秀英刻畫成一個有愛恨分明的英雄角色。唱腔也重新設計，減弱了周鳳英的「思春」的表演，考慮到她年已長成、而未出閨閣，表演中以嚮往鼓樂喧天、花轎迎娶等方式，來描摹未婚少女閨思心情，不再沿用一般戲中習見的少婦思春手法。「殺店」、「洞房」等場，也適當增加舞蹈身段，以烘托氣氛，強調可視性。儘管如此，隨著國內政治氣溫的增高，《辛安驛》還是自動禁演了。趙燕俠徹底革命了，全心思地去唱「樣板戲」去了。

正當舉國大唱八個樣板戲的時候，毛澤東突然提出，全國就演八齣戲怎麼可以哪！指定文化部把一些傳統老戲拍成電影，《辛安驛》亦在其中。當團領導讓趙燕俠恢復排演這齣戲的時候，嚇了趙燕俠一跳，怕上當受騙，死活不演周鳳英。經過上級反覆做工作，說有中央的指示，保證不會再受批判，趙燕俠才應了下來。

這齣掛了十幾年的《辛安驛》，於 1976 年拍攝完畢，趙燕俠飾周鳳英，蕭盛萱飾周母，宋丹菊飾羅雁，李翔飾趙美容，鈕榮亮飾荀陰陽。從保存至今的影片來看，趙燕俠的演出則顯得分外拘謹，不那麼自然了。

李玉茹在《新安驛》劇中飾演周秀英

此劇照攝於 1940 年

這齣戲的結構和表演十分獨特，極富喜劇色彩，周鳳英的扮相就令人忍俊不已，因為她是個殺人越貨的女強盜，上場時帶著紅鬍子，手中拿著一把大刀，反串大花臉，狐假虎威、虛張聲勢。一見羅雁頓生愛慕，強迫成婚。洞房中又發現她是個小腳女人，頓生驚詫，如此跌宕起伏，時男時女、時生時旦，加之演員誇張的表演，自然會引發強烈的劇場效果。

《貴妃醉酒》

《貴妃醉酒》這齣戲源於乾隆年間的花部亂彈《醉楊妃》，又名《醉妃》、《醉酒》、《玉環醉酒》或《百花亭》。據彼時刊行的《燕蘭小譜》記載，乾隆年間保和部的名伶雙喜官就擅演此戲。

「雙喜官，保和部，姓徐氏，江蘇長洲人，亦隸貴邸，與四喜並寵，歌音清美，姿首嬌妍。弱冠後，頎長堪憎，顧景自傷。嘗演《玉環醉酒》，多作折腰步，非以取媚，實為藏拙。其心良苦矣。歌樓評四喜曰『妖』，雙喜曰『高』即長也，可以窺其優劣也。而聲技之佳，徵歌舞者猶流連於齒頰云。」有詩讚之：

芙蓉瀲瀲泛秋江，贏得佳名並蒂雙。
一朵彩雲欣出岫，美人聲價重南邦。

（清吳太初《燕蘭小譜》）

看來，這齣戲的表演，從來就有或「妖」、或「高」的評論。「妖」，則近於「粉」，「高」，則趨於「雅」。後來，這齣戲從「絃索調」改為漢劇，又從漢劇移植為京劇，最終成為近代「梅派」的代表劇碼，也是京劇大師梅蘭芳先生傾盡畢生心血、精雕細刻的拿手傑作。

故事情節並不複雜，寫的是唐明皇寵妃楊玉環，原與明皇約定在百花亭飲筵。貴妃久候明皇不至，後來方知，明皇早已轉駕西宮，到梅妃那裡去了。貴妃羞怒交加，萬端愁緒無以排遣，遂命高力士、裴力士添杯奉盞，悵然獨飲。須臾沉醉，自怨自艾，最後，獨自悻悻回宮。楊貴妃一出場唱［四平調］，層層描繪出楊玉環在百花亭設筵，等待李三郎時的歡悅心情。

楊玉環：（唱）海島冰輪初轉騰，見玉兔，玉兔又早東升。
那冰輪離海島，乾坤分外明。
皓月當空，恰便似嫦娥離月宮，奴似嫦娥離月宮。
好一似嫦娥下九重，清清冷落在廣寒宮，啊廣寒宮。
玉石橋斜倚把欄杆靠，鴛鴦來戲水，金色鯉魚在水面朝。
啊，水面朝，長空雁，雁兒飛，哎呀雁兒呀，
雁兒並飛騰，聞奴的聲音落花蔭，
這景色撩人慾醉，不覺來到百花亭。

結果，皇帝不來了，而且又駕轉西宮。一瞬時，楊玉環的心中五味齊湧，悲傷悽楚俱上心頭。面對薰風淡月，獨酙「合歡酒」，自飲「通宵酒」，自憐自

艾地唱道：

楊玉環：（唱）通宵酒，啊，捧金樽，高裴二士殷勤奉啊！

人生在世如春夢，且自開懷飲幾盅。

接下去，演員通過一系列優美的歌舞動作，嗅花、折花、憐花；細緻入微地將楊貴妃從期盼、失望，到孤獨、怨恨的複雜心情。例如，貴妃前後三次的飲酒動作，層層遞進：第一杯是用扇子遮住酒懷緩緩而啜；第二杯是不用扇子遮面，而急速快飲；第三杯，則是一飲而盡。所以如此，是因為開始還怕宮人竊笑，故作矜持；但酒入愁腸之後，百感交集，愁上加愁；吃過三杯以後，酒已過量，心中的懊惱、嫉恨、空虛、悲憤、淒涼，一股腦地渲泄出來。三次「銜杯」，也將楊貴妃從初醉、微醉，逐漸發展到醺醺醉意，遂將楊貴妃驕縱任性和放浪的性格，一絲不漏地表現出來。當楊貴妃無奈地唱道：「這正是酒不醉人人自醉，色不迷人人自迷！啊，人自迷」時，若依舊本，她在恍惚之中，忽然想起了自己的情人安祿山。又將高力士當成了自己的面首，百般調笑。待到明白自己看錯了人時，失意、懊惱復上心頭，悲涼失意地唱道：

楊玉環：（唱）安祿山卿家在那裡？

想當初你進宮之時，娘娘是如何的待你，

何等的愛你？到如今一旦無情忘恩義，

我與你從今兩分離。去也，去也，回宮去也。

惱恨李三郎，竟自把奴撇，

撇得奴，挨長夜，只落得冷清清獨自回宮去也！

（以上唱詞引自民國舊抄本《貴妃醉酒》）

據《燕塵菊影錄》記載，清咸豐、同治年間，漢劇名伶月月紅挾技來京，加入四喜班，最拿手的劇碼就是《貴妃醉酒》，基本上形成了現在京劇演出本。月月紅的傳人是京劇名旦路三寶，他演的《貴妃醉酒》曾經膾炙人口，風靡一時。其表演偏向色情，貴妃酒醉後，與高、裴二力士調情，動作猥褻、格調低俗。自保和部的雙喜官、四喜班的吳鴻喜，到清末的路三寶、余玉琴，雖說各自都有不同的演法，但都以「情色」為主。因之這齣戲一直被冠以「粉」戲。同治年間，這齣戲也被列入《永禁淫戲目單》，是不准伶人演出的。

民國以後，這齣戲開禁，梅蘭芳、筱翠花、荀慧生三人的《貴妃醉酒》，雖說都是路三寶親授。但由於三個人的條件、特長和表演風格不同，就逐漸發展成為三種不同的流派。路三寶演《醉酒》是踩蹺的，于連泉（筱翠花）和荀慧生也是踩蹺登場。筱翠花的做工細膩，身段婀娜美妙，但嗓子不佳，所以他的《醉酒》是以做工和身段見長，但表演比較妖冶輕佻，煙視媚行，趨於香豔粉色。

荀慧生的《醉酒》風格比筱翠花柔婉，身段嫋娜嬌媚，腰腿工夫堅實深厚，但「荀派」的特色更適於嬌巧玲瓏的閨閣少女，扮演儀態萬方的楊貴妃並非所長，所以他在中年以後很少演出此戲。

唯獨梅蘭芳將該劇進行了重新整理，經過多年不斷加工，刪去了不少黃色齷齪的表演，去掉了楊玉環春心蕩漾，思念情人安祿山的情節，把唱詞改為：

「楊玉環今宵如夢裏，想當初你進宮之時，
萬歲是何等的待你，何等的愛你；
到如今一旦無情明誇暗棄，
難道說從今後兩分離。去也，去也，回宮去也。
惱恨李三郎，竟自把奴撇，
撇得奴挨長夜，只落得冷清清獨自回宮去也！」

（以上唱詞引自《梅蘭芳演出劇本選．貴妃醉酒》）

只改了幾個字，運用了「四兩撥千金」的手法，便刪去了色情表演的依據，塑造出一位雍容華貴、切合身份的楊貴妃的形象。恰如其分地刻畫了楊貴妃在特定情景中的抑鬱幽怨，再現了她困苦無依的內心世界和精神狀態，使《貴妃醉酒》一劇變得面目一新。

但是，不少旦角在演出此劇依然襲循舊路。以至到了五十年代，《人民日報》刊登的戲改文章，依然將這齣我定為「不健康的色情」劇碼。後來，文化部決定拍攝電影《梅蘭芳的舞臺藝術》時，拍不拍《貴妃醉酒》依然有很大的爭議。最終，還是請示了國務院，由周恩來親自批准通過，這齣戲才摘掉「粉」戲的帽子。

清代戲劇中穿宮裝的旦角

清昇平署戲裝扮相譜

《貴妃醉酒》一劇原名《醉妃》，後稱《醉酒》，自梅蘭芳演出此劇時，始名《貴妃醉酒》。從這幀清代昇平署戲劇人物畫中，身穿宮裝的旦角形象與近代舞臺上楊玉環的形象已十分接近了。

《醉酒》劇照余玉琴飾演楊玉環

攝於清代末年

余玉琴（1867～1939），名潤卿，字蘭芬，號紅霞，小名莊兒。晚清至民國中期的著名京劇花旦演員。余玉琴是擅演武淨的余順成幼子，自幼隨父學戲，後投名旦夏天喜為師，藝成到上海搭班。《粉墨叢潭》記其初次登場情況說：「甲申（光緒十年——1884年）六月，玉琴初至申江，於丹桂戲園演《畫春園》、《白水灘》、《泗州城》，尤工《跑馬賣藝》，鶯捎燕舞，錦簇花團，燈下觀之，幾令人神搖目眩，及扮《海潮珠》之崔杼妻，《鐵弓緣》之秦夫人，冶態欺花，真優孟之全才也」。這幀照片是余玉琴飾演楊玉環的舞臺照，已歷百年歲月的磨洗，猶能看出他在表演中全神投入的精神狀態。

《拾玉鐲》

《拾玉鐲》，一名《買雄雞》，又名《孫家莊》。民國時期，這齣戲一直被稱為「粉戲」。到了解放初期的五十年代，這齣戲雖然沒被列為禁演劇目，但屢遭《中國青年報》、《北京日報》和上海《文匯報》的批判。擅演此戲的趙燕俠曾為演這齣戲在報紙上寫過深刻檢討。

這齣短劇的故事情節很簡單，寫明朝陝西孫家莊賣雄雞的孫氏，因有事外出，她的女兒孫玉姣獨自坐在門前繡花，被閒遊至此的少年傅朋看到。傅朋愛上孫玉姣，借買雄雞為名和她說話。孫玉姣也被傅朋的瀟灑多情所打動，產生了愛慕之意。傅朋故意將一隻玉鐲丟落在玉姣家的門前，揚長欲去。孫玉姣拾起玉鐲，表示接受了傅朋的情意。此事恰被劉媒婆看見，她借故走進孫玉姣家中，審出玉鐲的來龍去脈，並且說破了玉姣的心事。遂後索要了玉姣的一隻繡鞋，作為定情之物擬轉交傅朋，從中撮合，成全她二人的好事。玉姣千恩萬謝，別了劉媒婆，靜候佳音。

孫玉姣由花旦飾演，傅朋由小生飾演，劉媒婆由彩旦飾演，是一齣小生、小旦、小丑的「三小戲」。孫玉姣是個情竇初開的小姑娘，天真、活潑，多情、愛美，乍遇風流少年，經不住眉來眼去的誘惑，春心萌動，拾起了玉鐲。舊本中有很多庸俗的道白和表演。在孫玉姣拾鐲和劉媒婆追問玉鐲來歷的兩場戲中，充滿了調笑、幽默、庸俗和風趣的噱頭，表現了一個小戶人家少女初戀時的朦朧、嬌羞的神態，也描寫了一個老不正經的老虔婆，蠱惑、誘騙少女，從中漁利的不良勾當。

孫玉姣一出場念［引子］：「愁鎖雙眉頭，終日裏，針黹懶繡。」歸座後，念［定場詩］：「淚濕衣衫袖，新愁加舊愁。摽梅期已過，見人面帶羞。」由此，奠定了這一人物的表演基調，演員運用舞蹈性很強的程序動作，細緻地刻畫了孫玉姣喂雞、刺繡、遇傅、窺傅、拒贈、窺鐲、拾鐲，以及閨中少女心中諸種喜悅、恐懼的矛盾心情。小生則有遇豔、驚豔、戲豔、贈鐲、丟鐲等一系列調戲少女的表演。這些表演如果分寸失當，自然會把戲帶入「粉」色的境地。

1952 年，桂劇將《拾玉鐲》改編成一齣輕喜劇，把孫玉姣和傅朋寫成一對「自由戀愛」少男少女，把劉媒婆改寫成一位古道熱腸的老媽媽，參加了第一屆全國戲曲觀摩演出大會。得到了文化部的首肯，評為二等演出獎。翌年，京劇也照這個路子修改了劇本，算是把這齣戲保留了下來。

這齣戲也是一齣花旦的「開蒙戲」，大凡學花旦的演員均要先學此劇。六十年代，江青到中國戲曲學校進行戲曲「調查」時，看到戲校的小學員在表演這齣戲就十分憤怒，馬上上綱上線，說道：「資產階級的教育方針，就是要毀壞我們的下一代，用色情表演來損害孩子們的幼小心靈。」（見《江青同志在文化大革命中的講話》）從此，這齣戲便被封殺而絕跡舞臺了。

其實《拾玉鐲》是《全本法門寺》中開場的一折，經常與《朱砂井》、《法門寺》、《大審》等連演。《拾玉鐲》接下來的故事很長，劉媒婆見傅朋給孫玉姣玉鐲，就向玉姣要來繡鞋，答應為她二人撮合。媒婆歸家之後，繡鞋被她那殺豬為業的兒子劉彪發現，頓生歹意，便拿了繡鞋去訛詐傅朋。二人在街上爭執不休，地保劉公道從中勸解，劉彪記恨在心。是夜劉彪酒醉，夜至孫家莊，擬找玉姣尋釁，誤將孫玉姣的舅父舅母殺死，並將其中一個人頭拋入劉公道院內。劉公道膽小懼罪，將人頭擲入朱砂井中，不想被長工宋興看見。劉公道怕他走露風聲，便又打死宋興滅口。

孫家莊命案事發，梅塢縣縣令趙廉將傅朋屈打成招，押入獄中。宋興之父宋國士到縣衙告狀，也被押入獄中。國士之女宋巧嬌早已與傅朋訂有婚約，她用酒灌醉劉媒婆，從她的口中得知事實原委，乘大太監劉瑾侍候皇太后到法門寺降香之時，前往上告。太后准狀，劉瑾責令趙廉覆查，終使真相大白。劉瑾複審以後，將劉彪、劉公道、劉媒婆斬首，並且奉了太后之旨，將孫玉姣、宋巧姣賜與傅朋為婚，全劇乃終。

《法門寺》，一名《郿塢縣》，亦叫《雙姣奇緣》，是一齣生、旦、淨、丑各展所長的合作戲，自京劇誕生的二百餘年來，久演不衰。這齣戲原本出自秦腔，之所以頗受慈禧太后的喜愛，是伶人投其所好，把劇中的皇太后塑成一位慈眉善目、十分和藹可親、通情達理、關愛青年的老太太的緣故。

《法門寺》這齣戲雖好，但也有許多令人費解之處，比如法門寺降香的地點在陝西省扶風縣，而正德皇帝、太后和劉瑾身在北京，兩地相距兩千餘里。讓一個白髮蒼蒼的老太君到那裡去禮佛降香，豈不荒謬絕倫。有人翻閱北京史志類書籍，查訪到了法門寺原形為法王寺，在北京西直門外不遠的高亮橋一帶。明代以後凡出宮養老的太監大都在此居住，頤養天年，寺名只有一字之差，想是藝人以訛傳訛，釀成誤謬。

京劇表演藝術家劉秀榮對《拾玉鐲》這齣戲下過許多工夫，數十年間，反反覆覆地進行了修改，刪去了許多不健康的色情表演，生動地刻畫出一個純潔、善良小家碧玉的少女形象，深受廣大觀眾的歡迎。文化大革命後的 1989 年，筆者在報社工作期間，曾出資為劉秀榮主辦過「從藝四十五週年紀念演出」活動。劉秀榮和她的愛人張春孝在人民劇場演出了《拾玉鐲》、《虹霓關》、《投軍別窯》和《斷橋》四齣折子戲。可以說璧玉無暇，齣齣精彩。尤其《拾玉鐲》一劇，劉秀榮飾演孫玉姣，張春孝飾演傅朋，劉秀榮的哥哥劉長生飾演劉媒婆，三個人的表演珠聯璧合，天衣無縫。是一齣無可挑剔的藝術精品，後來，還被拍成彩色戲曲片，成為後學的藝術經典。

《拾玉鐲》劉秀榮飾孫玉姣

攝於 1989 年

京劇表演藝術家劉秀榮對《拾玉鐲》這齣戲下過許多工夫，數十年間，反反覆覆地進行了多次修改，刪去了不健康的色情表演，生動地刻畫出一個純潔、善良小家碧的少女形象，深受廣大觀眾的歡迎。文化大革命後的 1989 年，筆者在報社工作期間，曾為劉秀榮主辦過「從藝四十五週年紀念演出」活動。其中有《拾玉鐲》一劇，劉秀榮飾演孫玉姣，張春孝飾演傅朋，劉秀榮的哥哥劉長生飾演劉媒婆，三個人的表演珠聯璧合，天衣無縫。是一齣無可挑剔的藝術精品，後來，還被拍成彩色戲曲片，成為後學的藝術經典。

評　劇

《賽金花》

賽金花，近代史中實有其人，但是，人們對她的評價頗有爭議。一說，他在八國聯軍進北京時，由於她與聯軍司令瓦德西的關係，有「一言止殺」之功。另有人說，她向洋人「投懷送抱」、「迎奸賣笑」，給中國人丟盡了面子，是個應該唾棄之人。文學家劉半農曾為她著書立說，豎碑立傳；而魯迅先生則把她罵得一錢不值。三十年代，文藝舞臺上出現了一陣「賽金花」熱，話劇演，京劇演，劇演，評劇也演，後來還拍成了電影。

賽金花是安徽人，名趙靈飛。從小生得窈窕風流，好風月，穿梭於秦淮河的花船之上，化名「傅彩雲」，以操歌賣笑為業。同治七年，出身蘇州的洪鈞中了狀元，娶她做了三姨太。光緒十四年，洪鈞帶賽金花入京，奉命出使歐洲，先後訪問了德、奧、俄、荷四國。賽金花憑著她天生的交際才能和東方女性的溫柔，在歐洲的上層社會出盡了風頭，從中結識了德國陸軍中尉瓦德西。光緒十六年，洪鈞回國後，染病逝世。賽金花被逐出洪府，重操舊業。在北京前門外重張豔幟，開起了風月場。不久，八國聯軍打入北京，慈禧攜光緒西逃。八國聯軍司令就是瓦德西，賽金花得識舊友，憑著和瓦西德的關係，解決了不少中外糾紛，也保護了不少平民百姓。其實，這些關於賽金花與瓦德西的交往，以及「一言止殺」之功，都是里巷傳說，與史實並不相符。

《辛丑條約》簽訂後，慈禧太后與光緒皇帝由西安回鑾，眾大臣競相請功。洪鈞的同窗好友孫家鼐，以為賽金花勾結八國聯軍，造成「莫大恥辱」，就把賽金花逐出京城。當時賽金花年近四十，餘韻尚存，就反穿羅裙嫁給了恩客魏斯靈。曾樸以她的一生為原型，撰寫了一部小說《孽海花》。《賽金花》一劇，就是從以上的情節中剪枝修蔓，編寫而成。一經公演，人群爭睹，好不熱鬧。輿論評價不一，喜歡的，大肆吹捧；不喜歡的，罵她賣國，又與外國人勾勾搭搭，是一齣「奇粉無比的淫戲」。

1927 年秋，民國政府的首都由北京遷往南京，北京改為「北平特別市」，成立有專門管理戲劇的審查機構——北平市戲曲審查委員會。擬定了《北平市戲曲審查委員會規則》，經北平市政府第 176 次市政會議將「規則」改為「章程」後，開始正式施行。該會屬於北平市社會局所轄，會址設在社會局所在地集靈囿。委員會聘任北平特別市政府官員何元瀚、袁祚獿、朱福庚，吳曼公等人任委員，工作人員則由市政府、公安局、社會局幹部組成，處理日常工作。這一時期對戲劇的審查工作是十分認真嚴肅的。

彼時，北京有一位著名的評劇女演員，藝名「鮮靈霞」，以唱青衣、花衫享譽一時，名氣僅次於老白玉霜、喜彩蓮，是北平慶聲評劇社的主演。1934 年，她根據陳半農先生的《賽金花傳》，編排了大型評劇《賽金花》，擬在歲末上演。根據當時的要求，上演新劇必須到北平社會局戲劇審查委員會申請，並呈交劇本，接受審查。11 月 15 日，慶聲社社長王斌如來到戲劇審查委員會，正式填表申請演出《賽金花》。經過委員會對劇本的審查，大家一致意見，不准備案，更不准演出。筆者在北京檔案館查閱了當年的文化檔案，存有 1934 年 11 月 17 日委員會工作人員陳元章為此事寫的《報告書》稱：該劇有多種理由不能公演：

> 其一，該劇寫八國聯軍侵佔北京時，賽金花與德國軍官瓦德西勾結的內容，還有描寫「吾國人民之喪亂流離」，被外軍槍擊致死，「被外軍笞辱不堪以至跪拜諂媚，醜態百出」。賽金花與瓦德西的關係，「名為外交周旋，實則恥辱莫甚」；
>
> 其二，賽金花的故事只是里巷傳聞，如允許其演出，有「混淆聽聞」之嫌；
>
> 其三，劇中有「顯貴職官，以及廝役商賈，因顧惜身家，不恤奔走賽氏之門，呼籲哀懇，以轉求聯軍之庇護。是否全為事實，姑且不論。即令純為事實，只為暴露國人孱弱之狀態。激發國民勇氣之謂何，直催挫之而已」；

其四，「拳匪聯軍之事，早成過去。今日搬演賽氏之調護，連帶及於聯軍各將之群欲屠城，歐西士兵之隨意焚殺，被以絃管，登之舞場，既將益啟人民仇外之思想，且該劇編製，亦毫無藝術之價值，更恐貽各界人士以不良之影響」。故而建議《賽金花》一劇「不准搬演」。

社會局局長蔡元在《報告書》中批示：「不准演，劇本沒收。」（見北京市檔案館藏「北平市社會局」檔案〔J2-3-256〕號。）

1936年，夏衍將賽金花的故事進行了整理改編，以「國防戲劇」的代表作《賽金花》為名，在上海由「四十年代劇社」首演。連演20餘場，上座不衰，觀眾竟達三萬人次。為此，還發生了電影明星王瑩與藍蘋（即江青）爭演賽金花的鬧劇。《賽金花》一劇在南京演出，也深受觀眾歡迎，社會影響很大。魯迅先生對此頗不贊成，他在《且介亭雜文》中說；

連義和拳時代和德國統帥瓦德西睡了一些時候的賽金花，也早已封為九天娘娘了。

（魯迅《且介亭雜文》）

不久，國民政府公開表態，指出《賽金花》一劇有「政治問題」，禁止演出，為此還一度造成「《賽金花》事件」。《賽金花》一劇一度從舞臺上消失。但是沒過多久，這類題材的戲劇演出又熱鬧了起來。北平方面，由於袁良市長的下野，評劇《賽金花》再度搬上了舞臺。據當年北京的報紙報導，賽金花本人還應邀親臨西單哈爾飛戲院，觀看首演的盛況。散戲以後，記者對她進行了採訪，她在報上發表言論說：除了對其「幼年家貧，被賣為娼」一事，略有異議之外，對全劇的事實基本上給予了肯定。至於她與瓦德西有何私情的事，她則是全然否定的。賽金花辯解說：

你看我這雙小腳，怎麼可能跳舞呢？就是平時我們在一起談話，也非常守規矩的，從無一語涉及過邪淫。這都是因為有人見到我同瓦德西騎馬並轡，又常常看到我經常出入他的營地，才推想出我們有種種不好的勾當來。

賽金花肖像

攝於清代末年

賽金花在歷史上實有其人，但對其評價頗有爭議。一說，他在八國聯軍進北京時，出於她與瓦德西的關係有「一言止殺」之功。另有一說，她向洋人「迎奸賣笑」，給國人丟盡了面子。劉半農曾為她著書立傳，而魯迅則把她罵得一錢不值。三十年代，文藝舞臺上出現了一陣「賽金花」熱，甚至江青為了爭演賽金花，還鬧出了一場影壇公案。

《桃花庵》

《桃花庵》是一齣評劇的骨子老戲，相傳為評劇創始人成兆才的創作。其實，《桃花庵》這齣戲出現得很早。目前發現的資料中有清代刊本《桃花庵鼓詞》四卷，一共二十四回。前邊題有《新刻繡像桃花庵目錄》，卷首附圖及「光緒十三年京都琉璃廠刊本」字樣，係不題撰人所著。

故事描寫蘇州一小生名叫張才，娶妻竇氏，婚後三年，仍無子息。一年春日，張才遊虎丘廟會，遇桃花庵女尼陳妙嬋，二人互生愛慕之情。後來，張才喬裝女子混入庵中，與妙嬋私結連理。逾年，張才染病，死於庵堂。妙嬋生下一個遺腹子，用張才遺下的一件藍衫包裹，託王婆將孩子送與竇氏。途中，王婆遇見鄉紳蘇坤。蘇坤膝下無子，見王婆所抱小孩，心生歡喜，細問來由，王婆支吾不答。以為是一棄兒，便強買過來，成為自己的兒子。

十五年後，王婆家貧，在大街上當賣藍衫。恰被竇氏買去，竇氏認出藍衫乃是自己夫君的舊物，便向王婆追問原由。王婆道出原委，竇氏借庵堂降香為由，與妙嬋在桃花庵相會。彼此盡述前事。二人認為姐妹，一同到蘇府認子。此時，這一孩兒已金榜高中回府，一家遂得團圓。

劇中的張才可謂是個風流男兒、浪蕩的公子，遇見了窈窕多情的小尼姑陳妙蟬，少年心性難禁，結果命喪黃泉。而妙蟬身為尼姑，不安淨土，而且懷孕生子，自然成了一名淫蕩之女。在衛道士的眼裏，這樣的戲自是壞人心性，「粉」得可以。所以，一直被冠以不良的「粉戲」。

評劇是流傳於我國北方的一個戲曲劇種。1910 左右形成於唐山，俗稱「蹦蹦戲」或「落子戲」，又有「平腔梆子戲」、「唐山落子」、「奉天落子」等稱謂。1935 年，該劇種在上海演出時，採納名宿呂海寰的建議，改稱「評劇」。1936 年，老白玉霜在上海拍影片《海棠紅》時，新聞界首次把「評劇」的名稱刊載於《大公報》上，從此，評劇的名字廣泛地傳播全國。《桃花庵》是最早的一齣評劇傳統戲。

劇中，陳妙嬋和竇氏都有大段的精彩唱段，尤其，陳妙蟬有兩段感情激越的唱詞膾炙人口，很早就被「謀得利」公司灌為唱片，廣為流傳。今錄之如下，供讀者賞析：

〔其一〕一見藍衫大吃一驚，想起來當年的那位張相公。

我二人風乳交融交情恩情重，到如今掐指一算總有一十五冬，

想當年生一子，我命三思把他送，將小兒抱出外就用此衫裹縫，

卻怎麼物在我那人已不在，我得那個下了世的夫啊，
你可好狠心，你竟然一死你把為妻我來扔，
唉呦呦我那回不來的夫啊——

〔其二〕（搭調）可說是我那難見面的兒哪，回不來的夫哇，
這真是老天爺你真有絕人之路，啊……。
（慢板）聽她言不由我淚滿腮，點點珠淚撒下來。
想起來嬌兒與我的夫主。一句話勾起我的（那個）心病兒來。
我想起來，在禪堂夫妻恩愛。至如今萬兩黃金我也買不了來。
夫啊，咱們夫妻好比做霜雪被日曬壞，
夫一死，好比明珠又被土來埋。
我好比脫蔓地浮萍草歸入了滄海。
又好比做盛開的芙蓉又被風吹雨栽。
夫啊，我不願意同生但願意同死，
不料想，你給我留下了禍害，我只說生一子接續你的後代。
咱們夫妻在陽世上沒有白來。
哎，可怎麼那麼巧啊，生一子被那王婆子給賣。
好似那鬼使與神差。
夫啊，咱的命苦好似那黃連，黃芪與黃柏。
哭了一聲我那下了世的夫啊，夫啊，你是再不能夠回來，哎……。
聽她言，我的千般愁容去了八百，
我的姐姐你果然是有奇才，我痛哭嬌兒心路窄。

評劇老藝術家鮮靈霞、六歲紅、劉翠霞、筱玉芳、鮮靈芝、白玉霜、喜彩蓮等，均擅演此劇。但是，此劇有「粉戲」之嫌，所以屢屢被禁，自然更逃不過戲曲審查委員會的審查。

據北京檔案館存《北平社會局戲曲審查委員會舊檔案》記載，《桃花庵》一劇經委員會評議，因有許多不健康的內容，如小生的外遇調情，女尼的庵堂留宿等，都有傷風化。所以，在 1932 年一月曾批示評劇《桃花庵》「不准備案，更不准演出」。翌年，還有一齣與此劇內容相似的現代戲《女蘿村》，也是援引此例「不准備案」，社會局長批示「如擬」。

1936 年，盧溝橋事變之後，日寇入侵，政府對文化的監管失控，一些原已被禁的戲曲再度出現於舞臺上。《桃花庵》在京、津、東北一帶演得更是火熱。直到解放，政府雖然沒有明令禁演此戲，但也把它歸入「糟粕」一類。隨著劇團和演員們「政治覺悟的提高」，《桃花庵》等戲也都自動禁演了。

「十年動亂」以後的 1978 年，北京市海淀評劇團放開思想，率先排演了這齣戲。對原劇本也進行了改編，刪除了劇中的糟粕，保存了傳統唱腔中的精華，由喜彩蓮的弟子王琪飾演竇氏、新鳳妹飾演陳妙嬋，田淞飾演張才，公演之後，曾經轟動一時。

《桃花庵》田淞飾張才，王琪飾竇氏

攝於七十年代末期

「十年動亂」以後的 1978 年，北京市海淀評劇團放開思想，率先排演了這齣戲。對原劇本也進行了改編，刪除了劇中的糟粕，保存了傳統唱腔中的精華，由喜彩蓮的弟子王琪飾演竇氏、新鳳妹飾演陳妙嬋，田淞飾演張才，公演之後，曾經轟動一時。

《珍珠衫》

《珍珠衫》這齣戲的故事出自宋人懋澄作的《珍珠衫記》，後被明人馮夢龍改編成評話《蔣興哥重會珍珠衫》，收入《古今小說》之內，成為一個家喻戶曉的故事。

劇情描述男女主人公婚姻的因果報應。故事反映了彼時的市民生活，重情誼、輕貞節。如果用新的價值觀來看待男女情事，無疑是對封建道德觀的一大衝擊。正因如此，這篇作品在當時和後來都極有影響，多次被改編成戲劇傳唱。其中，袁于令的《珍珠衫記》、柳氏的《珍珠衫》、閒閒子的《遠帆樓》、葉憲祖的《合香衫》等戲，都是從這個故事敷衍而成的，但又各具特色。

這齣戲的主題，正如馮夢龍在開篇所講：

從此為始，婆子日間出去串街做買賣，黑夜便到蔣家歇宿。時常攜壺挈磕的殷勤熱鬧，不一而足。床榻是丁字樣鋪下的，雖隔著帳子，卻像是一頭同睡。夜間絮絮叨叨，你問我答，凡街坊穢褻之談，無所不至。這婆子或時裝醉作風起來，到說起自家少年時偷漢的許多情事，去勾動那婦人的春心。害得那婦人嬌滴滴一副嫩臉，紅了又白，白了又紅。婆子已知婦人心活，只是那話兒不好啟齒。

當薛婆子感覺到時機成熟之後，便引陳大郎進入王三巧閨房的樓下，隱藏了起來，又去陪三巧吃酒。書中寫道：

婆子一頭吃，口裏不住的說囉說皂道：「大娘幾歲上嫁的？」三巧兒道：「十七歲。」婆子道：「破得身退，還不吃虧：我是十三歲上就破了身。」三巧兒道：「嫁得恁般早？」婆子道：「論起嫁，到是十八歲了。不瞞大娘說，因是在間壁人家學針指，被他家小官人調誘，一時間貪他生得俊俏，就應承與他偷了。初時好不疼痛，兩三遍後，就曉得快活。大娘你可也是這般麼？」三巧兒只是笑。婆子又道：「那話兒到是不曉得滋昧的到好，嘗過的便丟不下，心坎裏時時發癢。日裏還好，夜間好難過哩。」三巧兒道：「想你在娘家時閱人多矣，虧你怎生充得黃花女兒嫁去？」婆子道：「我的老娘也曉得些影像，生怕出醜，教我一個童女方，用石榴皮、生礬兩昧，煎湯洗過，那東西就揪瘩緊了。我只做張做勢的叫疼，就遮過了。」三巧兒道：「你做女兒時，夜間也少不得獨睡。」婆子道：

「還記得在娘家時節，哥哥出外，我與嫂嫂一頭同睡，兩下輪番在肚子上學男子漢的行事。」三巧兒道:「兩個女人做對，有甚好處？」婆子走過三巧兒那邊，挨肩坐了，說道:「大娘，你不知，只要大家知音，一般有趣，也撇得火。」三巧兒舉手把婆子肩胛上打一下，說道:「我不信，你說謊。」婆子見他慾心已動，有心去挑撥他，又道:「老身今年五十二歲了，夜間常癡性發作，打熬不過，虧得你少年老成。」三巧兒道:「你老人家打熬不過，終不然還去打漢子？」婆子道:「敗花枯柳，如今那個要我了？不瞞大娘說，我也有個自取其樂，救急的法兒。」三巧兒道:「你說謊，又是甚麼法兒？」婆子道:「少停到床上睡了，與你細講。」

說罷，只見一個飛蛾在燈上旋轉，婆子便把扇來一撲，故意撲滅了燈，叫聲:「阿呀！老身自去點燈來。」便去開樓門。陳大郎已自走上樓梯，伏在門邊多時了。一都是婆干預先設下的圈套。婆子道:「忘帶個取燈兒去了。」又走轉來，便引著陳大郎到自己榻上伏著。婆子下樓去了一回，復上來道:「夜深了，廚下火種都熄了，怎麼處？」三巧兒道:「我點燈睡？慣了，黑魆魆地，好不怕人！」婆道:「老身伴你一床睡何如？」三巧兒正要問他救急的法兒，應道:「甚好。」婆子道:「大娘，你先上床，我關了門就來。」三巧兒先脫了衣服，床上去了，叫道:「你老人家快睡罷。」婆子應道:「就來了。」卻在榻上拖陳大郎上來，赤條條的聳在三巧兒床上去。三巧兒模著身子，道:「你老人家許多年紀，身上恁般光滑！」那人並不回言，鑽進被裏，就捧著婦人做嘴，婦人還認是婆子，雙手相抱。那人要地騰身而上，就干起事來。那婦人一則多了杯酒，醉眼朦朧:二則被婆子挑撥，春心飄蕩，到此不暇致詳，憑他輕薄。

（引明馮夢龍《古今小說》《蔣興哥重會珍珠衫》）

就這樣王三巧被浪子陳商勾引失身，背叛了在外經商的丈夫蔣興哥。但是，當她得知興哥遭難的時候，不顧一切地挺身相救，這時，他們才發現彼此的感情有多麼深厚。於是，她的後夫吳傑發揚出楊素般的氣量，樂於成人之美，使她又回到了第一個男人身邊。這齣戲最打動人的地方是寬容的精神。除了陳商和薛婆子，其餘人物都是慷慨而善良。蔣興哥蒙受了男人最大羞辱，雖然不得已悄悄休掉了妻子，卻把籠箱通通送給她作了陪嫁。三巧兒不避嫌疑，救助身陷囹圄的前夫。戲中的三巧決不是個淫婦，只是犯了女人常有的軟弱。

清季舞臺上演出《珍珠衫》，是在乾嘉時期，由秦腔引入京師的。到了同光時期，這齣戲被移植成為京劇，成為京班經常演出的劇碼。據說，清末名伶余玉琴曾演出過這齣戲，並且頗有好評。因為此劇涉及男女私通等情節，久有「粉」戲之誣。且舊日的演出中，伶人亦有做戲「過火」之處，所以，難被封建正統思想所容，清光緒十六年（1890）被蘇藩司黃方伯列為禁戲，不准上演。

進入民國以後，《珍珠衫》一劇又被河北梆子唱紅，凡班、凡旦角無不會演此劇。三十年代，《珍珠衫》又被評劇移植，成為一齣著名的評劇傳統戲。評劇名演員李金順、劉翠霞、老白玉霜、喜彩蓮、筱玉鳳等，莫不以此劇為「殺手鐧」，所灌唱片流行大江南北。其中，《襄陽府東陽縣名叫羅德》這段著名的唱段，如同今日的流行歌曲一樣，傳遍北方市井的大街小巷。

襄陽府東陽縣名叫羅德，
一定是我的前夫名蔣興哥。
他怎麼到這裡（呀啊）遭此橫禍，
可憐他青（哪）春他這個樣的命薄。
奴不才傷風化他的醜名難（哪）躲，
善心夫口角嚴他算積了大德。
他送來了箱籠兒一十六個，
綢緞衣單夾棉一件也未有拆（呀）咳！
似他這等的熱心（哪）腸（啊）護蔽於我呀，
咳！羞死了奴呀，我難見天地與那神佛。
他遭此罪孽我是本想不妥，我只能策計搭救他的命活。
唉！奴家我的心事如此而做，又不知這個活情是從哪頭說。

（引成兆才《珍珠衫》）

筆者在溫哥華的書齋寫這段軼事的時候，偶然看到鳳凰臺正在播放中國評劇院新排的評劇《珍珠衫》一劇。劇中青年演員比較完美的演出了這段故事，也保留了不少優秀的傳統唱腔。可是全劇結尾的改動則破壞了該劇的戲理人情，大有「續貂」之嫌。原著原本是這樣寫的：

縣令吳傑將興哥「請入內書房，教小夫人出來相見。你道這番意外相逢，不像個夢景麼？他兩個也不行禮，也不講話，緊緊的你我相抱，放聲大哭。就是哭爹哭娘，從沒見這般哀慘，連縣主在旁，好生不忍，便道：「你兩人且莫悲傷，我看你不像哥妹，快說真情，下官有處。」兩個哭得半休不休的，那個肯說？卻被縣主盤問不過，三巧兒只得跪下，說道：「賤妾罪當萬死，此人乃妾之前夫也。」蔣興哥料瞞不得，也跪下來，將從前恩愛，及休妻再嫁之事，一一訴知。說罷，兩人又哭做一團，連吳知縣也墮淚不止，道：「你兩人如此相戀，下官何忍拆開。幸然在此三年，不曾生育，即刻領去完聚。」兩個插燭也似拜謝。縣主即忙討個小轎，送三巧兒出衙：又晚集人夫，把原來賸嫁的十六個箱籠送去，都教興哥收領：又差典吏一員，護送他夫婦出境。此乃吳知縣之厚德。正是：珠還合浦重生採，劍合豐城倍有神。堪羨吳公存厚道，食財好色競何人！

在老劇本中，也表現了吳公成人之美的敦厚之情。而在評劇院的新本中，作者給吳傑加了一段「背工」（既內心獨白）：吳傑見他二人如此，驀然想起了自己在原藉家中還有一位夫人在堂，它日若致仕還鄉，帶著王三巧，也不好安置，說不定還會帶來一大堆麻煩。乾脆做個順水人情，把三巧退還給蔣興哥吧。這樣一來，不僅貶低了吳傑的道德品質，還把全劇褒揚的「人性」主題，搞得有點兒啼笑皆非了。

評劇女皇劉翠霞

攝於 1929 年

劉翠霞是老一代著名評劇演員。生於天津武清區石各莊鎮敖嘴村。1923 年拜老藝人何丑子、李含玲為師學評戲。先給名氣頗盛的李金順配戲。十七歲獨挑大樑。她嗓音寬，唱到高處激揚高亢，盪氣迴腸。低腔時悠揚婉轉，一唱三歎。被時人稱譽為「金嗓子」。1929 年，被天津《漢文時報》評選為「評劇女皇」，名震京津兩地，與老白玉霜齊名。1939 年因病去世。

《拿蒼蠅》

《拿蒼蠅》是一齣荒誕不經的神話劇。故事內容近似《白蛇傳》的翻版，演的是一隻母蒼蠅，經過多年的修煉，最終成精，化成人形，下界後與一書生戀愛，而後結婚、生子。被天庭知曉，玉皇大帝派遣神兵神將下界捉拿她。

此劇在 1933 年 11 月為白玉霜領銜主演，在北京前門外的廣德樓戲園公演，一時轟動九城，人們爭相觀看。報刊也給予大篇幅的鼓吹，稱其「燈光布景，大膽革新；舞臺獨步、藝比西伶。」票價從三角一張，不幾天便漲至一元，而且場場爆滿，一票難求，大有趕超梅蘭芳、馬連良之勢。

當時的北平社會局戲曲審查委員會聞訊，派辦事員陳保前去觀看。據北京市檔案館現存「北平市社會局」檔案記載，陳保觀後，於次日（11 月 9 日）呈上一份報告說：

> 奉派檢查白玉霜所演《拿蒼蠅》是否有傷風化等因，遵即前往。劇中白玉霜及兩女伶分飾蒼蠅精，著白色衛生衣褲，長筒絲襪，紅色兜肚，褲長不及膝，緊裹其身，外披翼形氅衣，由蒼蠅成精起至被天兵捉拿止，除『生子』一幕著衣裙外，其餘各場，均著上述衣飾。且全場電燈熄滅，用五色電光，照耀臺上，該伶等且歌且舞，宛如裸體，劇情及唱詞，亦均極猥褻，實有審查章程第五條乙項第二款情事。
>
> 11 月 10 日，委員會常務委員吳曼公等人就建議「擬通知該園禁止演唱」。同日，社會局長也批示「如擬」。接著，通知廣德樓戲園、梨園公會等處停演此戲。又致函公安局，稱今後白玉霜「無論在何戲園，均不得再行演唱此劇」。（見北京市檔案館藏「北平市社會局」檔案（J2-3-100）號）

足見舊日禁戲，有的在於戲的內容，有的並不在於戲的內容，而是由於演員在臺上的表演和穿戴的服飾不當。《拿蒼蠅》這齣戲之所以稱為「粉戲」遭禁，是與這隻蒼蠅的扮相有關。

衛生衣、衛生褲是二十年代初，從西方傳入中國的一種緊身內衣，由於它緊束身體，柔軟、保暖而又富有彈性，很受新潮女性歡迎。最初，是上海先施百貨公司從法國進貨，價格十分昂貴，只有上流社會女性才買得起。後來，滬上一些製衣廠從國外購得彈性布料進行仿製，然後推向市場，使得售價逐漸降了下來。而且，這類衛生衣很快就傳到北方和關外，成為一般中產家庭婦女和知識階層女性們的日常服用之物。在老白玉霜把衛生衣、衛生褲當成戲劇服飾搬上舞臺的三十年代初，這類內衣尚屬奇貨可居。這類內衣多是淺顏色的織物，如白色、淺米黃、淺粉、淺綠、淺藍。而淺橙色更接近肉色，更為女性喜愛。

還有一種長筒絲襪，更是一種高擋的奢侈品，也是從法國進口的，俗稱「玻璃絲襪」。女人穿在足上，襪腰短者齊膝，長者可到大腿根兒下。不僅起到護踝保溫的作用，還能改變大腿的膚色，使之白潤生澤，更加美腿美踝。尤其在三十年代，滬上掀起「旗袍熱」的時候，時髦的女子們都爭穿盡展身體曲線美的各種款式的旗袍，而且開衩越來越高。雙足穿上長筒絲襪，是不可少的裝束之一。

老白玉霜把這些物件引入戲裝中來。在當時，觀眾看慣了古裝旦角穿的長衣長裙，忽然出現了這麼時髦的裝束時，感官受到極大的刺激。每當這隻蒼蠅上臺，向觀眾掀起了大斗篷的時候，活脫脫是一個周身赤裸的大美人。臺下觀眾莫不大驚失色，在一片驚愕一中，人人皆呼這齣戲「粉」的利害！北平市社會局對這種情出意外的裝束也驚惶失措，在衛護風化的大旗下，自然要明令禁演！

這還不算，社會局還具呈了北平市公安局和北平市市長袁良，要求嚴懲此事，以戒效尤。彼時，南京政府正在全力推行「新文化」運動，「淳民俗、倡風化」，大掃「黃、賭、毒」和社會不良習俗。袁良遂以此戲為契機整頓文化市場。他當即批示，將演出「粉戲」的老白玉霜逐出北京。這件事也就成了當時的一大新聞。據白玉霜的女兒筱白玉霜在《回憶錄》中說：

> 以我母親的名字構成社會新聞的事件很多，大約最轟動一時的是 1934 年，被北平市長袁良驅逐出境的一樁事了。據說，頭天正在廣德樓演過《貧女淚》，那也算不得是壞戲，寫的是兩妯娌一貧一富，在婆家受到的待遇不同，也是那時候流行的有點控訴意味的戲。第二天早上忽然來了幾名背槍的員警，手拿公文，也不鬆手，只指給我母親和舅舅看，說是市長不讓白玉霜在北平演戲了，因為她的戲演得有傷風化。什麼地方有傷風化？往後改了行不行？都不容分說。而且十分火急，必須當時上火車回天津。和園子訂的合同、全團的損失怎麼辦呢？我母親急得哭也哭不出來，舅舅陪她上了火車

站，員警一路押送他們。到豐臺員警才下車。就好像我母親是什麼瘟神，把她送出境外才能保證本地太平似的。她在戲裏當過女犯人，在生活裏當過這樣角色也不只這一次。

此後，白玉霜去了風氣開化的大上海，先與鈺靈芝、愛蓮君合作，演出了《花為媒》、《空谷蘭》、《桃花庵》、《馬震華》、《珍珠衫》等。後又與京劇名角趙如泉合演京、評兩腔同臺的《武松與潘金蓮》，皆大獲成功，白玉霜的聲譽日隆。她的演唱藝術不僅折服了上海的觀眾，也使文藝界對她刮目相看。《時事新報》上刊登了著名戲劇家歐陽予倩、洪深、田漢的文章，讚譽白玉霜為「評劇皇后」，也有報紙稱她為評劇「坤角泰斗」。1936 年，明星公司推出了白玉霜主演的電影《海棠紅》轟動了大江南北，不僅提高了白玉霜知名度，也擴大了評劇的影響。

白玉霜便裝照

攝於 1936 年上海

提起評劇《拿蒼蠅》，必然會講起白玉霜。她是三十年代的著名的女演員，「白派」藝術的創始人。白玉霜，清光緒三十三年（1907）出生於天津，原姓盧，後來更名李桂珍。少時被送進同慶坤書館，先學唱樂亭大鼓，後隨孫鳳鳴等老藝人學唱折出落子，14 歲開始登臺表演，取白玉霜為藝名。白玉霜唱紅後，成立了玉順評劇團，1928 年組建華北戲社，活動於京、津、滬一帶十餘年。戲唱紅了，麻煩也接踵而至。1934 年被北平市長袁良驅逐出境。白玉霜來到上海，使她的藝術才華得到淋漓盡致的發揮。

《馬寡婦開店》

《馬寡婦開店》又名《狄仁傑趕考》，也簡稱為《開店》或《女開店》。故事取材於《唐書．狄仁傑傳》。描寫京都市井中有一馬氏女子，青年喪夫，孀居未嫁，開了一間宿店度日。有一日，狄仁傑赴京趕考，在馬氏店中住宿。馬氏見狄仁傑少年英俊，遂生愛慕之心。夜晚，馬氏前來探看仁傑，且以情試之。狄仁傑坐懷不亂，拒之不納，並且嚴斥馬氏，曉以禮教。馬氏十分尷尬，慚愧離去。翌日，狄仁傑留詩一首，不辭而別。

這是一齣描寫孀居女子懷春、性慾萌動，但又遭人拒絕，不勝難堪的故事。這齣評劇並不複雜，唱詞也寫得通俗易懂，在三十年代風行一時，關裏關外的人們幾乎人人都會哼哼兩句。高亭、百代公司為之發行了唱片，大街小巷，蜚聲不絕。筆者將部分唱詞錄之如下，可知全劇梗概。

馬氏（唱）：來了佳人馬寡婦，

在上房安慰下我的老婆母，轉身兒回到了自己的房屋。
進門來推開了門兩扇，我回過身來頂上了燈燭哇！
我喘息未止床頭坐哇，
又聽見我的小嬌兒不住的連聲的哭哇，
咳，媽媽那個奶兒啊！
這半天你未吃著娘我的乳，抱在了懷，吼哭咧！吼哭咧！我兒你不要哭哇，媽媽我摟著，媽我拍著，狼來咧！虎來咧！你快睡覺吧！等為娘我與你去打那馬虎。
耳聽得樵樓打罷一更鼓，小孩子睡覺他也會打呼嚕哇！
哄得嬌兒睡著了覺，我低下頭來暗暗地思乎，
忽然間想起來前店那位客，不但是人家人好，到也雅儒，
常言說郎才必得配女貌，最怕是遇見一個那醜陋的媳婦，
果然是媳婦長得俊，小倆口說笑好麼樣的對付，
想人家男的出外可有個回家轉，誰像我呀！
把這菱花摔碎難以照覆，佳人想到了傷心之處，
撲簌簌二目哇啊我滾下淚珠外唉……
唉喲我那回不來的夫哇！
哭了一聲我的丈夫哇你死的早！
撇下了為呀妻啦我是寡呀婦。

上撇白髮我那老婆母，下有嬰兒有誰來照顧哇！
唉，我心恢意亂哪有些精神少，似睡不睡的糊裏糊塗，
瞧見了我的丈夫他把房進，他那兩眼不住地瞅著奴，
我的丈夫哇，一年多的光景你往哪裏去來著，
你今天回來可想死了小奴，
（白）喲，你回來啦，快坐下吧，家裏有很多事我要告訴你呢，
怎麼著，你要走，唉呀，你不能走，你不能走，你可不能走，
（唱）我拉丈夫好一似貓兒撲鼠。
睜眼看，差一點碰倒了燈檯與茶壺，
只說是夫妻又相見，誰成想南柯一夢我見丈夫，
真叫我水裏頭撈月難到手來，那個鏡中我取花是枉撓乎，
面前若有我的丈夫在，我們小倆口，
說咧、笑咧、打咧、鬧咧，多麼幸福。
只如今出來進去像個孤鬼，油瓶子倒咧沒有人扶，
想吃涼菜沒有那個醋哇，沒有鹵水怎點豆腐。
忽然間，想起前店那位客，這半時候未曾睡熟，
我何不找他會一會，到那裡說幾句話兒開開心腹。
主意一定把床下，我再換上幾件新衣服。
菱花大鏡當中放，我重新換裝再把我的頭梳。
脫舊衣換新衣葷裏套著素，擦官粉戴鮮花記得兒熟，
打扮一畢我要往外走，
用手開放兩扇門戶，出門來，輕足踩地抬頭看，
喲，又瞧見這滿天的星斗一漆空，
我往書房送二目，那書房一里頂燈燭。
店中的夥計睡著了覺，婆母娘不知我那孩子也不哭，
我二人做上一對美夫婦，我歡天喜地書房奔，
卻怎麼心頭不住的跳跳撲撲。
到在那裡除非是我成全了美事啊，
這樣的醜事叫我可怎麼說出，
世界上調情的都是男趕著我們女，
那有我這臉大的女子前去找夫，

人家要是樂意了，兩全其美，這件事最怕得人家不，

唉，壓壓心火拉倒了罷呀，唉……，

無精打采走進了房屋，進門來關上了門兩戶，

拍拍孩子我挪了一挪燈燭哇！

卻怎麼我坐，坐也坐不穩，立，我立也立不住，滿腹的委屈說不出，

往日也把我的丈夫想，不像今天這麼樣的孤，

抬頭看那水火爐子還未滅，忽然一計我上心腹，

他應不應的我要走上一趟，

他要是問我就說與他送上茶一壺。

我急急手快燒開了水呀！下上葉子沏滿了壺，

左手拿著一個小茶碗，右手拿著一把錫壺，

我慌裏慌張書房奔。

狄仁傑（唱）：仁傑燈下用目讀書。

馬氏（唱）：來了佳人馬寡婦，

一挑竹簾把房進，站在一旁好似雅儒。

狄仁傑（唱）：仁傑正在把書看，

卻怎麼夜風吹進一位美人婦，

只見她盞盞鮮花把烏雲兒遮，

身穿著綢緞衣窄小兩隻足，

定睛一看認得了，原來是開店的那位主婦，

尊店嫂，現在已有三更鼓，因何事來到書房屋。

馬氏（唱）：客爺你念書念得就不覺得乾渴，
我與你送來了暖茶一壺。

狄仁傑（唱）：店中的夥計有幾位，還有那堂倌大師傅，
何用店嫂你夜至來送水，不見一人你的丈夫？

馬氏（白）：客爺，你問得是誰呀？

狄仁傑（白）：我問得是店主東啊！

馬氏（唱）：客爺呀！你休要提起我們那個短命的鬼啊！
提起他來可想死了奴，我娘家忠厚傳家書香門第，
我的公爹他也做過四品官，我的丈夫他叫馬如虎，

一十七歲說妥了小奴，我今年年長二十二歲，
十九歲那一年我做的媳婦，進門來見喜頭胎，
生下了一子，不料想我的丈夫他把命無，
上撇白髮我那老婆母，下有嬰兒三歲未足，
我們老少寡婦婆媳兩個，一直開店度日乎。
我在我的婆母面前誇下了海口，
我言說冰霜守節外意皆無。

狄仁傑（白）：店嫂，你真是位賢德之婦哇！

馬氏（唱）：想那騎驢的他可怎麼知道這趕腳的苦，
想這天長日久難死了奴。想丈夫愁家事身得重病，
請客爺開一個藥方兒好把我的病除。

狄仁傑（唱）：賢嫂既然身得病，就該請一位名醫把病除。
我本是趕考一舉子，本草綱目我未曾讀。

馬氏（唱）：若不然你給我號號脈。

狄仁傑（唱）：寸官尺上我也未曾讀。

馬氏（白）：怎麼著，要是號脈還得讀那個寸官尺啊！

狄仁傑（白）：是啊！

馬氏（白）：要是不讀寸官尺就不能號脈了？
客爺我問問您，您看的這是什麼書哇？

狄仁傑（白）：五經四書。

馬氏（白）：五經四書，詩經上有一句話，你可知道嗎？

狄仁傑（白）：但不知是哪一句？

馬氏（唱）：我問問你，這窈窕淑女你愛不愛？

狄仁傑（唱）：有好圖的我不圖。

馬氏（唱）：我聞聽客爺的口話緊，
我只得這般如此把話說出。
我說客爺呀！你猜我今晚到此為何事？

狄仁傑（白）：你到此為了何事啊？

馬氏（唱）：你那個小心眼裏不用與我裝糊塗，
你在青春我在年少，咱們二人做上一對那美夫婦。

狄氏（唱）：尊店嫂，少要胡言要尊重，聽我把話說清楚，
咱二人不是金梁配玉柱，也不是爹娘配就好夫婦。
相勸店嫂回去吧，休誤我功課我要讀書。
馬氏（唱）：什麼叫做功什麼叫做課，
讀書的人兒，不懂得好賴和從如，
這個樣的酒席你都不赴，怎麼你又摔筷子又墩酒壺。
哎，我不顧羞恥往前湊，上前去拉住了客爺的衣服。
狄仁傑（唱）：急得仁傑往後退，口稱店嫂聽清楚，
我當學坐懷不亂柳下惠，異門不拿美名婦，
羊羔生來吃跪乳，馬若欺吾情義無，
店嫂擺下黄花宴，仁傑不是囚歹徒。
馬氏（唱）：你說比古就比古，有幾位古人我也廣讀，
漢朝裏有一位文君女，孀居高閣自當無，
聽琴暗結求凰曲，夜奔公子司馬相如。
她設酒館我開店，她守孀居我也無夫。
卻怎麼她人則可我不則可，這件事情我不服。
你若是應了還罷了，
若不應你，可知道我們寡婦的心腸都比蠍子毒。
狄仁傑（白）：你毒不毒的敢把這住店的怎麼樣啊？
馬氏（唱）：將門開放我就嚷，我把那街坊四鄰全都喊出。
東街裏頭有個劉二老，西街裏那張三愣愣愚死夫，
進門先把你上綁，我就說你黌夜闖進我們寡婦屋，
將你拿到那個大堂上，我問問你，羞辱寡婦罪當何如？
狄仁傑（白）：唉呀！寡婦還這樣利害呀！
馬氏（白）：你伸手摸摸哪頭坑涼是哪頭坑熱呀啊？
（唱）到底是這麼享福那麼享福，
打打你的那個小主意兒呀，到底你可是應允不？
狄仁傑（白）：我難以應允。
馬氏（唱）：唉，佳人開口我往外嚷。
狄仁傑（唱）：仁傑上前把嘴捂住。

尊店嫂，我與你一無仇來二無恨，你為什麼拉我到官府。

馬氏（白）：這……

（引中國評劇院演出本《馬寡婦開店》）

而後是狄仁傑對她的一通說教與開導，使得馬氏含羞帶愧地退出房門。

據說，這齣戲為成兆才根據唱本蓮花落《馬寡婦》改編而成的。《評劇簡史》記載：這齣戲最早由月明珠飾馬寡婦，張德信飾狄仁傑，演出甚為轟動。民國六年（1917）首演於唐山永盛茶園，遂成了評劇形成時期的著名劇碼。對於評劇的劇本創作、生、旦兩行的唱腔創造以及表演風格的形成，曾起到了奠基作用。次年，成兆才帶著戲班到天津三不管一帶演出，被天津地面的士紳以「教唆寡婦淫奔」為由禁止演出，並且由當地政府逐出津門。

然而，這齣戲在北方關內、關外流傳極廣。1929 年，誠文信書局把此戲編入《評戲大觀》叢書，廣為流傳。二、三十年代，這齣戲傳入北平，同樣也屢遭禁演。例如，民國二十三年（1934）北平市社會局《關於禁演表情猥褻有礙風化的戲劇通知》中就談道：

天橋華興戲園演唱禁演之《馬寡婦開店》，社會局據報後，以該園竟敢違禁演唱淫劇，當傳飭該園，協令停演七日，以示懲戒。

同年，白玉霜被市長袁良逐出北京，也與此戲有關。但是，由於這齣戲的現實主義表演，平易近人，近於生活，不少學者對它評價很高。1936 年老白玉霜將這齣戲搬到上海演出，很受輿論重視。上海《大晚報》刊有趙景深先生談《蹦蹦戲目》一文。文中寫了《馬寡婦開店》一劇，他說：

上月《立報言林》曹聚仁兄盛稱《馬寡婦開店》，以為其心理描寫，不下於《寶蟾送酒》，我有同感。此劇我曾到恩派亞大戲院看過，劇本和演出的確都不錯，所演的只是狄仁傑宿店一段，說是最精彩的一段。

據內行評論，這齣戲還是以著名評劇表演藝術家筱玉鳳演得最好。而且，就是這齣戲使她一舉成名。據《筱玉鳳小傳》介紹：

1936 年她在煙臺唱戲時，劇團同伴都說由煙臺到上海坐海船價格很便宜，於是大家乘興來到了上海。到了上海，劇院老闆問誰是角兒，眾人說是筱玉鳳，在山東一帶唱紅了的名角。劇院老闆一看，筱玉鳳才是一名剛滿 16 歲的黃毛丫頭，搖頭拒絕說，「不行不行，我這劇院不能讓你進來」。於是，劇團在上海「趴窩」了。恰巧，一位當年的老員警，名喚賈文學，執行公務來到旅館旁，偶然聽到了筱玉鳳在練聲。禁不住說：「孩子，馬寡婦唱得不賴，你不能這樣窩著。這麼著吧，上海新興公司有一劇場，我給你引薦引薦，先唱一齣打炮戲，準能震動上海灘！」就這樣，難中的筱玉鳳借來了芙蓉花、李義忠、趙雅蓉等演員。在上海新興公司開了鑼，打炮戲為《開店》，果然一炮而紅。

早期的評劇《馬寡婦開店》

攝於民國初年

這張劇照攝於民國初年是一張很有價值的歷史資料。旦角由評劇男演員扮演，照片的顏色是後來手工著色，它反映出評劇形成之初的表演形式。兩個演員簡單地化妝，在臺上對口演唱，與後來的東北「二人轉」極為相似。

《花為媒》

《花為媒》是一齣評劇傳統劇碼，也是成兆才先生的早期代表作之一。該劇取材於《聊齋誌異》中的《寄生》篇。

故事寫王俊卿與表姐李月娥，自幼青梅竹馬，兩小情篤。及長，兩個人私下盟誓，願結百年之好。王俊卿之母抱孫心切，託媒人阮媽為俊卿說親。但是，阮媽卻為他說合了才貌出眾的張五可。俊卿不從，王母幾經詰問，俊卿才吐露了真情，表示自己非月娥不娶，決不移情他人。王母無奈，又託阮媽去月娥家說親。月娥之父李茂林認為男女私盟，有失體統，不允婚事。俊卿得悉後，病況日重。阮媽獻計，慫恿俊卿去張家花園相親，她認為只要俊卿見到五可，定會喜愛五可，便可玉成此事。果然，俊卿在花園中親眼得見貌美如畫的張五可之後，就一改前盟，決定娶五可為妻了。並力促父母操持，早日迎娶。李月娥聞知後，心急如焚，得了重病，不勝痛苦。月娥母深諳女兒心事，乘其父不在家中，採用冒名送女之計，搶先將月娥送到王家與俊卿拜堂成親。待五可花轎來到的時候，二人早已完婚。五可見狀，怒不可遏，闖進洞房，嚴詞質問俊卿。阮媽情急生智，從中說合，促成俊卿再拜一次花堂，把五可也接入洞房。從此，一妻一妾，俊卿得享齊人之福。

凡是評劇旦角的主演大都擅演此劇，一般的說來，演不好這齣戲的也當不了主演。自評劇第一代演員李金順到白玉霜、喜彩蓮、筱玉鳳，到新鳳霞、王琪、谷文月，代代相傳，各有佳妙。不過，早年間的本子雖然極富生活色彩，但對白和唱詞多失於俚俗，不少唱段還含有色情成份。因此，這齣戲民初以降是多次被禁止演出的。

三十年代，《花為媒》在北平也是被禁演的。1933 年 2 月 15 日，北平社會局戲曲審查委員會辦事員陳保和曾遞交了一份報告中說：

> 「奉天評戲表演及唱詞諸多涉及猥褻」，「劇本極不一致，普遍檢查諸多困難」。並著重指出《花為媒》中的「偷相王五可」等，有表演猥褻的情節場次。建議將三慶園、四明戲園和遊藝園的園主傳喚到社會局，「飭令轉知演員對於有涉及猥褻之表演及唱詞，務即改正」。戲曲審查委員會常務委員吳曼公等人同意對上述劇碼將「分別禁演」（見現存北京檔案館藏三十年代北平社會局檔案（J2-3-98）號）。

解放後，《婚姻法》規定「一夫一妻」，《花為媒》與之唱反調，自然被列入禁演之內。中國評劇院為了讓此戲過關，對劇本進行了較大的改動。改為：俊卿病重，不能去親自去花園探看張五可。阮媽又生一計，請來俊卿的表弟賈俊英代其相親。俊英與五可在花園會面，五可見他一表人才，舉止瀟灑，遂贈與紅玫瑰一朵，以示相許。俊英將紅玫瑰轉贈俊卿，俊卿堅拒不受。阮媽又向王母獻策，不妨先將五可娶來，俊卿勢必就範。月娥的母親心疼女兒，採用冒名送女之計，搶先將月娥送到王家與俊卿拜堂成親。待五可花轎來時已晚，五可大鬧洞房，嚴詞質問俊卿。阮媽情急之中，忙把站在一旁的賈俊英拖入洞房。於是兩對有情人各遂所願，一起拜了花堂。

1961 年，為了「團結港人，讓港澳同胞瞭解中國文化」，決定把這齣禁演多年的《花為媒》排成戲劇電影藝術片。中國評劇院特邀吳祖光先生對該劇再一次進行加工整理。彼時，祖光先生的「右派」帽子剛摘掉，還在「監督改造」之中。但多年的折磨並沒減損了他特有的才氣，賦詩填詞，依然倚馬可待。不過，在改寫《花為媒》的唱詞時，他卻著實花了不少心血。尤其，張五可與李月娥二人對誇的唱詞，真是神來之筆，寫得是那樣樸實俏麗、合轍上口，唱起來如行雲流水，一氣呵成。

張五可（唱）：
好一個俊俏的女子啊——，張五可用目瞅，
從上下仔細打量這位閨閣女流。只見她的頭髮怎麼那麼黑，
她那梳妝怎麼那麼秀，兩鬢蓬鬆光溜溜，何用桂花油。
高挽鳳纂，不前又不後，有個名兒叫仙人鬏。
銀絲線穿珠鳳在鬢邊戴，明晃晃，
走起路來顫悠悠，顫顫悠悠，真亞似金雞怎麼那麼亂點頭。
芙蓉面，眉如遠山秀。杏核眼，靈性兒透，
她的鼻樑骨兒高，相襯著櫻桃小口
牙似玉，唇如珠，它不薄又不厚，
耳戴著八寶點翠叫的什麼赤金鉤。
上身穿的本是紅繡衫，打金邊又把雲字扣，
周圍是萬字不到頭，還有個獅子解帶滾繡球。
內套小襯衫，她的袖口有點瘦，
她整了一整妝，抬了一抬手，稍微一用勁，
透了一透袖，嘿，露出來，十指尖如筍，

她那腕似白蓮藕，人家生就一雙靈巧的手哇
巧娘生下這位俏丫頭。
下身穿八幅裙捏百褶是雲霞縐，
俱都是錦繡羅緞綢，裙下邊又把紅鞋兒露，
滿幫是花，金絲線鎖口，五色的絲絨繩兒又把底兒收。
巧手難描，畫又畫不就，生來的俏，
行動風流，行風流動風流，行動怎麼那麼風流，
猜不透這個好姑娘是幾世修。
美天仙還要比她醜，嫦娥見她也害羞，
年輕的人愛不夠，就是你，七十七，八十八，九十九，
年邁老者見了她眉開色悅贊成也得點頭。
世界上這個樣的女子真是少有，
這才是窈窕淑女那君子好逑。
李月娥（唱）：
李月娥遮衫袖用目打量，
打量她多才多貌、貌似天仙、仙女下凡、凡間少有這位五姑娘，
姑娘俊俏就數她為首，頭一次見了面我從心眼裏愛得慌，
慌慌張張、張張慌慌、滿面怒氣、氣勢洶洶，她把洞房闖啊，
闖得人，人心亂、亂一團、團團轉、轉團團、團團亂轉，
鬧的我是差一點就沒有主張，張五可她雖然有那三媒六證，
怎知我，我搶了先、先來到、到的早、早不如巧，
巧不如恰了、恰恰當當我們拜了花堂。
堂堂的張家小姐落在後，後追上月娥女紅妝。
莊莊重重行了大禮，送入洞房，飲了合歡酒，見過喜神娘，
端端正正、大大方方與俊卿並肩同坐紅羅帳，
我們是成對又成雙。
雙雙對對、對對雙雙、不慌又不忙，我作了新娘。
坐在一旁不聲響，等她開口我再答腔。

記得在 1989 年夏天，我和張永和、過士行到祖光先生家聊天，偶然說起了《花為媒》的改編，祖光先生說：「改編一組唱詞，比創作一套新詞要難得多。因為，一要保存它原有的鄉土味道，還要適合原有唱段唱腔的轍口和風

格，更要顧及全劇文學色彩的統一。我和鳳霞夜裏睡不著覺，『花園』一場就不知改了多少遍，才看得過去。拍成電影後，還是留下不少遺憾。」他說：「很多人說原唱詞太粗、太粉、太不雅。不過我倒覺得裏邊還真有些進步成份。比如說原唱詞中有張五可『誇腳』一段，在共和國初創階段，演員借角色之口，在大廳廣眾之下號召婦女們放足，可真是件石破天驚的事兒。有多少封建衛道士們抓著這一點就不依不饒，非禁演不可哪！」張五可的原詞唱道：

我們往下看可就是這麼大的兩隻腳，
可也不為羞啊，進在學堂學文明我們就學的這一招兒，
一些愚人說這大腳不好這小腳兒的好，
他是不開通啊，現而今還是（吶）我們大腳的為（呀）高。
我（吶）思想起心好惱，我願同胞還是明白的早，
養女兒裏的都是什麼腳，五六歲上裏上了，
要是裏得鬆了它是不能夠小，若裏得緊她是疼出聲猛把牙咬，受殘屈她的身體兒弱，
可世界上這個女子的難處再沒有比這個厲害的了，
我勸婦女你們全放腳啊，共和國講宗權還是大腳的為高！

電影《花為媒》拍出以後，先在香港放映，造成極大的轟動。但在國內，反而成了禁演的「黃色電影」，一直不讓放映，說它是一部毒害青年的「大毒草」。直到文化大革命以後，《花為媒》才得到了解放，成了評劇的傳世之作。

《花為媒》新鳳霞飾張五可，趙麗榮飾阮媽

攝於 1961 年

評劇《花為媒》是成兆才根據《聊齋誌異》中《寄生》故事，改編而成的一齣喜劇，迄今已有百年歷史。其間經過無數藝術家的加工、創造，使之成為評劇的一株精美絢麗的奇葩。1963 年，由長春和香港電影製片廠把這齣戲拍成了電影，在香港放映，一下子紅遍了東南亞。但在國內不准放映，怕這種戲「腐蝕革命思想」。

《繡鞋記》

《繡鞋記》又名《三傑烈》和《王定保借當》，也是一齣評劇的骨子老戲。

故事講，某朝學生王定保被同窗拉去賭博，輸錢後不敢告訴父母，便去舅父那裡借錢。恰遇舅父外出，舅家有兩個女兒，長女張春蘭已與王定保訂親；次女秋蘭尚待字閨中。姐倆見定保有難，表妹秋蘭便說通姐姐春蘭，把嫁衣交定保典當還賬。春蘭還暗中放進入八百銅錢，忙亂中誤將自己的一隻繡鞋放進包袱。李武舉橫行鄉里，家中開了一個當鋪。他久慕春蘭貌美，早有圖謀之心。一見王定保前來當當，遂以失盜為口實，以盜竊罪將定保送交官府處治。春蘭、秋蘭二人聞知後，不顧下雨路滑，趕赴縣城擊鼓鳴冤。她們不顧封建禮教的約束，春蘭當堂試鞋，證明包裹是自己所贈之物。縣令趙玉主持公道，懲辦了李武舉，放出了王定保。

據山東民俗學者考證，這齣《繡鞋記》是清代的一件真事，發生在山東峨莊。王定保是王家村人，張春蘭家居張家灣，即現在的響泉村。目前，村中還有她梳妝的「繡樓」。當時的當鋪在峨莊，上端士村至今還有一座鄉宦李林青的「武舉樓」。這齣戲先是由山東呂劇演起的，民國初年被評劇、豫劇、河北梆子等地方戲移植，越唱越紅火。劇中春蘭有大段唱詞謳歌女人的繡花鞋，即合轍上口，又流暢好唱，在民間傳流甚廣。而下筆者抄錄兩段，一段是評劇，一段是豫劇，可以進行一下比較。

春蘭：（唱）一雙繡花鞋分四扇各把花繡，四扇繡花各有名頭，
頭扇繡牡丹開放蝴蝶兒鬥，二扇繡荷花以上珍珠流，
三扇繡的蜜蜂餐菊花開秋後，
四扇繡哇喜鵲兒登梅展翅探著頭，
綠緞子圍腰金線鎖扣，五色的絲絨繩兒又把底兒收，
鞋尖兒上把花草兒繡，鞋後兒跟兒把雲字兒扣哇，
前尖兒尖那個後跟兒厚，後跟兒肥那個前尖兒瘦，
當中好一似旋門的樓，鞋後跟兒又把那雲字兒來扣，
鞋尖兒上又把那花草兒來繡，繡兩朵荷花蜻蜓兒鬥啊，
不亞如一對叫的什麼採蓮舟。

（引自評劇名家王琪演出本）

春蘭：（唱）：紅緞子繡鞋白高底兒，又幾樣花草紮上邊，
一邊廂蘭草蝴蝶子兒，一邊廂蜜蜂鬧喧喧，

鞋尖上打的本是兩樣纓，左邊綠來右邊藍，
鞋底上紮故事，只紮下前三針後三針、
左三針來右三針、歪三針扭三針、
偏三針正三針、上三針下三針、
隔三針蹦三針，不隔不蹦又六針，
共和一百單八針，針針紮了個上天梯，
上天梯上紮蚰子兒，說蚰子道蚰子，
提起來蚰子有故事，伸條腿蜷條腿，
支棱棱兩膀蹬著筋，忽靈靈兩眼偷看人，
那個小嘴兒它呱嗒呱嗒喝露水，
我的大老爺，仔細觀看像個活的。

（引自豫劇名家苗文華的演出本）

女主人公為了證明這雙繡鞋是自己穿用的，春蘭在大堂之上衝破禮教，當著眾人的面兒撩開羅裙，亮出三寸金蓮試鞋。這些大膽的表演，在封建時代都是觸動衛道士們神經的禁忌，於是，這齣戲就被戴上了「粉戲」的惡名。

1933 年 2 月 15 日，北平戲曲審查委員會的辦事員陳保和曾正式上呈了一份報告，稱《王定保借當》（《繡鞋記》）中的「《借當》，應絕對禁演」。經過戲曲審查委員會常務委員吳曼公等人公議之後，同意陳保和的意見，在報告上批示「分別禁演」四字。從此，這齣戲通知各家戲園，明令禁演了。（此事見北京市檔案館藏「北平市社會局」檔案（J2-3-102）號）。

解放以後，這齣戲經過多方面的修改，使之面貌一新，成了一齣反封建、反禮教的一齣好戲。1954 年 7 月，這齣戲參加了山東省第一屆戲曲觀摩演出，獲得了優秀劇本獎，1955 年收入新文藝出版社出版的《華東地方戲曲叢刊》。中國評劇院小白玉霜和喜彩蓮經常合作此劇，此劇亦成為劇院的保留劇目。六十年代初，國內政治空氣緊張，處處事事都以「階級鬥爭為綱」。這齣戲與所有老戲一樣，統統遭到禁演。乃致「文化大革命」爆起之初，小白玉霜因「擅演粉戲」的罪名被迫害服毒自盡，慘死於北京人民醫院門首。她手裏一直攥著一張團成一團的紙條，上邊寫著「我沒文化，你們不要欺負我！」

文化大革命以後，著名評劇演員王琪曾於 1980 年率先恢復了此劇的演出，在北京長安戲院公演時，名為《三女除霸》。深受廣大評劇愛好者歡迎，連演百場，上座不衰。

評劇《三女除霸》著名評劇演員王琪飾張春蘭

攝於 1980 年

著名評劇演員王琪，生於 1942 年，原籍安徽。自幼隨祖父王志田和母親王娟英（鮮靈芝）學藝，7 歲登臺，15 歲擔綱主演。師從筱玉鳳、喜彩蓮，文武兼長。文革後，先後在海淀評劇團、朝陽評劇團、北京市文工團擔任主演，率先恢復上演《秦香蓮》、《白羅衫》、《三戲蝴蝶夢》等傳統評劇二十餘齣，曾創多次連滿百場的記錄。1986 年，主演拍攝了首部評劇電視連續劇《慧眼識風流》。九十年代，開始擔任戲劇電視劇導演。

參考文獻

1. 路工選編，《清代北京竹枝詞》，北京出版社，1962。
2. 王文章編，《清昇平署戲裝扮像譜》，學苑出版社，2006。
3. 王大錯編，《戲考》上海中華圖書館出版臺灣里仁書局，民國六十九年再版。
4. 李洪春著，《京劇長談》，中國戲劇出版社，1982。
5. 趙聰著，《中國大陸的戲曲改革》，香港中文大學出版，1969。
6. 蕭長華著，《蕭長華戲曲談叢》，中國戲劇出版社，1980。
7. 平夫黎之編，《中國古代的禁書》，中國青年出版社，1990。
8. 劉烈茂等著，《車王府曲本研究》，廣東人民出版社，2000。
9. 北京市藝術研究所上海藝術研究所編，《中國京劇史》，中國戲劇出版社1990。
10. 蔡世成輯，《申報京劇資料選編》(內部發行)，1994。
11. 王樹村編，《戲劇年畫》，臺灣漢聲出版社，中華民國七十五年。
12. 金耀章編，《中國京劇史圖錄》，河北教育出版社，1989。
13. 周貽白著，《中國戲曲發展史綱要》，中國戲劇出版社上海書店出版社，2004。
14. 北平國劇學會編，《國劇畫報》北平國劇畫報社出版，1935。
15. 梅蘭芳著，《舞臺生活四十年》中國戲劇出版社，1987。

16. 張伯駒著，《紅毹紀夢詩注》，北京寶文堂書店出版，1988。
17. 丁汝芹著，《清代內廷演戲史話》，紫禁城出版社，1999。
18. 張次溪編，《清代燕都梨園史料》，北平邃雅齋書店出版，1934。
19. 張次溪編，《清代燕都梨園史料續編》，北平松筠閣書店，1937。
20. 王夢生著，《梨園佳話》，商務印書館，1915。
21. 北京市哲學社會科學京劇史照課題組編，《京劇史照》，北京燕山出版社，1990。
22. 陳志明王維賢編，《立言畫刊京劇資料選編》，文苑出版社，2005。
23. 沈葦窗編，《大人》雜誌，〔香港〕大人出版社，1973。
24. 沈葦窗編，《大成》雜誌，〔香港〕大成出版社，1976。
25. 中國政協文史資料研究委員會編，《京劇談往錄》1～4，北京出版社，1985～1995。
26. 丁秉鐩著，《菊壇舊聞錄》，中國戲劇出版社，1995。
27. 唐魯孫著，《唐魯孫先生作品集》，〔臺灣〕大地出版社，2000。
28. 章詒和著，《伶人往事》，〔香港〕明報出版社，2006。
29. 趙榮琛著，《粉墨生涯六十年》，當代中國出版社，2006。
30. 張伯駒著，《紅氍紀夢詩注》，遼寧教育出版社，1998。
31. 胡沙著，《評劇簡史》，中國戲劇出版社，1983。
32. 傅瑾著，《近五十年「禁戲」略論》，中國論文下載中心，2006。
33. 丁淑梅著，《中國古代禁燬戲劇史論》，中國社科出版社，2008。
34. 丁淑梅著，《清代禁燬戲曲史料編年》，四川大學出版社，2010。
35. 趙維國著，《乾隆朝禁燬戲曲劇碼考》《文獻》雜誌，2002 年 2 期。
36. 周簡段著，《梨園往事》，新星出版社，2008。
37. 徐慕雲著，《梨園外紀》，三聯書店，2006。
38. 李德生著，《禁戲》，百花文藝出版社，2003。
39. 李德生編，《清宮戲畫》，中國百花文藝出版社，2006。
40. 徐慕雲著，《梨園外紀》，三聯書店，2006。

41. 路工選編，《清代北京竹枝詞》，北京出版社，1960。

42. 蕭長華著，《蕭長華戲曲談叢》，中國戲劇出版社，1980。

43. 王大錯編，《戲考》上海中華圖書館出版臺灣里仁書局，民國六十九年再版。

44. 蕭長華著，《蕭長華戲曲談叢》，中國戲劇出版社，1980。

45. 蔡世成輯，《申報京劇資料選編》（內部發行），1994。

46. 周貽白著，《中國戲曲發展史綱要》，中國戲劇出版社上海書店出版社，2004。

47. 北平國劇學會編，《國劇畫報》，北平國劇畫報社出版，1935。

48. 張伯駒著，《紅毹紀夢詩注》，北京寶文堂書店出版，1988。

49. 張次溪編，《清代燕都梨園史料》，北平邃雅齋書店出版，1934。

50. 張次溪編，《清代燕都梨園史料續編》，北平松筠閣書店，1937。

51. 陳志明、王維賢編，《立言畫刊京劇資料選編》，文苑出版社，2005。

52. 沈葦窗編，《大人》雜誌〔香港〕，大人出版社，1973。

53. 沈葦窗編，《大成》雜誌〔香港〕，大成出版社，1976。

54. 中國政協文史資料研究委員會編，《京劇談往錄》1～4，北京出版社，1985～1995。

55. 丁秉鐩著，《菊壇舊聞錄》，中國戲劇出版社，1995。

56. 唐魯孫著，《唐魯孫先生作品集》，〔臺灣〕大地出版社，2000。

57. 瑾著，《近五十年「禁戲」略論》，中國論文下載中心，2006。

58. 丁淑梅著，《中國古代禁燬戲劇史論》，中國社科出版社，2008。

59. 丁淑梅著，《清代禁燬戲曲史料編年》，四川大學出版社，2010。

60. 翁偶虹著，《翁偶虹看戲六十年》，學苑出版社，2012。